Melodie für einen schönen Mann

MONIKA HELD

Melodie für einen schönen Mann

Roman

Eichborn

Für Christa. Schon wieder.

1 2 3 4 08 07

Umschlaggestaltung: Christiane Hahn
Foto: RESO (g.e.i.e.) © SUPERBILD
Lektorat: Doris Engelke
Layout: Tania Poppe
Satz: Fuldaer Verlagsanstalt, Fulda
Druck und Bindung:
ISBN: 978-3-8218-5752-7

Verlagsverzeichnis schickt gern:
Eichborn Verlag, Kaiserstraße 66, 60329 Frankfurt am Main
www.eichborn.de

Wenn sie den Kopf senkt, kann sie den Himmel sehen. Tief unten ein Blau ohne Wolken. In der letzten Stunde sind an ihrem Anspitzer drei Flugzeuge vorbeigeflogen, unter dem Schreibblock verschwunden, kurz vor dem Brillenetui wieder aufgetaucht und nach Norden abgebogen – wenn dort oben auf der Glasplatte Norden ist. Wie kann sich ein Flugzeug, das am Himmel dreizehn Kilometer in der Minute zurücklegt, länger als eine Minute in einer Schreibplatte spiegeln, die keinen Meter lang ist? Muss sie, um das zu begreifen, Physik lernen? Oder Mathematik?

Mittags kommt der Brief.

Jennifer, ich habe mit Eduardos Verfahren nichts mehr zu tun. Auch nicht mit dem Mordverdacht. Du in U-Haft – ein Ergebnis Deiner penetranten Wahrheitssuche? Wie ich Dich kenne, hast Du nun eine Menge zum Nachdenken. Bea.

Kein Wort zu viel. Dass sie ›liebe Jenny‹ schreiben würde, war nicht zu erwarten. Jenny stützt das Kinn auf die Faust und starrt den Brief an.

Bea. Drei geizige Buchstaben. Jennifer Stroemveld hat der Anwältin Rebecca Buss den Erfolg vor Gericht versaut. Aber am Ende ihrer Karriere, da ist Jenny sicher, wird die berühmte Frau Dr. Buss sagen, die Verhandlung damals, bei der diese – wie hieß sie noch, Stroemveld? Richtig, Jenny – dabei war, diese Verhandlung war das Größte, was ich erlebt habe. Jetzt wird Rebecca Buss die Geschichte erst einmal ihrer Supervisionsgruppe präsentieren und schwören, sich nie wieder mit einer Journalistin einzulassen.

Die Sonne ist milchig, ihr Licht kalt. Im Hof stehen zwei Kastanienbäume ohne Blätter. Jenny legt den Brief zur Seite. Seitdem sie hier ist, zählt sie. In der Untersuchungshaft gibt es zweiunddreißig Zellen für Frauen. Die Zelle, die man ihr zugewiesen hat, ist viereinhalb Meter lang und zweieinhalb Meter breit und knapp drei Meter hoch. Hinter den Bäumen, etwa fünfzig Meter von ihr entfernt, steht ein langgestreckter Bau, vielleicht hundert Meter lang. Er hat achtundsiebzig Fenster. Davon verdecken die dicken Stämme und Äste der Kastanien sechsunddreißig, so dass sie, wenn dort Licht brennt, in zweiundvierzig Zellen hineinsehen kann. In jeder leben ein bis zwei Männer, die nicht wissen, dass sie in der Dunkelheit von einer Frau beobachtet werden. Nicht neugierig, eher gleichgültig. Wie man einen Film sieht, ohne auf die Bilder zu achten.

Wann hat diese Geschichte begonnen? Und wie? Mit welcher der vielen Episoden, aus denen die Tage, Wochen und Monate bestanden? Kann aus einer Episode überhaupt ein Anfang werden? Ist nicht das Wesen der Episode, kurz, banal und in sich abgeschlossen zu sein, während eine richtige Geschichte einen Anfang, einen Aufbau, einen roten Faden und ein Ende hat? Kann man rote Fäden sehen? Und kann man sie durchschneiden, wenn einem die Richtung nicht geheuer ist? Vielleicht hat alles so begonnen: Ohne dass Jenny es merkte, rotteten sich ein paar ehrgeizige Episoden hinter ihrem Rücken zusammen und beschlossen, eine richtige Geschichte zu werden mit einem roten Faden. Niemand sah genau hin und plötzlich war es zu spät.

Jenny füllt Wasser in den verbeulten Tauchsieder, brüht Kaffee auf und legt sich auf das schmale Bett. Schon in den Anfängen lauert Gefahr. Sie muss

Misstrauen gegen Anfänge entwickeln. Jenny beobachtet die Spinne, die sich an der Decke einen Platz für ihr Netz sucht. Acht spindeldürre Beine tasten zittrig vorwärts, als kämen sie zerschossen aus dem Krieg zurück und müssten nun üben, mit Krücken zu gehen. Eduardo wurde beim Anblick einer Spinne grün vor Ekel. Jenny mag das zitternde Tier, weil es das einzige Lebewesen ist, das die Zelle mit ihr teilt.

Primavera

Als sie die Zeitschrift background anrief und vorschlug, die erfolgreiche Asylanwältin Dr. Rebecca Buss zu porträtieren – war das der Anfang? Eindeutig nein. Das war ein professionelles Angebot und gehörte zu ihrem Job wie der Ärger über die schnelle Abwehr per e-Mail: Wie ist der Plot? Grundgute Anwältin sorgt dafür, dass es täglich mehr Asylanten in Deutschland gibt? Bingo, Jenny. Ein echter Auflagenkiller. Gruß MB.

Wütend mailte Jenny zurück: Nicht so schnell, lieber MB. Erstens: Die Dame ist keine Heilige. Die ist knallhart. Die haut noch Leute raus, die schon abgeschoben im Flieger sitzen. Zweitens: Das wird keine grundgute Reportage, das wird ein Krimi. Drittens: Die Buss lebt mit dem Bösen in der Welt ganz gut. Und außerdem sieht sie super aus. Stell Dir eine Bilderbuch-Sizilianerin vor. Schwarze Mähne. Großer Busen, Glutaugen. In ihrer Kanzlei sitzen die rüdesten Typen. Untergrundkämpfer und Staatsfeinde aus aller Welt. Die Buss raucht wie ein Schlot und nachts spielt sie Billard in Kaschemmen, in die Du Dich nicht einmal am Tag trauen würdest.

Jenny glaubte nicht, dass der Ressortleiter sich umstimmen ließe, aber dann rief Bollmann an und sagte knapp: Die Asyltante ist gekauft, aber verschone uns mit edlen Rebellen. Schreib den Krimi. Überlass das Mitleid der Welthungerhilfe. Irgendwelche Vorlieben, was den Fotografen angeht? Jenny sagte: Am liebsten mit Liza.

Das war ihr Alltag. Der Job einer freien Journalistin. Ein neuer Auftrag, nicht der Anfang eines Dramas. Sie rief die Anwältin an. Die Antwort, wie erhofft: Im Prinzip ja, aber erst zum Vorgespräch treffen. Sie schlug den ersten Samstag im März vor. Samstagsmorgen um neun, sagte die Anwältin, sei sie frischer als an jedem anderen Tag in der Woche. Wenn's denn sein muss, dachte Jenny und sagte munter: Ich auch. Wo treffen wir uns? Bei Ihnen zum Frühstück? Wunderbar. Sie machte sich an die Arbeit: Archivmaterial besorgen, lesen, einarbeiten in eine komplizierte Materie.

Jenny stand an jenem Samstagmorgen um sieben Uhr auf, stellte sich unter die Dusche und griff anschließend blind in den Kleiderschrank. Leinenhose, Leinenjackett, irgendeine Farbe zwischen schneeweiß und ocker. Aus der Schublade zog sie ein T-Shirt. Weil sie Leinen und grelle T-Shirts liebte, passte alles zu allem. In ihrem Schuhschrank standen Stiefel und Stiefeletten in jeder Höhe und in allen Farben. Stiefel waren ihr Tick. Sie hatte Winter-, Sommer-, Herbst- und Frühlingsstiefel. Sie hatte Stiefel mit Fransen und Fell, mit Absätzen, die wie Würfel aussahen und Absätzen so spitz, dass nur eine einzige Ameise darunter passte. Es gibt Menschen, die sich auf der Straße erst sicher fühlen, wenn sie im Jeep sitzen. Jenny braucht für das gleiche Gefühl ihre Stiefel.

Sie aß zwei kalte Äpfel aus dem Kühlschrank und trank eine Kanne Tee dazu. Ihr roter Mini stand um halb neun an der Ampel vor der großen Kreuzung um die Ecke. Sie malte sich im Rückspiegel die Lippen an, ein glänzendes Rosa. Der Mund beherrscht ihr Gesicht. Er ist lebendig – ein schneller Kommentator ihrer Gefühle. Mit den Augen hält Jenny Menschen auf Abstand, aber wer ihren Mund entdeckt, will ihn lachen sehen, mit ihm reden oder flirten. Sie ist 34 Jahre alt und ahnt die Falten, die sie einmal haben wird. Als junges Mädchen glich sie Leonardos Dame mit dem Hermelin. Sie war auf eine kühle Art schön. Schmale Augenbrauen, eine hohe Stirn ohne Ponyfransen. Nicht einmal ihr Babygesicht ist pausbäckig gewesen. Jenny drehte die braune Mähne am Hinterkopf zum Knoten, so sah sie aus wie eine Tänzerin. Noch nicht ganz wach, aber elegant.

Die Sonne wartete hinter den Wolken auf den Tag. Die wenigen Menschen auf der Straße bewegten sich ohne Eile mit Taschen und Körben zum Markt. In offenen Fenstern lüfteten Bettdecken und Kissen. Straßenbahnen fuhren leer durch die Stadt. Es war ein friedlicher Samstagmorgen um halb neun und die Stadt wachte langsam auf. Jenny kurbelte die Scheibe der Fahrertür herunter und ließ die warme Frühlingsluft ins Auto. Sie war noch in ihr Spiegelbild vertieft, als sie kreischende Reifen hörte und aus den Augenwinkeln sah, wie etwas – ein Schatten? ein stürzender Vogel? – durch die Luft flog. Sie sprang aus dem Auto. Das nächste Bild, an das sie sich erinnerte, war das Mädchen. Es lag mit geschlossenen Augen und verdrehten Beinen auf der Kreuzung, neben ihm ein silberner Roller, dessen Räder sich drehten und drehten. Ein Mann saß hinter dem Lenkrad seines Wagens, stieg nicht aus, starrte auf die Straße, auf das Kind. Jenny suchte ihr Handy. Vergessen, verdammt. Sie hörte sich schreien: Du Arsch, hast du kein Handy! Krankenwagen! Polizei! Sie rannte auf das Mädchen zu, kniete sich neben sie. Nicht anfassen, nicht bewegen, viel mehr hatte sie vom Erste-Hilfe-Kurs nicht behalten. Wenn das mein Olli wäre, dachte sie, ich würde den Fahrer erschlagen.

Hör zu, kleine Krabbe, alles wird gut. Ich bin Jenny, hörst du mich? Wie heißt du? Sag mir, wie du heißt. Reden, damit der Verletzte nicht ins Koma fällt. Das Mädchen öffnete die Augen. Es flüsterte einen Namen. Mariska? Du heißt Mariska? Was für ein schöner Name. Ich bin Jenny, kannst du mich verstehen, ich bin Jenny. Sie hörte den Krankenwagen, den Nachbarn gerufen haben mussten, denn der Fahrer des Unfallwagens saß noch immer wie angeschweißt hinter dem Lenkrad. Der Notarzt schob das Mädchen auf der Trage in den Krankenwagen. Es flüsterte: Jenny, Jenny, als hinge sein Leben davon ab. Und der Notarzt wiederholte einen einzigen Satz wie ein Lied: Das kriegen wir hin. Jenny sah das Mädchen an. Zwei freche Zöpfe und braune, weit aufgerissene Augen. Wenn sie eine Tochter hätte, sähe die wie Mariska aus.

Auf der Kreuzung lagen ein paar Münzen, ein silberner Roller und ein weißer Brötchenbeutel. Wie einsam Dinge aussehen, wenn sie nichts mehr miteinander zu tun haben. Die Polizei sprach mit dem Mann, der noch immer in seinem Auto saß. Jenny lief auf ihr Auto zu, es war längst halb zehn. Sie war um neun verabredet, die Anwältin wartete, sie musste sich sputen. Der Notarzt stellte sich ihr in den Weg: Hiergeblieben, blaffte er, Sie fahren mit uns.

Ich bin nicht die Mutter.

Sind Sie taub, schrie er, hören Sie nichts? Mariska flüsterte: Jenny.

Sie ließ ihr Auto an der Kreuzung stehen und wurde vom Notarzt in den Krankenwagen geschoben. Der Fahrer schaltete das Blaulicht ein und raste zum Unfallkrankenhaus. Der Notarzt beugte sich über das Mädchen, seine Sätze klangen jetzt wie ein Gebet: Das kriegen wir hin. Das kriegen wir hin. Mariska flüsterte: Jenny.

Im Krankenhaus rollten sie die Trage mit dem Mädchen im Laufschritt in den OP. Der Notarzt telefonierte mit der Polizei. Zu Jenny sagte er: Sie warten auf die Kleine, die Polizei kann die Eltern nicht finden. Dann ging er, den Daumen nach oben gereckt: Das kriegen wir hin.

Jenny saß drei Stunden vor dem OP. Sie starrte

auf die verschlossene Tür und stellte sich Männer und Frauen in grünen Kitteln vor. Sie tragen dünne Handschuhe, Mundschutz und sprechen leise. Ihre Augen sind auf den kleinen Körper gerichtet. Sie schneiden ihn auf. Schwestern reichen dem Chirurgen Klammern und Tupfer. Ein stilles Ballett, das gegen den Tod kämpft.

Ob Mariska bei der Geburt auch weißblonde Haare hatte wie Olli, ihr Sohn, den es ohne ihren Vater nicht gäbe? Seine Sätze waren karg damals, die vielen ›Rs‹ üppig gerollt. Abtrrreiben kommt nech in Frrrage. Ich fahr nech mehr auf See, min Deern, ich fang keine Fische nech mehr, also: Gib her die kleine Krrrabbe, die zieh ich grrrroß. Jetzt ist der Junge, für den Jennys Vater den Namen John Olov ausgesucht hat und der mal Krabbe, mal Johnny und meistens Olli genannt wird, neun Jahre alt und fegt mit einem silbernen Roller über die Straßen, weil Einkaufen ohne Opa das Größte ist. Jenny ging schnell zum Telefon: Paps? Alles klar? Auch mit Olli? Wollt nur mal hören.

Die Anwältin klang nicht verärgert über Jennys Absage. Brauchen Sie Beistand, fragte sie, brauchen die Eltern Hilfe? Sie nannte Jenny den Namen eines Anwalts. Sie sagte: Zu schnell und bei Rot über die Kreuzung gefahren – wenn das nicht Totschlag ist. Ihre Stimme war heller, als Jenny sie in Erinnerung hatte und etwas kratzig. Ihr Mitgefühl klang echt. Bleiben Sie, wo Sie sind. Tun Sie, was der Arzt sagt. Dafür, dass sie sich nur vom Telefon kannten, war die Anwältin fast herzlich. Ob Jenny Lust hätte, am Sonntagabend zum Essen zu kommen? Kleiner Imbiss, nichts Großes.

Jenny verschiebt den Schreibblock nach Westen, rückt den Anspitzer nach Süden. Jetzt gleiten die winzigen Flieger, ohne unter den Gegenständen zu verschwinden, durch die gläserne Platte. Ab sieben wird der Flugverkehr dichter. Abends nehmen sie andere Routen, vielleicht steuern sie andere Länder an. Dann verlassen die Flugzeuge den Tisch nicht mehr oben, im Norden, sondern am äußersten rechten Rand, den Jenny Osten nennt. Tief unter ihr stehen schwarze Wolken, deren Ränder leuchten, als brenne dahinter ein Feuer. Jeder Blick auf den Tisch und in die Tiefe des Himmels ist mit einem kleinen Schwindelgefühl im Magen verbunden.

Hätte sie im Krankenhaus nicht warten dürfen? Fing die Geschichte dort an? Warum ist sie nicht gegangen, als das Kind auf der Intensivstation lag? Niemand hätte ihr das übel genommen. Mariska wurde gut versorgt. Die Schwestern ließen die Geräte, an denen sie hing, nicht aus den Augen und waren voller Zuversicht. Wenn Jenny das Krankenhaus verlassen hätte, wäre sie Mariskas Vater nicht begegnet. Und nicht zur Beerdigung des Mädchens gegangen. Das wäre der Ausstieg gewesen. Der Ausstieg? Unsinn. Wie kann man aus einer Geschichte aussteigen, die noch gar keine ist?

Du bist der Kapitän. Du hast das Steuer in der Hand, egal was passiert. Mit solchen Sätzen ist sie groß geworden. Ihre erste Liebe hieß Ingo. Der brachte ihr sonntags Blumen und vergaß am Dienstag das

Rendezvous. Ingo schrieb Liebesbriefe aus Gedichten ab. Zwischen Roggenfeld und Hecken führt ein schmaler Gang; süßes, seliges Verrecken einen Sommer lang. Nicht mal abschreiben konnte der Trottel, es hieß doch seliges Verstecken. Erst Ingo mit Jenny und dann Ingo mit Gaby. Einen Sommer lang. Jenny aß nichts mehr. Sie litt. Sie stand am Fenster und heulte. Du bist der Kapitän, sagte ihr Vater. Du hast das Steuer in der Hand. Wenn der Kurs nicht mehr passt – dreh ab, geh auf neuen Kurs. Kipp Ingo über Bord, der hat dich nicht verdient. Nach diesen Regeln hat sie gelebt. Mit fünfundzwanzig wurde sie schwanger. Der Mann hieß Frieder. Eine Affäre, keine Liebe. So einen heiratet man nicht. Sie hat das Kind ausgetragen und ihrem Vater anvertraut. Das war sein Vorschlag, aber ihr Entschluss. So lange Jenny zurückdenken konnte, lebte sie mit dem Gefühl, dass sie ihr Leben lenken kann wie der Autor die Figuren seiner Geschichte. Man muss das nur wollen.

Sie wird die alten Kekse zum Abendbrot essen, schlechter als die Knastbrote schmecken die auch nicht. Du lenkst das Schiff. Ihren Beruf hat sie bewusst aus kleinen Begabungen und dem Wissen darüber, was ihr Angst macht und was sie nicht kann, zusammengebastelt wie ein Puzzle. Sie konnte nicht Geige spielen wie andere Kinder, nur auf der Mundharmonika ›Wenn alle Brünnlein fließen‹ blasen. Auch malen konnte sie nicht, nur Möwen, die aussahen wie das runde M von McDonald's. Kopfrechnen war eine Katastrophe. Wie viel Quadratzentimeter sind 248.000 Bruttoregistertonnen, Jennifer? Weiß nicht, Papa. Am liebsten quälte er sie beim Spaziergang. Wenn ein Fischdampfer in zwanzig Tagen zweihundertvierzig Tonnen Fisch fängt, wie viel Zentner fängt er dann an einem Tag? Weiß nicht, Papa. Dafür konnte sie Sätze über blinde Katzen schreiben, bei denen der Deutschlehrer weinte. Mach was draus. Du bestimmst den Kurs. Der Satz hat sie als Kind schon überzeugt. So ist sie nicht Mathelehrerin geworden, sondern Journalistin.

Bevor sie das Licht löscht, schreibt sie: Lieber John Olov, Du fragst Dich, wo Deine Mama ist, ich will es Dir sagen. In dem Raum, in dem ich lebe, geht es nicht um Quadratmeter, sondern um Kubikmeter. Mir steht eine gewisse Menge Luft zu, das ist Gesetz in diesem Land. Wenn ich richtig gemessen habe, bin ich von etwas mehr als dreißig Kubikmetern Luft umgeben, das ist genug zum Atmen. Wenn die Luft knapp wird, öffne ich das Fenster. Ich habe einen sehr besonderen Tisch. Er hat eine dicke Glasplatte. Ich glaube, er darf nur deshalb in meiner Zelle stehen, weil sie zur Zeit keinen anderen haben. Und weil sie mir nicht zutrauen, dass ich die Platte zerschlage, um mir mit einer Scherbe die Pulsadern aufzuschneiden. Das Wunderbare an der Glasplatte ist, dass ich durch die Spiegelung nach draußen sehen kann. Ich sehe Baumwipfel. Ich sehe den Himmel. Wenn ich meinen Zeigefinger auf ein Flugzeug lege, kann er mit ihm fliegen. Sie ziehen ihre Bahnen durch meinen Tisch – kannst Du Dir das vorstellen?

Lieber Olli, in der Zelle gibt es ein Bett, einen Stuhl, ein Klo ohne Deckel, eine struppige Klobürste. Über dem Waschbecken hängt ein Spiegel. Er ist blind. Das ist schlimm, weil ich mir nicht ins Gesicht sehen kann, obwohl ich doch herausfinden muss, wer die ist, die hier lebt. In dem Hemd, das ich für die Nacht bekommen habe, sehe ich wie eine Wurst aus. Es ist zu eng. Es hat Blümchen und einen gehäkelten Mäusezahn-Kragen. Ich werde es nicht anziehen. Der Schrank in der Zelle hält nur noch, weil er an die Wand geschraubt wurde. Oben drauf steht ein Putzeimer, auf dem ein grauer Feudel liegt. Frag nicht, warum es keine Kleiderbügel gibt, nicht einmal die billigen aus Draht. Kann man sich damit umbringen?

Keine Angst, sie passen hier gut auf mich auf. Vor dem Fenster hängt ein Vorhang, der sich eklig anfühlt. Er ist feuerfest. Ich könnte mit dem Feuerzeug meine Bücher anzünden, den Schrank, das Nachthemd, mich selbst – der Vorhang würde nicht brennen. Das ist komisch. Mein lieber Olli, schreibt Jenny, ich werde diesen Brief nicht abschicken. Keinen Brief an Dich von diesem Ort. Ich werde auch kein Foto von Dir an die Wand kleben. Hier zu hängen, das hast Du nicht verdient. Ich gebe Dir die Briefe, wenn Du größer bist. Vielleicht auch nicht. Ich komme um vor Sehnsucht nach Dir, aber daran hätte ich wohl früher denken müssen.

Am Tag nach dem Unfall stand Jenny mit einem Blumenstrauß vor der Tür der Anwältin. Sie war lange Umwege gefahren, um nicht noch einmal über die große Kreuzung zu müssen, verfuhr sich, verlor die Richtung, startete erneut vor ihrer Haustür und bremste bei Rot vor der Ampel, vor der sie nie wieder halten wollte. Hunderte von Autos waren seit gestern Morgen über die Kreidestriche auf der Straße gerollt. Sie hatten die Umrisse des Kinderkörpers und des Rollers auseinander gerissen. Jetzt waren da nur noch Kringel und Linien. So hatte Jennys erste Zeichnung ausgesehen. Punkt, Punkt, Komma, Strich, fertig ist das Mondgesicht. Sie wich den Kreidestrichen aus, hinter ihr hupte es. Noch zwei lange Ohren dran, fertig ist der Hampelmann. Der Fahrer hinter ihr schlug sich die flache Hand gegen die Stirn. Eine Mütze hat er auch, einen Hals und einen Bauch. Der Fahrer war jung und ungeduldig. Er sah aus wie der Mann aus dem Wagen, der das Mädchen angefahren hatte. Beim Überholen hupte er. Jenny sah ihn an. Armer Idiot, was weißt denn du. Arme hat das Kerlchen zwei, auch zwei Füße sind dabei. Jenny nahm sich vor, bei der Anwältin den Eindruck einer gut informierten Journalistin zu machen.

Beim Prosecco hörte sie sich dozieren, dass ein Porträt der Versuch sei, einen Menschen in seiner Einmaligkeit zu verstehen und zu beschreiben. Dass die Frage interessant sei, warum die Buss Asylanwältin und nicht Staatsanwältin geworden sei. Oder Richterin. Was sie antreibt in ihrem Beruf, was sie umtreibt. Der Glaube an Recht und Gesetz? Mitleid mit den Mandanten? Sie müssen jetzt nicht antworten, sagte Jenny, ich sage nur, worauf ich neugierig bin.

Beim Salat sprach sie über die Zeit, die sie für ein gutes Porträt braucht – zwei-drei Wochen – und dass sie der Anwältin bei der Arbeit über die Schulter sehen möchte. Darf ich zuhören, wenn Sie mit Mandanten sprechen, fragte sie. Darf ich Sie zum Flughafenknast begleiten? Einmal möchte ich bei einer Anhörung dabei sein, lässt sich das machen? Jenny trank den kühlen, sardischen Wein und als sie die Nudeln um die Gabel drehte, entstand die Pause, vor der sie sich gefürchtet hatte und in genau diese Pause hinein fragte die Anwältin: Das Mädchen – lebt?

Mit einer Frage provozieren. In den nächsten Wochen würde Jenny entdecken, dass das eine Spezialität von Rebecca Buss ist. In eine kleine Pause eine kleine Frage setzen, um damit ein mühsam gewobenes Geflecht aus halben und ganzen Wahrheiten einzureißen. Jenny hielt sich an der Gabel fest und heulte auf die Nudeln. Tut mir leid, sagte sie, Sie hätten das nicht fragen sollen. Die Anwältin schenkte Wein nach, schob Jenny ihre Zigaretten hin und sagte: Lassen Sie uns über das Mädchen sprechen, was können wir Besseres tun.

Zu wissen, was wichtig ist und was warten kann, war auch eine Fähigkeit, die Jenny an der Buss entdecken würde. In den brenzligsten Situationen sagte die Anwältin leise, aber scharf: Moment mal. Damit bremste sie übereifrige Grenzschützer aus, begriffsstutzige Richter und ehrgeizige Staatsanwälte. Moment mal hieß: Erst die ganze Geschichte hören, dann urteilen. Jenny ließ die Nudeln stehen und rauchte, bis sich ihr Magen umdrehte.

Ich saß den ganzen Tag an ihrem Bett, sagte sie. Als wäre ich die Mutter. Sie lag in einem kleinen, weißen Zimmer. Ich streichelte Mariskas Hände, wischte ihr den Schweiß vom Gesicht, erzählte ihr Geschichten von Olli und seinem Opa, der sich Käpt'n nennen lässt. Ich beschrieb ihr das Haus hinter dem Deich, in dem ich groß geworden bin und sagte, dass mein Sohn dort lebt, weil ich arbeiten muss. Und dass er aussieht, als sei er Mariskas Bruder. Ich sprach leise, als würde ich ein Märchen erzählen. Es ist ein Haus mit Stroh auf dem Dach und vielen kleinen Fenstern. Und im ersten Stock, wo Olli schläft, kann er vom Fenster auf das Meer sehen. Er war ein komischer Junge, als er klein war, weißt du? Er schrie, wenn sein Opa abends das Fenster schließen wollte. Es hat lange gedauert, bis mein Vater verstand, dass das Baby wütend wurde, weil es das Meer nicht mehr hörte. Kannst du dir das vorstellen? So ein verrücktes Kind. Wenn du wieder gesund bist, versprach ich Mariska, nehme ich dich mit. Olli wird dir erklären, woher das Meer in der Nacht die Träume holt.

Jenny hielt der Anwältin das leere Glas entgegen. Die Buss stellte eine neue Flasche auf den Tisch. In meinen Händen ist noch immer der leichte Puls von Mariskas Fingern, sagte Jenny. Ich flüsterte: Das kriegen wir hin. Am Nachmittag kam ihr Vater. Irgendein Augenzeuge des Unfalls hatte gewusst, wo das Mädchen mit dem silbernen Roller wohnte. Eine Mutter schien es nicht zu geben. Wir saßen an ihrem Bett wie Eltern. Wenn der Vater weinte, weinte ich auch und als ich ihm den Unfall beschrieb, stand er auf und nahm mich in den Arm. Er war größer als ich. Mein Gesicht lag an seiner Brust. Seine Tränen sickerten mir durch die Haare auf den Kopf.

Mariska hing an einem Gewirr von Schläuchen und Flaschen. Sie sah durchsichtig aus. Ihr Vater hat gewusst, wie nah sie dem Tod war, denn er begann, über den Himmel zu sprechen. Der Chefarzt hatte gesagt: Die Knochenbrüche sind nicht das Problem.

Aber wenn ein zartes Geschöpf so hart aufschlägt, dann bleibt innen nicht viel heil. Mariskas Vater malte seiner Tochter mit Worten einen Himmel, der wie ein Kinderzimmer voller Spielzeug aussah.

Jenny putzte sich mit der Papierserviette die Nase, hätte um Wasser bitten müssen und trank weiter Wein. Die Anwältin aß langsam ihre Nudeln auf.

Ich erfand den Garten zu dem Himmelszimmer, sagte Jenny. Ich pflanzte Bäume und Blumen, versteckte Hasen unter den Büschen und stellte auf die Wiese einen kleinen Elefanten. Hörst du, Mariska, der Elefant heißt Konstantin und er gehört dir ganz alleine. Dass das Mädchen plötzlich nicht mehr lebte, sagte Jenny, habe ich nur gemerkt, weil ihre Hand einen Hauch schwerer wurde. Ihr Vater faltete die Hände.

Mit fünfundzwanzig Jahren war Jenny zum ersten Mal von einem Satz erschlagen worden. Der Mann, der nicht der Vater ihres Kindes werden wollte, hatte gesagt, er fühle sich für ein versehentlich gezeugtes Lebewesen nicht zuständig. Was heißt ›nicht zuständig‹ hatte sie gefragt. Die Antwort war ein Ungeheuer: Ich meine das wortwörtlich. Ich stehe zu dem Zustand nicht.

Als sie sich von diesem Satz erholt hatte, dachte Jenny über Männer nach. Das Ergebnis war deprimierend. Auf nichts ist Verlass. Ein treuer Mann entpuppt sich als dumm und ein dummer ist zärtlich. Eifersucht kommt als Fürsorge daher. Und wo verstecken sich die erotischen Männer mit Humor und Poesie? Zu jemandem gehören und an der Nähe nicht ersticken – wie macht man das? Sie wünschte sich einen Mann, der auf alles, was in ihrem Leben geschieht, neugierig ist. Mit fünfundzwanzig war Jenny fest davon überzeugt, dass es keinen Mann auf der Welt gibt, bei dem sie bleiben kann.

Seitdem phantasierte sie Männern, denen sie begegnete, ihren Sohn auf die Schultern. Sie dachte darüber nicht nach, sie tat es einfach. Den meisten Männern nahm sie ihn sofort wieder ab. Selten stand unter dem Kindergesicht ein Mann, der aussah, als könne er sich in ihren süßen Olli verlieben. Die meisten Männer sahen nicht aus, als könnten sie mit Kindern spielen. Nur selten entdecke Jenny bei den Männern noch eine Spur des Kindes, das sie einmal waren.

Auf den Schultern des Mannes, der ihr an Mariskas Grab gegenüberstand, sah sie ihren Sohn sitzen, als gehöre er dort hin. Was für ein schönes Bild. Der blonde Junge und der Mann mit der dunklen Haut. Der Fremde wirkte ernst und stark. Er hatte die Hände gefaltet und blickte konzentriert auf den kleinen Sarg, der in die Grube gesenkt wurde.

Am Grab standen Jungen in dunklen Anzügen, die Mädchen trugen schwarze Kleider mit weißen Kragen. Lauter kleine Totenvögel. Die stillen Kleinen waren ihr unheimlich. Wirklich traurig waren sie nicht, weil sie noch nicht begreifen konnten, was das bedeutete: Ein Mädchen in einem Sarg. Sollen sie lernen, Abschied zu nehmen, Schmerz zu ertragen? Sollen sie begreifen, wie nah der Tod dem Leben ist? Lernt man das, indem man einem Sarg hinterherschaut, der in einer Grube verschwindet?

Kinder gehören nicht auf den Friedhof, dachte Jenny. Hier ist alles verboten außer Stille und Tränen. Warum ist nicht auch die Lüge auf dem Friedhof verboten? Wieso darf der Pfarrer sagen, der Liebe Gott habe die kleine Mitschülerin zu sich gerufen? Gerufen? Weil sich Mariska nicht wehren konnte, hätte Jenny am liebsten geschrieen: Hier hat niemand gerufen, Herr Pfarrer. Hier hat ein gottverdammtes Arschloch ein Kind totgefahren.

Als ihr der Fremde in die Augen sah, lächelte Jenny, weil ihm ihr Sohn noch immer auf den Schultern saß. Seine Augen waren dunkelblau, fast schwarz. So konzentriert wie er vorher auf den Sarg gesehen hatte, sah er Jenny an. Sie starrte auf das Loch in der Erde.

Vor dem Friedhof nahm der Fremde Mariskas Vater in den Arm. Das sah nicht aus, als wolle er ihn trösten, eher, als suche er Halt. Jenny sah zwei Gesichter im Profil. Ein schmales mit hoher Stirn und schmaler Nase und eines, an dem alles kantig war. Das

Kinn, die Stirn, sogar die Nase. Selbst wenn der Fremde für einen Augenblick Halt suchte, wirkte er stärker als die Männer, die versuchten, Mariskas Vater zu trösten. In diesem Augenblick wusste Jenny, dass sie bisher nur einen Menschen mit solcher Ausstrahlung getroffen hatte. Vanda. Sie beherrschte jeden Raum, den sie betrat. Eine zarte Frau mit einem Gang wie ein gezähmter Puma. Vanda wollte mit achtundzwanzig Jahren Weltmeisterin im Kung Fu sein und wurde das auch. Wie ein Sportler sah der Fremde nicht aus. Aber wie einer, der weiß, wohin er will.

Jenny schiebt den Teller mit den Essensresten nach Südwesten. Sie wird nicht schlafen in dieser Nacht, aber Nächte ohne Schlaf sind keine Qual. Schon als Kind hatte sie weniger Schlaf gebraucht als andere Kinder – und niemand konnte daran etwas ändern. Nicht der Vater mit dem Befehl: Augen zu! Einschlafen! Auch nicht der Abendvers der Großmutter, der sie einlullen sollte. Wenn ich nachts nicht schlafen kann, guck ich mir die Sterne an. Such mir einen kleinen Stern, sage ihm: Ich hab dich gern.

Zuerst lernte Jenny die Qualen kennen, die entstanden, wenn sie mit viel Kraft einschlafen wollte – und dann, als sie sich mit der Schlaflosigkeit anfreundete, die Geheimnisse der Nacht. Sie liebte die weichen Schatten der Dinge, wenn der Mond auf sie schien. Die Geräusche der Nacht klangen, als läge über der ganzen Welt weiche Watte. Sie ging ein Bündnis ein mit der Nacht. Sie hieß die schwarze Freundin willkommen und wurde mit dem Wunder der doppelten Tage belohnt. Sie schloss die Augen und begann den Tag, der vorbei war, noch einmal von vorne. Aufwachen und aufstehen. Zähneputzen und Frühstücken. Schwimmen im Meer und Muscheln sammeln, alles noch einmal in der Nacht. Auch der Spaziergang mit dem Vater. Wenn ein Fischdampfer nach zwanzig Tagen mit zweihundertvierzig Tonnen Fisch zurückkommt – wie viel Zentner hat er dann pro Tag gefangen? Vierhundert. In der Nacht war Rechnen ganz einfach.

Oder sie holte den Tag ins Bett und machte daraus einen anderen Tag. In der Nacht durfte sie tun, was am Tag verboten war: Die Nachbargöre mit dem weißen Kleidchen in die Pfütze stoßen und dem Enno an seinem Angeberrad die Speichen verbiegen. In der Nacht musste sie nicht Jenny sein. Wenn sie sich in Paula verwandelte, sah die Welt ganz anders aus. Mit fremden Augen war es wie ein Wunder, dass die kecke Paula sich ausgerechnet die verträumte Jenny als Freundin ausgesucht hatte. Und irgendwann, ganz sacht, beendete der Schlaf Jennys doppelten Tag und nahm sie mit in den Traum.

Sie läuft zwischen Fenster und Tür hin und her. Sogar ihre Schritte haben sich an die Zelle gewöhnt, sie kann den Weg mit geschlossenen Augen gehen. Ob Olli weiß, warum seine Mutter im Gefängnis sitzt? Die ganze Wahrheit wird sein Großvater Vater nicht erzählt haben, weil er die nicht kennt. Was dann? Ihr Vater ist kein Mann, der sich Geschichten ausdenkt. Jenny schlägt die Stirn gegen die Zellentür.

Wer hat aus ein paar zufälligen Episoden diese böse Geschichte gemacht? Vielleicht ist die Antwort ganz einfach: Der Zufall und die Wörter. Der Zufall hat sie zu Mariskas Vater geführt. Zuerst die Begegnung im Krankenhaus. Dann sahen sie sich auf dem Friedhof wieder. Dort hat sie, ohne nachzudenken, ihm mit einem einzigen Satz ein Angebot gemacht. Wenn Sie meine Hilfe brauchen, rufen Sie mich an. Warum hat sie das getan? Aus Verlegenheit? Weil sie nicht wusste, wie man auseinandergeht, wenn man gerade ein Kind begraben hat? Oder wollte sie den fremden Mann wieder sehen?

Wer weiß das schon in dem Moment, in dem ein Satz gesprochen wird.

\

Die Stimme erinnerte sie an das leichte Kitzeln der Tränen, die er im Krankenhaus auf ihre Haare geweint hatte. Schneider, sagte er auf dem Anrufbeantworter, Felix. Vater von Mariska. Es gibt ein Problem, vielleicht können Sie helfen. Er sprach tonlos, als wäre es ihm auch egal, wenn sie nichts von sich hören ließe.

Jenny rief sofort zurück. Sie verabredeten sich in dem Café, in dem sie sich oft mit Paula traf. Er umarmte sie wie eine Freundin. Sie hatte einen großen Mann und ein schmales Gesicht in Erinnerung, nicht diese eingefallenen Wangen. Wie geht es Ihnen, fragte sie und ärgerte sich über die Routinefrage. Wie soll es ihm gehen ohne sein Kind. Jenny bestellte Cappuccino und Apfelstrudel mit Sahne. Für mich dasselbe ohne Sahne, sagte er und steckte sich eine Zigarette an.

Während Jenny überlegte, wie sie das Gespräch in Gang bringen könnte, ohne noch einmal ›wie geht es Ihnen‹ zu fragen, sagte er: Ich bin vor vier Jahren geschieden worden. Das Kind wurde mir zugesprochen. Er vermied den Namen Mariska, als löse der einen besonderen Schmerz aus. Es gab keinen Kampf um das Kind, sagte er, die Mutter wollte es nicht haben. Sie wünschte sich ein Leben ohne Männer, auch ohne Kinder. Felix Schneider schluckte den Rauch seiner Zigarette zusammen mit dem Kaffee herunter. Das Kind war mein Schatz, sagte er, einen anderen Schatz habe ich nicht. Obwohl der Mann nicht zu trösten war, hätte Jenny ihn gerne in den Arm genommen. Er bestellte einen zweiten Kaffee und sagte ohne Übergang: Guatemala. Kennen Sie das Land?

Irgendwo unten rechts neben Mexiko, stimmt's?

Weiß nicht, sagte er. Das Land sei ihm egal wie der Teil der Familie, den seine Eltern stolz ›unsere südamerikanische Linie‹ genannt hatten. Er war fünfzehn, als er das letzte Mal Lust hatte, fremden Verwandten hinterherzuforschen. Damals schrieb er an eine vergilbte Adresse, wartete ein Jahr lang auf Antwort, dann begrub er den Traum vom großen Abenteuer in einem Land, das am Ende des Ozeans liegt.

Den Kaffee trank er in großen Schlucken wie ein Getränk gegen Durst. Etwa eine Woche vor dem Unfall stand plötzlich dieser Typ vor der Tür, sagte Felix Schneider. Er nannte sich Eduardo und behauptete, wir seien verwandt. Mariskas Vater lächelte. Er heißt Eduardo Otto Noak de Sastre. Sastre heißt Schneider, der Familienname ist also erhalten geblieben.

Das Lächeln im Gesicht von Mariskas Vater hatte keine Sekunde gehalten. Sie schätzte ihn auf Ende dreißig, höchstens vierzig.

Erinnern Sie sich, fragte er. Der dunkelhäutige Mann am Grab. Jenny wusste genau, wen er meinte. Ihm hatte sie ihren Sohn zur Probe auf die Schultern gesetzt. Der Mann mit den dunkelblauen, fast schwarzen Augen, in dessen Gesicht sie keine Trauer entdecken konnte.

Was hat der mit Mariska zu tun?

Nichts. Er lebt bei mir. Er wartet auf einen Freund, der zur Zeit in Kanada ist. Und, ehrlich gesagt – er zündete zwei Zigaretten an, eine nahm ihm Jenny aus der Hand – ich halte den Kerl in meiner Wohnung nicht mehr aus. Er erzählt Geschichten, die ich nicht hören will. Mich interessiert keine gescheiterte Auswanderungssaga.

Wie hat er Sie gefunden?

Keine Ahnung. Man findet wohl jeden, den man sucht. Er nennt mich seine letzte Rettung und behauptet, er könne auf keinen Fall in sein Land zurück und da dachte ich, Sie als Journalistin ...

Warum kann er nicht zurück?

Weiß nicht. Ich habe die Geschichte nicht verstanden. Wohl auch nicht zugehört. Ich kann mich nicht konzentrieren und ich will auch nicht. Fällt Ihnen dazu etwas ein?

Jenny erzählte von der Asylanwältin und versprach, mit ihr über den Mann mit den vielen Namen zu reden. Felix Schneider hatte den Kaffee ausgetrunken. Den Rauch der Zigarette blies er auf den Apfelstrudel. Jenny sah der kleinen, grauen Wolke zu. Die stand eine Weile über dem Kuchen, dann ließ sie sich auf dem Apfelstrudel nieder, als wolle sie die Sahne ersetzen.

Rufen Sie diesen Mann an, bat er. Tun Sie es mir zuliebe, Jenny.

Felix Schneider schrieb die Telefonnummer auf eine Serviette. Dieser Latino ist ein netter Mann, sagte er. Höflich und freundlich. Er versucht, sich unsichtbar zu machen, aber ich muss alleine sein, verstehen Sie das? Ich kann nicht einmal einen Geist in meiner Wohnung ertragen.

Sie sahen sich an. Zwei Menschen, die sich durch den Tod eines Kindes einen Augenblick nahe gekommen und nun wieder fremd waren. Er hatte sie Jenny genannt und sie ihn Felix. Ein schüchterner Versuch, die Rollen abzulegen, in denen sie sich begegnet waren. Aber es gab nur diese eine Geschichte zwischen ihnen, worüber hätten sie sonst reden sollen? Über ihre Arbeit als Journalistin? Über seine Arbeit? Sie wusste nicht, was er tat und traute sich nicht, einen Mann, der nur aus Trauer bestand, nach seinem Beruf zu fragen. Seine Hände waren kräftig wie Schreinerhände. Sie hätte gerne etwas über Mariska erfahren. Ist sie ein wildes oder ein stilles Kind gewesen? Wie sah ihr Zimmer aus? Ging sie gern zur Schule? Fragen stellen war ihr Beruf – aber Felix Schneider war nicht gekommen, um über seine Tochter zu reden. Er brauchte Hilfe, mehr nicht. Jenny schwieg.

Er rief den Kellner, zahlte und stand auf. Er nahm sein Jackett von der Garderobe und ging auf den Ausgang des Cafés zu. Sie sah ihm nach. Er schien den Blick zu spüren. Er drehte sich um, kam zum Tisch zurück und setzte sich auf den Stuhl, der neben ihr stand. Den Kuchen hatte er nicht angerührt. Er nahm ihre Hände, legte seinen Kopf hinein und weinte.

Auf Mariskas Grab stand ein kleiner Elefant aus rosa Marmor. Im Nachbargrab lag ein Junge, der nur vier Jahre alt geworden war. Neben Dennis lag Anuschka. Es sah aus, als gäbe es auf dem Friedhof eine Ecke für tote Kinder. Zwischen den Rosen stand eine schmuddelige Puppe, die aussah, als würde sie hauptsächlich unter der Erde leben. Jenny saß auf der Steinbank vor Mariskas Grab, den Treffpunkt hatte Eduardo vorgeschlagen.

Sie waren um vier verabredet, jetzt war es halb fünf. Neben Anuschka lagen Kristof und Johannes. Ein Zwillingspärchen, das nur zwei Jahre gelebt hat. Auf dem Grab knatterten Windmühlen mit Flügeln aus Plastik.

Er will m i c h treffen, dachte Jenny, nicht ich i h n. Warum lässt er mich warten? Will er nicht pünktlich sein – oder kann er nicht? Sie hätte nach zehn Minuten aufstehen sollen, aber es war wunderschön hier. Sie war von bunten Blumen umgeben und die Erde roch würzig. Hohe Hecken und Bäume schützten sie vor dem Gestank der Stadt. Die Vögel gaben nicht einzelne Piepser von sich, sie sangen alle Strophen ihrer Lieder bis zum Ende.

Oma, lies Kalle und Polli.

Jenny kannte die Geschichte auswendig, konnte sich von dem Buch aber nicht trennen. Es war ihr schönstes und traurigstes Kinderbuch. Kalle und Polli waren Zwillinge, die niemand voneinander unterscheiden konnte. Sie wurden einfach KallePolli genannt. In Jennys Erinnerung weinte nie eines der Kinder alleine. Sie lachten zusammen und ihre Sätze sprachen sie im Chor. Wir haben Hunger, sagten sie. Wir sind müde. Wir wünschen uns zwei Fußbälle und zwei Puppenwagen. Im Buch hieß es: Trotz ihrer großen Liebe konnten sie nicht verhindern, dass Polli mit vier Jahren an Kinderkrebs starb. Kalle wollte auch sterben. Er ließ sich vom Baum fallen, brach sich aber nur ein Bein. Er aß nichts und wurde dünn wie der Suppenkasper. Er warf sich auf das Grab seiner Schwester und wünschte, es möge ihn verschlucken.

Eines Tages, er lag wieder auf dem Grab, hörte er ein leises Kichern. Eine Stimme flüsterte: Sei nicht traurig, Kalle, spiel mit uns. Es war Polli, die zu ihm sprach. Sie weihte ihn in die Geheimnisse der Kindergräber ein. So erfuhr Kalle, dass auch Kinder, die unter der Erde wohnen, Geburtstag feiern. Nachts, wenn der Friedhof abgeschlossen ist, verriet Polli, klettern sie aus ihren unterirdischen Holzbetten und spielen wie andere Kinder auf dem Spielplatz. Und weil sie den ganzen Tag still liegen müssen, toben sie in der Nacht über die Gräber wie eine Horde wilder Affen. Sie klettern auf Bäume und rütteln die Vögel wach. Sie reißen frisch gepflanzte Blumen aus, verstecken Gießkannen, weil sie ja im Leben keine Zeit hatten, ausreichend Blödsinn zu machen. Kalle liebte die Gräber und die toten Kinder. Zuhause war er wieder der fröhliche Junge, um den sich die Eltern keine Sorgen mehr machten. Nachts tobte er mit der lustigen Gang über den Friedhof. Er lernte von Polli, wie man mit Toten spricht. Jeder neu Aufgebahrte in der Trauerhalle wurde ausführlich befragt. Wo kommst du her? Wie bist du gestorben? Die toten Kinder waren gierig auf Lebensgeschichten.

Jenny überlegte, wie das Buch zu Ende ging. In ihrer Erinnerung erfüllte sich Kalle den Wunsch, für immer mit Polli zusammen zu sein. Was für ein merkwürdiges Kinderbuch. Sie sah auf die Uhr. Zehn vor fünf. Bis fünf würde sie warten, keine Minute länger.

Die Menschen schlurften über den Friedhof, als habe der Kummer ihre Beine schwer gemacht. Sie füllten Wasser in gelbe Kannen. Wie müde Pendel bewegten sie sich vom Wasserhahn zum Grab, vom Grab zum Wasserhahn. Unter ihren Schritten knirschten die Kieselsteine. Sie pflanzten Blumen, zupften Unkraut. Einige unterhielten sich mit denen unter der Erde so lebhaft, als sei die Auferstehung das Einfachste von der Welt.

Die Schritte, die sich Mariskas Grab näherten, klangen nicht so, als wolle ein Mensch einen Toten besuchen. Eher, als ginge hier einer zum Dienst. Warum wollte dieser Mann sie am Grab von Mariska treffen?

Er verbeugte sich. Ein kantiger Mann. Sehnig wie ein Marathonläufer. Er bat für die Verspätung nicht um Verzeihung. Seine Haut schimmerte hellbraun. Er hatte dunkelblaue, fast schwarze Augen mit einem Lächeln, das ihr in den Bauch fuhr. Es war das Lächeln eines Mannes für eine Frau, die ihm gefiel. Seine Haare waren weich wie Seide und tiefschwarz. Ich muss auf mich aufpassen, dachte Jenny und sagte kühl: Nehmen Sie doch Platz.

Er gab ihr die Hand: Eduardo.

Da stand ein schöner Mann vor ihr. Weißes Hemd, schwarze Jeans. Der weiß genau, was ihm steht, dachte Jenny, der wirkt nicht wie einer, der Hilfe sucht.

Sprechen Sie Deutsch, fragte sie.

Er verbeugte sich und setzte sich neben Jenny auf die Bank.

Sprichst du Spanisch?

Kein Wort.

Vielleicht duzte er sie, weil er die Sie-Form nicht beherrschte. Was kann ich tun, fragte Jenny.

Denk dir ein Land, begann er, als sei das der Anfang eines Märchens. Ein Land, zweimal so groß wie die Schweiz. Die Geschichte spielt im neunzehnten Jahrhundert, sie ist alt. Die Menschen, die hier lebten, waren nicht reich, aber sie waren die Herren hier. Bis die Spanier kamen. Das Land hatte keine großen Schätze, ein bisschen Silber, ein wenig Jade, darum nutzen die neuen Herren den Reichtum des Bodens. Sie machten die Indianer zu Sklaven. Sie fingen sie wie Tiere ein und ließen sie auf riesigen Plantagen für sich arbeiten. Pfeil und Bogen gegen Gewehre und jede Menge eingeschleppte Krankheiten. Malaria, Gelbfieber, Pest, man weiß, wie das ausging. Nach fünfzig Jahren gab es in Guatemala siebenhunderttausend Menschen weniger.

O Gott, dachte Jenny, Schule auf dem Friedhof, womit hab ich das verdient. Eduardo hatte die Ellenbogen auf die Schenkel gestützt, so dass sie nicht einmal sein Profil sehen konnte. Nur den halben Hinterkopf und das linke Ohr. Eine Hand mit einer Narbe zwischen Daumen und Zeigefinger, die gut genäht war. Um mehr von ihm zu sehen, nahm sie seine Haltung an.

Eduardo erzählte an diesem Nachmittag die Geschichte des Landes, in das seine Großmutter mit ihrem ersten Mann zu Anfang des zwanzigsten Jahrhunderts ausgewandert war. Sie hofften auf ein kleines Glück: Eine Plantage, die eine Familie ernährt, ein Haus. Sie wünschten sich ein paar Krümel des unbeschreiblichen Reichtums, den die amerikanische United Fruit Company hier mit Bananen scheffelte.

Jenny sah verstohlen auf die Uhr. Wenn er in dem Tempo weitererzählte, war der Nachmittag gelaufen. War das schlimm? Sie musste telefonieren, Termine machen, wollte um sechs zu Hause sein und wurde schnell nervös, wenn man ihr den Zeitplan aus der Hand nahm. Aber der Mann neben ihr roch gut und dic Härchen auf seinem Arm glänzten in der

Sonne. Sie steckte sich eine Zigarette an und lehnte sich entspannt zurück. Morgen ist auch noch ein Tag und auf ein paar verbummelte Stunden kommt es im Leben nicht an.

Dann begann man, in Europa Bananen zu essen, sagte Eduardo.

Warum nicht Schule auf dem Friedhof? Er sprach leise. Ein rauchiger Bariton. Es gibt Männer, an die man sich gewöhnen muss und Männer, die man sofort anfassen möchte. So einer war Eduardo.

Der Company gehörte alles, sagte Eduardo. Das Land, die Politiker, die Menschen. Wer sich auflehnte, war Kommunist. Kommunisten wurden beseitigt. Waren es wenige, von einzelnen Killern. Wenn es das ganze Volk war, von der Armee.

Er redete mit spanischem Akzent und machte kaum Fehler. Seine Sprache war altmodisch, vielleicht wie die seiner Großeltern. Er nannte das Auto Automobil. Ein Essen war für ihn ein Mahl. Er fuhr nicht Zug, er reiste mit der Eisenbahn. Es fehlten alle modernen Begriffe. Das klang rührend und wahrhaftig. Dennoch irritierte sie etwas an der Erzählung des Mannes. Seine Stimme war melodisch – aber klang sie nicht ein wenig so, als würde er aus einem Buch vorlesen wie ein Schüler, der im Lesen eine eins haben möchte?

Er sagte: In meinem Land leben viele schlechte Menschen. Meine Mutter sah, wie Soldaten in der Nähe ihres Dorfes einen Aufstand niederschlugen. Danach gab es dort keine Männer mehr. Man riss ihnen die Eingeweide aus dem Leib und hängte sie in die Bäume wie Papierschlangen.

Jenny beobachtete einen Mann, der schon zum vierten Male die volle Gießkanne auf einem Grab ausleerte. Es hatte wenig geregnet im Frühjahr – aber vierzig Liter sind auch für ein ausgetrocknetes Grab zu viel. Der Mann holte noch einmal zehn Liter, als wolle er den Toten unter der Erde ertränken.

Als Eduardo sie ansah, lächelte Jenny. Ich höre zu, erzählen Sie weiter.

Am liebsten hätte sie den Arm um ihn gelegt und gesagt: Hören Sie auf, Eduardo. Ich lade Sie zum Eisbecher ein – wie wäre das? Es gibt Tage, an denen ich Bäume mit Gedärmen nicht ertrage. Mit mir ist das nämlich so: Wenn ich etwas höre, stelle ich es mir vor. Ich sehe, was mir erzählt wird.

Sie sieht ein Farmhaus. Auf der Veranda sitzen zwei Männer und eine Frau. Eduardos Mutter, sein Vater, sein Onkel. Es ist spät am Abend. Auf dem Tisch stehen Gläser, von der Decke hängen Petroleumlampen. Im Haus liegt ein Junge im Bett und kann nicht schlafen. Er hört, was die Erwachsenen erzählen. Der Junge kennt die Fischer von Gualán, die nicht mehr fischen gehen, weil sie Leichen im Netz haben. Der Junge hört die leise Stimme des Onkels: In Schluchten werden Menschen gefunden, die so entstellt sind, dass sie niemand identifizieren kann. Der Junge lauscht. Das Wort identifizieren kennt er nicht, aber was entstellt ist, weiß er. Einmal lag am Strand ein Mensch, für den man dieses Wort benutzte.

Jenny konzentrierte sich auf den Mann, der nun ratlos vor dem überschwemmten Grab stand. Eduardo hatte sich zurückgelehnt. Sein Arm lag auf der Rückenlehne der Bank und berührte Jennys Schulter. Eine kleine Bewegung und ihr Kopf läge auf seinem Arm.

Was ist mit Ihren Großeltern passiert?

Sie verlängerte mit jeder Frage seine Geschichte und ihr Beisammensein.

Beim Börsenkrach in New York verloren die beiden alles, was sie hatten und hassten sich für ihr Scheitern. Keiner wollte die Idee gehabt haben, in dieses Land auszuwandern. Er kehrte nach Deutschland zurück und meine Großmutter verliebte sich in einen Indio. Sie hielt ihn für ein hohes Tier, es war der Dorf polizist aus dem Nachbarort – er wurde mein Großvater. Sie bekamen ein Kind, ein Mädchen, meine Mutter. Sie musste arbeiten, wie alle Kinder. Zuerst stopfte sie nur die Löcher in den Jacken und Hosen der Arbeiter. Dann entdeckte sie ihre Leidenschaft für eine alte Singer-Nähmaschine, ein Ungetüm, das irgendjemand auf dem Speicher der Schule gefunden hatte. Sie machte aus den gut erhaltenen Teilen abgewetzter Kleider neue Kleider. Man nannte sie la chica modista, das Schneidermädchen. Das Rattern der Maschine, wenn die Nadel auf- und niederfuhr und sich durch die Stoffe bohrte, ist mein Wiegenlied gewesen. Ich bin mit diesem Geräusch eingeschlafen und oft hat es mich früh am Morgen aus dem Schlaf geholt. Wenn ich eine Nähmaschine höre, sehe ich den Kopf meiner Mutter dicht neben der Nadel und auf dem Tritt ihre wippenden Füße.

Und Ihr Vater?

Ein armer Schlucker aus Amerika, der ins Land kam, weil er dachte, die Bananen würden ihn reich machen. Er fand nicht einmal einen Job als Bananenpflücker. Mein Vater stand jeden Tag zwölf Stunden am Eingang eines Lagers mit Kühlschränken, Kühltruhen und Spülmaschinen. Der Besitzer hatte ihm eine Maschinenpistole gegeben und gesagt: Du bist der Wachmann. Wenn einer klauen will, dann schieß ihn um.

Und?

Einmal waren die Diebe schneller als mein Vater.

Sie saßen nebeneinander und schwiegen. Er legte seine Hand auf Jennys Hand. Schnodderig fragte sie:

Und Sie? Wollen in Deutschland bleiben? Back to the roots?

Er zog die Hand zurück.

Er betrachtete den Elefanten auf Mariskas Grab. Ich war so alt wie diese Kleine, sagte er. Damals zog

Maria Moscoso mit vier Kindern an den Rand der Stadt. Sie baute aus Pappe und Wellblech eine Hütte und wir zeigten ihr, wie man illegal Strom von den staatlichen Leitungen abzweigen kann. Tausend dünne Drähte flattern über solchen Siedlungen und verschwinden in den Häusern. Hast du das schon mal gesehen? Einmal im Monat kommt die Polizei und schneidet die Drähte durch. Tausend Familien sitzen ein paar Tage im Dunkeln, dann hängen sie sich erneut an die staatliche Leitung. Weißt du, wie es aussieht, wenn der Wind durch den Slum fegt? Er scheucht alles auf, was auf den Müllkippen liegt. Verschimmelte Gemüsereste hebt er hoch, auch Teile von blank genagten Tierkadavern. Wenn dazu noch Klopapier durch die Luft fliegt, sieht das aus, als seien Vögel auf der Jagd.

Er hatte die Beine übereinandergeschlagen und die Arme vor der Brust verschränkt. Jenny hätte gerne noch einmal seine Hand gespürt. Sie sah, dass auch er den alten Mann beobachtete, dem es gelungen war, das Grab zu überfluten. Er stand mit der leeren Kanne in der Hand vor dem Schlammbad und bewegte sich nicht. Irgendjemand muss jetzt ›wegtreten‹ brüllen, sagte Eduardo oder: ›Rührt euch‹, sonst bleibt er so stehen. Dann hörten sie eine Stimme aufgeregt ›Papa‹ rufen. Eilig näherte sich eine Frau dem Grab. Sie zog den erstarrten Alten am Ärmel. Ihre Stimme klang verzweifelt: Papa, was machst du bloß immer mit Mama!

Mögen Sie weiter erzählen? fragte Jennifer.

Magst du zuhören?

Er blieb beim Du. Mangelnde Sprachkenntnisse waren das nicht. Sie nickte.

Mit Maria Moscoso änderte sich unser Leben im Slum. Sie reparierte eine leerstehende Hütte, organisierte Stühle und Bänke, Kreide und eine Tafel – fertig war die Schule. Bei Mama Maria lernten wir unsere ersten Buchstaben. Sonntags organisierte sie Feste und Wettkämpfe. Mama Maria war jünger als meine Mutter. Für uns war sie die große Schwester. Aber nicht alle waren froh, dass es sie hier gab. Viele hassten Mama Maria, weil Kinder, die zur Schule gehen, kein Geld verdienen.

Eduardo war stolz darauf, dass Mama Maria seine Nachbarin war. Er liebte sie wie seine eigene Mutter. Er hörte zu, wenn sie abends ihre Kinder in den Schlaf sang. Nachts verließ sie das Viertel, um in der Stadt in einer Bar zu arbeiten. Eines Abends, es war noch nicht ganz dunkel, hörte Eduardo Männerstimmen vor ihrer Tür, verstand aber nicht, was sie sagten. Er sah durch das offene Fenster seiner Hütte und glaubte, den größeren Mann schon einmal gesehen zu haben. Der kleinere war ihm fremd. Mama Maria rief empört: Was fällt euch ein! Verschwindet. Ich mach es für die Kinder! Sie müssen doch lesen und schreiben lernen...

Dann sah ich eine Hand nach vorne schnellen, sagte Eduardo. Ich hörte drei Schüsse und beobachtete, wie die Männer in der Dämmerung verschwanden. Mama Maria hat nie gesagt, wie oft sie operiert werden musste. Die Männer hatten ihr in den Bauch, in die Schulter und in den Kopf geschossen. Als sie aus dem Krankenhaus kam, war sie nicht mehr dieselbe. Nie wieder betrat sie das Schulzimmer. Sie schrie hysterisch, wenn sich ihre Kinder zu weit von der Hütte entfernten und hätte sie am liebsten angekettet. Mama Maria hatte die Warnung verstanden.

Eduardo stand auf. Er streckte Jenny die Hand hin und zog sie zu sich hoch. Der Friedhof wird um sieben Uhr abgeschlossen, sagte er. Sie standen nah beieinander. Er war ein paar Zentimeter größer als sie. Er legte seine Hände auf ihre Schultern. Ihre Lippen waren fast auf gleicher Höhe. Sie trat einen Schritt zurück.

Sie haben Recht. Hier wird um sieben abgeschlossen.

Sie gingen nebeneinander her und schwiegen. Ein merkwürdiger Nachmittag war das. Sie hatte sich mit diesem Mann nur treffen wollen, um ihm die Telefonnummer der Asylanwältin zu geben. Nun lief sie mit einer angefangenen Geschichte durch die Stadt und wusste noch immer nicht, was ihn aus dem Land getrieben hatte. Er stieg mit ihr in die U-Bahn, er stieg mit ihr aus. Er schien sich nicht verabschieden zu wollen. Ob er dachte, seine Lebensgeschichte sei die Eintrittskarte zu ihrer Wohnung? Was stellte er sich vor? Dass sie die Haustür aufschließt? Ihn in ihre Wohnung bittet? Und dann? Sie würde ihn vor lauter Verlegenheit schon im Treppenhaus umarmen. Ihr musste sofort ein Satz einfallen, der ausschloss, dass er bei ihr blieb.

Und die Fortsetzung der Geschichte ... wann höre ich die?

Er sah nicht enttäuscht aus. Ich rufe dich an, sagte er. Wir essen zusammen, wenn du magst.

Wo treffen wir uns?

Vor der Buchhandlung am Uhrtürmchen, einverstanden?

Er verabschiedete sich mit einem Handkuss wie ein braver Kavalier. Dann ging er, als habe er es plötzlich eilig. Jenny sah ihm nach. Ein merkwürdiger Mann. Er drehte sich nicht nach ihr um, obwohl sie sicher war, dass er an sie dachte. Woher kannte er die Buchhandlung am Uhrtürmchen? Er ging mit federnden Schritten. Diesen Mann, dachte Jenny, werde ich immer an seinem Gang erkennen.

Weil es im Gefängnis nur wenig zu sehen gibt, wird sie Expertin für das Wenige. Sie hat zweiundzwanzig Worte für die Farbe Blau erfunden und sammelt nun Worte für alle Farben, die sie zwischen weiß und schwarz entdeckt. Manchmal ist der Himmel grau wie die Haut eines Esels. Es gibt Wolken, die grau sind wie die Augen von Mariskas Vater. Sie findet am Himmel das Tweedgrau des Faltenrocks der Lehrerin für Handarbeit und entdeckt Wolken, die aus Zigarettenasche sein könnten. Manchmal stehen schmutzige Schafe am Himmel und wenn die Sonne scheint, verwandeln sie sich in Silberfüchse. Einmal, sie stand schon vor dem Wecken am Fenster, schob sich eine Nebelwand zwischen Männerknast und Frauen-U-Haft. Ein grauer Wal. Jenny schließt Freundschaft mit der Farbe Grau. Grau ist eine nachdenkliche Farbe.

Sie legt sich nach dem Abendbrot aufs Bett, schläft ein und wacht lange nach Mitternacht wieder auf. Ihr Kopf wird von einem Reifen aus Eisen zusammengepresst. Sie schlägt mit der Faust gegen die Zellentür und auf die Klingel für Notfälle. Frau Modrow hat in dieser Nacht Aufsicht. Natürlich bringe ich Kopfschmerztabletten, sagt sie.

Ich will hier raus, schreit Jenny. Ich will barfuß über eine Wiese laufen. Ich will, dass mir der Wind die Haare zerzaust. Dreißig Kubikmeter Luft sind zu wenig, verstehen Sie das? Frau Modrow nickt und schließt die Zellentür so leise ab, wie das mit dem großen Schlüsselbund möglich ist.

Jenny läuft durch die Zelle. Viereinhalb Meter zwischen Tür und Fenster. Mein Kopf platzt, mein Kopf platzt, sie kann nichts anderes denken als diesen Satz. Sie will ihn vertreiben, sucht nach einem anderen Satz und findet den Anfang eines Gedichtes. Sein Blick ist vom Vorübergehn der Stäbe so müd geworden, dass er nichts mehr hält. Viereinhalb Meter vom Fenster zur Tür. Rilkes ›Panther‹. Sie konnte das Gedicht einmal auswendig aufsagen und dachte, sie würde es nie wieder vergessen. Im Volontariat haben sie es abgetippt und dem Redakteur zum Redigieren auf den Tisch gelegt. Er kannte es nicht. Er hielt es für unreife Poesie und verbesserte Zeile für Zeile. Rilkes vorübergehende Stäbe versah er mit einem Fragezeichen. Seit wann gehen Stäbe an Panthern vorüber? Muss es nicht heißen: Der Blick des Panthers ist vom Vorbeilaufen an den Stäben so müde geworden, dass alles vor seinen Augen verschwimmt? Logik gegen Poesie – sie hat sich vor Lachen gebogen.

Sie muss die Zeile laut in die nächtliche Stille der Zelle sprechen, vielleicht kommt dann der Rest alleine. Wie ein Lied, dessen Strophen einem einfallen, wenn man es singt. Ihm ist, als ob es tausend Stäbe gäbe und hinter tausend Stäben keine Welt. Und weiter? Verloren gegangen. Schade.

Viereinhalb Meter zwischen Tür und Fenster. Sie sitzt im Gefängnis – wie konnte das passieren? Sie versucht sich selbst die Geschichte der letzten Monate zu buchstabieren wie ein Alphabet. Da war die Porträt-Idee und der Kontakt mit der Asylanwältin. Der Unfall und die Beerdigung. Der Fremde am Grab. Die Verabredung mit Mariskas Vater und seine Bitte, sich um den Verwandten zu kümmern. In dieser Reihenfolge. Und dann? War sie mitten drin in der Geschichte.

Jenny schlägt mit der Faust gegen die Wand. Irgendetwas konnte an dem Gedanken, dass sich frustrierte Episoden hinterrücks zu einer Geschichte verbinden, nicht stimmen.

Was wäre passiert, wenn sie den Mut aufgebracht hätte, einmal ehrlich und unhöflich zu sein? Dann hätte sie im Café zu Mariskas Vater gesagt: Ach, wissen Sie, Felix, schmeißen Sie den Verwandten doch einfach raus. Was geht Sie ein Kerl aus Guatemala an? Zwei Sätze, neunzehn Wörter und: Kein Treffen mit Eduardo. Auch nicht diesen wahnsinnigen Kuss am Ufer des Flusses. Keine aufregenden Spiele mit der Liebe. Auch keine U-Haft. Wenn zwei Sätze mit neunzehn Wörtern dem Leben eine andere Richtung geben können – wie genau muss man dann auf seine Sätze aufpassen?

Jenny schaut auf den Männerknast. In einer Zelle brennt noch Licht. Sie sieht einen Mann hinter Gitterstäben und winkt. Er legt seine Hände zusammen und hebt sie über den Kopf. Ein Gruß durch die Nacht. Hallo, kannst du auch nicht schlafen?

Jenny schreibt: Lieber Olli. Sie legt den Kugelschreiber aus der Hand. Was gibt es über einen Tag zu berichten, an dem nichts geschehen ist? Frau Modrow hat Schmerztabletten gebracht. Sie hat erklärt, dass das Aufschließen der Tür morgens um Viertel vor sechs ›Lebendkontrolle‹ genannt wird. Dass Jenny auf den Gruß ›Guten Morgen, Frau Stroemveld‹ nicht antworten muss. Sie darf husten. Oder knurren. Wenn sie nicht knurren mag, kann sie den Arm heben oder die Hand bewegen. Oder mit dem Fuß wackeln. Sie muss nur ein Zeichen geben, das beweist: Hier liegt ein Mensch, der lebt. Morgen wird sie Olli schreiben, dass an einem Tag, an dem man das Wort ›Lebendkontrolle‹ gelernt hat, doch viel passiert ist.

Nach dem Treffen mit Eduardo arbeitete sich Jenny in die Geheimsprache des Wohnungsmarktes ein. Das Haus, in dem sie seit zehn Jahren lebte, sollte auseinandergerissen, edelsaniert und als teures Eigentum verkauft werden. Sie lernte, dass Bd.m.Tgl. Bad mit Tageslicht heißt. Grzgg.R. bedeutet großzügig geschnittene Räume und Vlst.egr.Wk. vollständig eingerichtete Wohnküche. Wenn Buchstaben so teuer sind, dass man auf alle verzichtet, die unnötig sind, um einen Text zu verstehen, müssten ihre Reportagen Gold wert sein. Irgendwann fand sie eine kleine Anzeige, in der alle Wörter vollständig waren: Schöne Wohnung sucht toleranten Mieter. Sie überlegte mögliche Variationen einer toleranten Mieterin. Muss sie samstags den Vermieter auspeitschen? Muss sie sich an ein Bordell im Erdgeschoss gewöhnen? Jenny schrieb aus Neugierde und mit allen dafür notwendigen Buchstaben: Lieber Herr Hausbesitzer, ich bin sehr an einer schönen Wohnung interessiert und ein toleranter Mensch. Sie gab ihre Telefonnummer an und ihre E-Mail-Adresse, warf den Brief in den Kasten vor ihrer Haustür und vergaß ihn.

Eine Woche später war sie mit dem Vermieter verabredet. Herr Tronje hatte das kleine Café an der Ecke des Viertels vorgeschlagen, in dem die Wohnung lag. Feine Gegend. Jugendstil, Parkett und Stuck. Eine Buchhandlung, in der viele Mankells lagen, aber auch der neue Coetzee. Auf der Treppe, die zur Edelboutique führte, strickte die Besitzerin an einem bunten

Schal. Raffiniertes Licht machte aus dem bleichen Schweinebraten im Schaufenster der Metzgerei ein Kunstwerk. Weil das alles nicht auf niedrige Mieten hinwies, überlegte Jenny, wo die Grenzen ihrer Toleranz liegen. Über ein Bordell im Erdgeschoss lässt sich nachdenken. Kommt auf die Wohnung an.

Sie setzte sich vor das französische Café an einen der Bistrotische. Sie war zu früh, weil sie ihn kommen sehen wollte. Jenny stellte sich einen Herren vor. Oder einen Gangster, der aussah wie ein Herr. Dunkler Anzug, Weste, weißes Hemd, Schlips und blanke Schuhe. Oder er war ein normaler Spekulant. Honorig, freidemokratisch, das, was man eine gepflegte Erscheinung nennt. Unter dem Arm eine Aktenmappe aus weichem Leder. Wenn ihm nur ein einziges Haus in dem Viertel gehörte, war er reich. Seine Stimme am Telefon klang burschikos, fast zackig. Treffen am Donnerstag? Okay. Beim Kaffee? Okay. Wann? Elf Uhr? Passt. Alles paletti.

Jenny war so intensiv in den Entwurf des Hausbesitzers vertieft, dass sie den Mann, der sich vor ihrem Tisch aufbaute und Frau Stroemveld? fragte, nicht kommen sah. Herr Tronje, sagte er. Ein Kugelbauch auf kurzen Beinen. Ein rundes Gesicht mit Augen, die sie abschätzten. Nicht ohne Schalk. Er trug ein Umhängetäschchen aus braunem Kunstleder. Mit seinem Händedruck hätte er ihr die Finger brechen können.

Herr Tronje sagte: Ich wie immer und bekam Kaffee und Cognac. Jenny ließ sich einen doppelten Espresso bringen. Eine Weile schwiegen sie und beobachteten die Menschen auf der Straße. Als sich eine ausgemergelte Gestalt näherte, um ein paar Cent zu erbetteln, sagte Herr Tronje: Alles eine Frage des Willens. Aufhören mit dem Zeugs und basta.

Er warf zwei Euro in die zittrige Hand und sagte zu Jenny: Lassen Sie Ihr Portemonnaie in der Tasche, das reicht für uns beide.

Tut er Ihnen leid?

Keine Spur, sagte er, mich nervt das Kleingeld. Und dann, unvermittelt: Sie haben Augen wie ein Reh.

Eher würde sie sich die Zunge abbeißen, als zu verraten, dass man sie früher ›die Jenny mit den Bambiaugen‹ genannt hatte. Sie schwieg. Er fragte nach ihren Interessen. Kunst, Kinder und Kung Fu, sagte sie und wusste nicht, warum sie diese merkwürdigen drei Ks hintereinander gehängt hatte. Er wollte wissen, ob die Kinder bei ihr lebten. Nein, sagte sie frostig, mein Sohn lebt bei meinem Vater. Das war das Letzte, was sie wollte: Mit Herrn Tronje über ihren Sohn reden. Er schluckte die drei Ks und sagte: Ein leichter Schlag auf den Hinterkopf erhöht das Denkvermögen. Bin so groß geworden, hat mir nicht geschadet. Sein Sohn hingegen sei hauptsächlich von Frau Tronje verzärtelt worden und so sei er auch geraten.

Jenny beobachtete den Junkie, der keinen Tisch ausließ, auch wenn er von den Gästen des Cafés intensiv übersehen wurde. Die meisten starrten in ihre Tassen oder versteckten sich hinter Zeitungen. Eine junge Frau begann, die Zuckerstückchen in der Zuckerdose zu zählen. Herr Tronje sagte: Weggucken ist anstrengender als ein paar Cent rausrücken – hab ich Recht? Jenny lächelte.

Gut beobachtet.

Ich bin nur Ihrem Blick gefolgt.

Und, fragte Jenny, alles eine Frage des Willens? Wenn der arme Schlucker beschließt, nicht mehr arm zu sein, wird er dann reich?

Wir verstehen uns, sagte Herr Tronje und lachte. Er erzählte, dass er aus einer armen Familie stamme – das können Sie glauben oder nicht. Vater Schuster, Mutter Hausfrau, vier Kinder. Er verriet ihr die Leitsätze seiner Erziehung: Niemals stehen bleiben! Dort, wo andere ausruhen: Weitergehen. Nicht abdrängen lassen. Immer auf der Überholspur bleiben. Jetzt besitzt er drei Häuser in dieser Gegend und wenn er will, kann er – er fegte mit der Hand an den Häuserfronten vorbei – den ganzen Straßenzug kaufen. Sein Herr Sohn hingegen, er räusperte sich, gehöre quasi einer anderen Gattung an, der sei – Herr Tronje machte eine Pause – Künstler. Wie viel Verachtung in eine kleine Pause passt, dachte Jenny.

Was macht er denn, Ihr Herr Sohn?

Schaufensterpuppen. Sie können in seiner Wohnung nicht geradeaus gehen, ohne über Puppen zu stolpern.

Was macht er mit den Puppen?

Herr Tronje seufzte. Er nahm eine von Jennys Zigaretten, brach den Filter ab und warf ihn in den Aschenbecher.

Er malt sie an, verstehen Sie? Er schneidert bizarre Kleidung. Er zieht sie an und wieder aus, an und wieder aus. Pervers.

Klingt witzig.

Herr Tronje winkte ab, als wolle er sagen: Lassen wir das Kapitel. Es gefiel Jenny, wie er seinen Cognac trank. Langsam, als genieße er es, jeden Tropfen einzeln durchzukauen. Um ihn zu trösten, sagte sie: Reich werden mit Kunst ist schwer, aber vielleicht wird Ihr Sohn eines Tages berühmt.

Mein Sohn? Berühmt? Herr Tronje streckte seine Zunge in den Cognac-Schwenker.

Warum nicht? Der alte Herr Ruiz hat auch nicht geahnt, dass aus seinem Sohn Picasso wird.

Wenn ich mich nicht irre, sagte Herr Tronje, hat mein Herr Sohn die dreißig überschritten.

Picasso wurde erst mit vierzig berühmt, wussten Sie das?

Während Herr Tronje schweigend die letzten Tropfen aus dem Glas leckte, fragte Jenny: Die Wohnung – hat etwas mit Ihrem Sohn zu tun?

Herr Tronje zahlte. Auf dem Weg zur Wohnung erklärte er knapp die Konstruktion des Mietvertrags. Da sein Sohn beschlossen hatte, eine Existenz als – Pause – Künstler zu führen, hat er ihm, um nicht ständig angebettelt zu werden, in einem seiner Häuser das Dach ausgebaut. Der Sohn nennt das Atelier, sei's drum. Aus Gründen der Gerechtigkeit hat er seiner Tochter die Wohnung darunter geschenkt und da die Geschwister es so wünschten, beide Etagen mit einer Wendeltreppe verbunden. Die Tochter ist vor einem halben Jahr ausgezogen, die Wohnung ist frei.

Herr Tronje pflügte durch die Straßen, als seien die Gehwege nur für seinen Kugelbauch gemacht. So wird man reich, dachte Jenny. Nie stehen bleiben. Nicht abdrängen lassen. Auf der Überholspur bleiben. Von der Seite sah er gemütlich aus.

Das Haus war ein Traum. Jugendstil. Nah am Park, fünf Minuten zur U-Bahn. Sie stiegen in die vierte Etage. Herr Tronje schloss die Tür auf. Zweihundert Quadratmeter Wohnfläche. Balkon, Panoramablick von der Terrasse auf die glatten Fassaden der Banken und Versicherungen und mittendrin die strenge Spitze des Doms. Darüber: Viel Himmel. Eine Diele wie ein Tanzsaal. In der Mitte der Diele eine wuchtige Wendeltreppe, die unters Dach führte. Auf der ersten Stufe stand eine Schaufensterpuppe. Sie hatte den rechten Arm ausgestreckt, als wolle sie Jenny begrüßen. Sie trug ein langes Kleid aus grünen und roten Federn, die sich durch den Luftzug beim Öffnen und Schließen der Türen leicht bewegten. Auf dem Kopf saß eine Perücke aus wilden Borsten grüner Haare. Die Augen leuchteten, als gäbe es ein Licht in ihrem Kopf. Der Mund der Puppe war lila geschminkt. Ihr Lächeln wirkte geheimnisvoll. Und hinterhältig.

Kunst! rief Herr Tronje, wandte sich von der Puppe ab und zeigte Jenny die Wohnung. Er nannte einen Mietpreis, für den sie in dieser Gegend nicht einmal zwei Zimmer bekommen hätte. Kein Bordell im Erdgeschoss und Herr Tronje sah auch nicht aus, als wolle er samstags die Peitsche sehen. Wo ist der Haken, dachte Jenny, als er beruhigend sagte: Meine Tochter hat – er zeigte tief unter sich – in Indien einen Wunderheiler geheiratet. Jenny lachte: Sie haben richtig Pech mit Ihren Kindern.

Sie sah sich in der Küche mit Freunden essen. Ihren Schreibtisch könnte sie in den Salon stellen und im Schlafzimmer Kung Fu trainieren. Sie hätte schreien können vor Glück. Wenn Ihr Sohn nachts nicht als Vampir arbeitet, sagte sie, dann ziehe ich sofort ein. Worin besteht meine Toleranz?

Wenn e r seine Wohnung verlässt, Herr Tronje reckte den Daumen in Richtung Zimmerdecke – benutzt er die Wendeltreppe, den Flur und Ihre Wohnungstür.

Das ist alles?

Er war verblüfft. Sie sind die Erste, die das nicht stört. Soll ich Sie bekannt machen?

Er warf der Puppe einen vernichtenden Blick zu und stieg vor Jenny die Wendeltreppe hoch. Vor dem Atelier hing ein schwerer Wandteppich. Es gab keine Tür – auch das durfte nicht verändert werden. Er rief: Ich bin's, der Vater, schob den Vorhang beiseite und schob Jenny über die Schwelle. Er selbst blieb im Türrahmen stehen.

Da stand ein Mann so still zwischen lauter Puppen, dass Jenny ihn zunächst gar nicht sah. Hinter ihm, an einem langen Tisch, saß eine exotische Gesellschaft in Abendgarderobe. Männer mit Turbanen rauchten Wasserpfeifen, Frauen in kostbaren Gewändern hielten Teetassen in der Hand. Es sah aus, als hätte Herr Tronjes Sohn Gäste aus dem Orient. Auf dem Fußboden lagen weiße Puppenarme und verrenkte Puppenbeine. Jenny drehte schnell den Kopf zur Seite.

Dann bewegte sich der Mann. Er trug eine weiße Hose und ein weißes Hemd. Ein Asket. Nicht sehr groß. Die Haare, in der Mitte gescheitelt, fielen ihm auf die Schultern. Er betrachtete sie wie ein Bild. Seine Hand war warm. Er sagte: Tronje. So nannte sie ihn dann auch: Tronje. Ich bin Jennifer, sagte sie und dachte: Der schaut genau hin. Solche sind selten. Die meisten machen ihre Augen nur auf, damit sie nicht stolpern. Er nannte sie nie Jenny, immer Jennifer. Als sie sich besser kannten, sagte er manchmal ›kleine Schwester‹ oder ›mein Püppchen‹. Und irgendwann war sie das auch. Sein Kunstwerk. Seine Puppe. Sie sprach mit niemandem über das, was hier oben geschah, nur mit Paula, weil sie wusste, was Paula sagen würde: Wie aufregend. Ob der mich auch mal anmalt?

In der Glasplatte spiegeln sich die Gitterstäbe. Es sind weiche Schatten, durch die Jenny ohne Mühe den Kopf stecken kann. Zu ihren Augen sagt sie: Guckt nicht so trübe. Zu ihrer Stirn: Streng dich an. Denk nach. Es ist etwas Schlimmes passiert.

Hätte sie wissen können, dass die Begegnung mit Tronje sie auf einen Mann wie Eduardo vorbereitet? Tronjes ruhige Stimme und die Selbstverständlichkeit, mit der er sagte: Sei neugierig, kleine Schwester. Werte nicht immerzu. Zwischen Gut und Böse ist viel Platz.

Das Licht in der Zelle bringt mich um, denkt Jenny. Es ist kalt wie Neonröhren in Dorfbahnhöfen und grell, dass die Augen tränen. Morgen früh wird sie um eine Schreibtischlampe bitten. Wer ihr eine Tischplatte aus Glas anvertraut, kann auch eine Lampe bringen, die warmes Licht macht.

Vielleicht hat alles mit dem Tod angefangen, der vier Menschen zusammenführte. Die Journalistin Jennifer Stroemveld, das Mädchen Mariska, ihren Vater und diesen Mann. Eduardo, der Mandant, wie ihn später alle nannten. Sie hätten nach der Beerdigung auseinandergehen können. Eine kurze Umarmung und Schluss. Stattdessen gab sie Mariskas Vater ihre Visitenkarte und sagte: Rufen Sie mich an, wenn Sie meine Hilfe brauchen.

Ohne diesen Satz wäre sie dem Mandanten nie begegnet. So einen lernt man nicht auf der Straße kennen. Wenn diese Geschichte überhaupt einen

Anfang hatte, dann war es der Tod des Mädchens Mariska.

Immer wieder liest sie den Brief, der ihr heute Morgen in die Zelle gebracht wurde. Olli sei auch in der neuen Klasse nicht gut, schrieb ihr Vater, das nächste Zeugnis werde aus einer Menge Vieren bestehen. Vielleicht sollte sie ihrem Sohn beschreiben, wie eine Zelle riecht. Das weiß niemand in der Klasse. Damit kann er angeben. Die Zutaten für den Geruch, schreibt sie, bekommst du jeden Tag umsonst. Stell Dir einen Eimer mit weißer Farbe vor. Schütte die Pisse aller Frauen, die auf dem Flur leben, in den Eimer und rühr um. Nimm die kalte Asche aller Zigaretten, die hier geraucht werden, dazu den Schweiß und den Rotz, der hier geheult wird. Dann rühre noch einmal um und streiche mit der Brühe die Wände an. Dann weißt Du, wie es hier riecht.

Jenny ist ruhig in dieser Nacht. Mit ein paar Schlaftabletten wird die Zukunft gleichgültig und die Gegenwart auch. Bloß nicht an die Vergangenheit denken. Wenn sie sich in der Zelle übergibt, ist der Geruch gar nicht mehr auszuhalten.

Zehn Tage nach dem ersten Treffen rief die Anwältin an, um zu sagen, dass sie ein Gespräch mit einem Mandanten aus Eritrea habe, der einverstanden sei, wenn eine Journalistin ihm zuhört. Bedingung: Keine echten Namen, keine echten Orte. Kein Tonbandgerät. Nur Block und Bleistift.

Es war ein warmer Tag im März. Jenny schlenderte zu Fuß ins Bahnhofsviertel, dort hat die Anwältin ihre Kanzlei. Keine feine Gegend, aber für die Mandanten gut zu erreichen und vertrauenswürdiger als die Büroetage in der feinen Villa. Hier dreht sich niemand nach einem Menschen um, der keine weiße Haut hat. Die Kanzlei liegt in einer dieser kunterbunten Straßen, die vom Bahnhof ins Zentrum führen. Sie kaufte Pfefferminzbonbons in einer Apotheke, in der der Besitzer mit den Kunden deutsch, armenisch und arabisch sprach. In der Straßenkneipe saßen Männer beim Nachmittagsbier neben japanischen Touristen, die die skurrile Nachbarschaft von Pelzmänteln, Südfrüchten und Sexartikeln fotografierten. Jenny setzte sich in ein Café und bestellte heiße Schokolade mit Espresso. Sie war zu früh und genoss das Gefühl, sich ohne Eile auf den Termin konzentrieren zu können.

Schokolade u n d Espresso? fragte die Bedienung.

Schokolade mit Espresso, sagte Jenny. Kippen Sie ihn rein. Was Besseres gibt es nicht, wenn Sie wach bleiben wollen.

Die Kanzlei liegt im achten Stockwerk eines Bürohauses mit grandiosem Blick über die Skyline der Stadt. Das Büro wird von zwei Sekretären gemanagt, weil die Buss, wie sie unverblümt sagte, mit Frauen schlechte Erfahrungen hatte. Immer nur den neuesten Lover im Kopf, sagte sie, den pünktlichen Feierabend und sonst Stroh. In meinem darf nicht eine Sekunde geträumt werden, hier geht es um Menschenleben.

Sie teilt die Büroetage mit einem Strafverteidiger und einem Spezialisten für Scheidungen. Für die Mandanten gibt es drei Wartezimmer, getrennt nach Anliegen und damit auch nach Hautfarbe. Die Mandanten des Scheidungsanwalts sind weiß, die des Strafverteidigers gemischt, die der Buss braun bis schwarz. Es sind Kurden, Togolesen, Sudanesen, Türken, Äthiopier, Eritreer. In den Ländern der Mandanten kennt sich die Anwältin besser aus als im eigenen Land. Sie weiß, wer dort regiert, aus welcher Befreiungsfront die Mitglieder der augenblicklichen Regierung bestehen und gegen welche Rebellen sie kämpfen. Sie kann die Widerstandsgruppen aufzählen mit all den Abspaltungen, Abkürzungen und Überzeugungen, ob maoistisch, leninistisch, trotzkistisch oder fundamentalistisch. Ob demokratisch, faschistisch, kaiser- oder königstreu.

Ein Sekretär bot Jenny einen Stuhl im Wartezimmer an. Hier saßen an diesem Nachmittag sechs Männer, die einander nicht ansahen und auch Jenny nur flüchtig musterten. Niemand sprach. Im Wartezimmer war nur der Atem der Männer zu hören. Sie wussten nichts von einander. Nicht das Land, aus dem sie kamen und auch nicht, ob sie – politisch gesehen – Freunde oder Feinde waren.

Hinter jedem Gesicht verbarg sich eine dramatische Geschichte, und keine hätte sich Jenny ausdenken können. Sind das Männer, die die Folterkeller ihrer Länder überlebt hatten? Männer, nach denen gefahndet wurde? Wer war der Typ, der ihr gegenübersaß? Er schaute auf seine Hände, die gefaltet im Schoß lagen. Sie waren schmal, auf den Fingergelenken ringelten sich schwarze Haare. Er trug einen braunen Anzug und ein grünes Hemd. Die Schuhe sahen aus, als hätte er sie gerade gekauft. Jenny versuchte, sich den Mann im Kampfanzug vorzustellen. Sehen so Rebellen aus? Woher kam er? Für die Türkei war er zu schwarz, für Äthiopien zu groß. Oder gibt es große Äthiopier? Ob er in dem Land, das er verlassen musste, mächtig war?

An die Wände des Wartezimmers hatte die Anwältin Bilder ihrer Urlaubsreisen gehängt. Eine Kamelkarawane, verschwommen im Sandsturm. Timbuktu in der Abendsonne, eine Stadt wie im Feuer. Keine Bilder von Hunger und Krieg. Ein schönes Tuareg-Mädchen in leuchtend blauem Gewand. Die Männer im Wartezimmer sahen verloren aus ohne ihre Wüsten und Savannen. Ob die Buss die Fotos an die Wand gehängt hatte, um ihren Mandanten ein Gefühl von Heimat zu geben oder weil sie sich auf ihren nächsten Urlaub freute?

Die Anwältin betrat das Wartezimmer. Der Mann, der Jenny gegenübersaß, stand auf. Er warf ihr einen kurzen Blick zu. Kommen Sie, sagte die Buss zu Jenny, er hat nichts dagegen, wenn Sie zuhören.

Ein runder Konferenztisch, sechs bequeme Thonetstühle. Das Büro der Anwältin ist ein behaglicher Raum, in dem lange gearbeitet und viel geredet wird. Neben dem Fenster steht eine mächtige Palme. Der Sekretär stellte Wasser und Gläser auf den Tisch. Die Anwältin fragte den Dolmetscher, wie sich der Name des Mandanten ausspreche. Ejassi? Elaschi? Elassi? Gut, Herr Elassi, fangen wir an. Sie blätterte in den Unterlagen, sah den Dolmetscher an und sagte: Bitten Sie Herrn Elassi, in groben Zügen seine Geschichte zu erzählen.

Der Dolmetscher übersetzte, hörte seinem Landsmann zu, sagte: Er weiß nicht, wo er anfangen soll. Die Anwältin lachte: Von vorne. Am besten ist immer von vorne.

Acht Leute kamen zu mir nach Hause, begann Herr Elassi. Sie wollten mich zum Militär bringen. Ich hatte überall verkündet, ich ginge nicht zum Militär, weil das nicht meine Pflicht sei. Es gibt ein Gesetz bei uns: Wer über vierzig ist, muss nicht mehr zum Militär. Die Männer nahmen mich mit und behaupteten auf der Polizeistation, ich hätte ihnen Geld angeboten, um mich freizukaufen. Das war gelogen.

Die Anwältin nickte. Wann war das?

Der Dolmetscher übersetzte die Frage. Der Mandant dachte nach, zuckte mit den Schultern, schüttelte ratlos den Kopf: Vor zwei Jahren vielleicht, ich habe ein bisschen die Zeit verloren.

Leute kamen zu Ihnen nach Hause. Was waren das für Leute? Frauen? Männer? Nachbarn?

Männer. Polizei wahrscheinlich. Oder Soldaten. Sie kamen ohne Uniform.

Die Anwältin zog ein Blatt Papier aus den Akten, schob es dem Dolmetscher hin. Können Sie das entziffern? Ist das ein Datum? Gut. Er soll weitererzählen.

Herr Elassi sah auf den Tisch, während er sprach. Er schaute weder den Dolmetscher noch die Anwältin an.

Auf der Polizeistation haben sie gesagt, ich sei ein korrupter Hund. Sie schlugen mich, dann ließen sich mich in ein Lager bringen. Ich weiß nicht, wohin wir fuhren, sie hatten mir die Augen verbunden. Als wir ankamen, stießen sie mich vom Lastwagen und Männer, die schon auf mich gewartet hatten, schlugen mich mit Knüppeln. Dabei haben sie mir die Arme und Beine gebrochen. Mitgefangene haben mich später geschient.

Wann haben Sie zum ersten Mal einen Arzt gesehen?

Im Lager nicht. Ich wurde nach zwei Wochen vor ein Gericht gestellt und wegen Korruption zu acht Monaten Gefängnis auf Bewährung verurteilt.

Man ließ Sie laufen?

Ja.

Und dann?

Dann bin ich nach Hause gefahren und ein Arzt hat mich heimlich behandelt.

Warum heimlich?

Weil alle Angst hatten, mich zu besuchen.

Die Anwältin schaute ihn aufmerksam an. Warum Angst? Sie sind doch rechtskräftig verurteilt und – wenn ich das richtig verstehe – auf Bewährung entlassen worden.

Nachdem ich wieder zu Hause war, erzählte Herr Elassi dem Tisch, habe ich gegen die Soldaten, die mich geschlagen haben, Anzeige erstattet. Ein hoher Offizier warnte mich. Er sagte: Wenn du die Anzeige nicht zurückziehst, darfst du um dein Leben zittern.

Und? fragte die Anwältin den Dolmetscher. Hat er die Anzeige zurückgezogen?

Nein, er hat die Anzeige nicht zurückgezogen.

Die Anwältin schwieg. Wir haben da ein kleines Problem, sagte sie langsam. Herr Elassi ist auf Bewährung entlassen worden, danach haben sie ihn zufrieden gelassen – oder sind die Männer noch einmal gekommen? Nein? Na, also. Seine Geschichte ist anderthalb Jahre alt – warum verlässt er sein Land erst jetzt? Welcher Richter in Deutschland soll ihm glauben, dass sein Leben in Gefahr war? Sie lächelte ironisch. Bis jetzt war doch alles noch ziemlich rechtsstaatlich für Eritrea.

Als Dolmetscher und Mandant ein paar Minuten miteinander diskutierten, fuhr sie ungeduldig dazwischen: Hey, was gibt's so lange zu reden! Meine Frage war doch einfach – oder?

Jenny schrieb mit, so schnell sie konnte. Dialoge machen sich gut in Porträts. Auf die linke, leere Seite ihres Notizbuches notierte sie, was sie nicht vergessen wollte: Warum fragt sie wie ein Scharfrichter?

Ich höre, sagte die Anwältin.

Ich bin geflohen, weil ich den Druck nicht mehr ausgehalten habe, sagte Herr Elassi.

Ja? Und weiter?

Niemand kam zu Besuch. Im Dorf war allen gesagt worden, wir seien schlechte Menschen, weil wir gegen die Regierung waren. Niemand wagte sich in unsere Nähe. Ich ging noch immer auf Krücken, aber kein Arzt wollte mich behandeln. Meine Frau hat einen Arzt aus ihrem Dorf geholt. Der ist nachts gekommen, heimlich.

Woher wussten Sie, dass die Leute schlecht über sie geredet haben, wenn doch niemand mit Ihnen sprach?

Freunde haben mir das gesagt. Heimlich.

Die Anwältin hakte nach: Herr Elassi, Sie sind in Ihrem Dorf geblieben. Sie haben anderthalb Jahre lang nicht daran gedacht, Ihr Land zu verlassen.

Ihre Stimme klang gereizt, als sie dem Dolmetscher sagte, er möge dem Herrn Elassi bitte deutlich machen, dass er mit dieser Geschichte nie Asyl bekommt. Lebensgefahr wegen mangelnder Kommunikation – sie lächelte wie über einen guten Witz – das würde sogar mich überraschen. Jeder Richter wird sich über so eine Geschichte halb tot lachen. Sie sieht den Dolmetscher an. Er soll sagen, was wirklich passiert ist.

Stück für Stück erfuhr sie die Fortsetzung der Geschichte. Man hatte Herrn Elassi die Arbeit weggenommen. Niemand wollte ihn einstellen. Niemand in seinem Dorf und niemand in den nächst größeren Orten. Auch seine Frau bekam nirgendwo Arbeit. Seine Kinder wurden gemieden. Es gab keine Freunde mehr, nur ein paar heimliche. Immer wieder machte die Buss Bemerkungen, die für Jenny zynisch klangen.

Die Arbeitslosigkeit in Ihrem Land ist enorm hoch, ist mir bekannt. So leid mir das tut – aber auch das ist kein Asylgrund in Deutschland.

Sie trommelte mit den Fingern der rechten

Hand auf die Tischplatte. Sie provozierte ihren Mandanten: Dass man auf Krücken nicht gut fliehen kann, verstehe ich, Herr Elassi. Aber irgendwann waren Sie wieder hergestellt – warum haben Sie ein ganzes Jahr lang nichts getan?

Sie sah auf die Uhr, um anzudeuten, dass im Wartezimmer noch mehr Mandanten warteten. Schließlich erzählte Herr Elassi, dass er, bevor er sich entschloss, sein Land zu verlassen, Besuch von vier Herren bekommen hatte, die sagten, man würde sein Vergehen vergessen, wenn er etwas Gutes für sein Land täte.

Die Anwältin lächelte. Als Jenny sie besser kannte, lernte sie dieses Lächeln lieben. Es kündigte schwarzen Humor an.

Das ist doch ein prima Angebot, Herr Elassi! Warum wollten Sie nichts Gutes für Ihr Vaterland tun?

Später am Abend, als sie beim Italiener um die Ecke Pizza aßen, und Jenny fragte, warum dieser Ton in den Gesprächen, warum diese Schärfe, sagte die Buss, weil sie die Fortsetzung der Geschichte kenne, auch ohne dass sie ihr erzählt würde. Nur nütze das dem Mandanten nichts, weil er sie vor Gericht alleine erzählen muss. Und dazu – wir trinken noch ein Glas? – muss er erst einmal einen Ablauf seiner Geschichte im Kopf haben, der stimmig ist.

Sie kennen die Fortsetzung?

Ich kenne sie nicht, ich stelle sie mir vor, weil die Geschichten aus diesem Land – zum Wohle, sie hob ihr Glas – alle ähnlich sind. Immer kommen eines Abends ein paar nette Herren vorbei und sagen: Sie können Ihrem Land dienen, und dann ist alles wieder in Ordnung. Das bedeutet Zwangsarbeit in irgendeinem hinterletzten, glutheißen Wüstenflecken. Vernichtung durch Arbeit. Kennt man, nicht wahr?

Und wenn er das Angebot ablehnt?

Nehmen sie ihn mit und schlagen ihn in einem finsteren Gefängnis tot.

Und warum haben Sie ihn weggeschickt, bevor Sie die Wahrheit wussten?

Die Wahrheit! Die Buss lachte wie über einen guten Witz. Was soll das sein – die Wahrheit? Ich habe ihn nach Hause geschickt, damit er mit einer Geschichte zurückkommt, die Hand und Fuß hat, Anfang und Ende. Sie muss logisch sein und nachvollziehbar. Der Richter muss ihm die Todesangst glauben, nicht ich. Sie bestellte zwei doppelte Espressi.

Warum haben Sie nicht gefragt, wie seine Geschichte weiterging?

Weil er nicht weiß, wie er sie erzählen soll. Wie beschreibt man einem deutschen Richter das Leben im luftleeren Raum? Wie die Angst vor den Männern, die kommen werden? Wie erzählt man den Horror der Wochen und Monate, in denen nichts passiert, gar nichts? Sitzen und warten. Keine Freunde, kein Arzt, kein Geld. Alles heimlich. Die Spannung wird von Tag zu Tag größer, bis es vierundzwanzig Stunden lang nur noch diese eine Frage gibt: Wann kommen sie? Wie erzählt man diese Form von Angst? Selbst wenn er darüber reden könnte – für die Angst vor ein paar Männern gibt es bei uns kein Asyl. Herr Elassi weiß, was ihm beim Dienst für das Vaterland passiert. Es gibt einen Unfall und das Problem Elassi ist erledigt. Genau das muss er erzählen.

Und wenn das nicht die Wahrheit ist? fragte Jenny. Die Anwältin seufzte: Ach, Jenny, was haben Sie bloß immer mit der Wahrheit? Trinken wir noch ein Glas? Über die Wahrheit reden wir beim nächsten Mal.

An jenem Abend, es war eine warme Nacht, ging Jenny beschwingt und ein bisschen betrunken zur U-Bahn. Die Straßen waren leer. Die Japaner fotografierten längst eine andere Stadt. In den Eingängen der

Läden lagen müde Gestalten. Jenny zählte vier Luftmatratzen und drei Schlafsäcke. Es roch nach Bratwurst, Bier und Urin. Dem Freier, der sich bei ihrem Anblick zwischen die Beine fasste, zischte sie: ›Verpiss dich‹ zu. Sie hatte gute Laune. Die Anwältin ließ sich wunderbar beschreiben. Wie sie am Konferenztisch gesessen hatte! Erotisch, sehr weiblich. Dabei wach und scharf wie ein Messer. Der Dolmetscher hatte Jenny zum Abschied die Hand gegeben. Wenn Sie Asyl interessiert, sind Sie hier richtig, hatte er gesagt. Rebecca Buss ist unser Superstar.

Verano

Es war einer dieser Sommerabende, die auch nachts nicht kühler wurden. Die Hitze saß auf den Bäumen, stand in den Straßen, ließ sich vom Fluss durch die Stadt ziehen. Erschöpft lagen die Menschen hinter offenen Fenstern vor den Fernsehapparaten. Jenny bummelte mit nassen Haaren durch die Straßen, begleitet von vertrauten Stimmen: Es war eindeutig Mord, Chef. Eduardo hatte sie auf dem Friedhof warten lassen, jetzt ließ sie ihn warten. Wenn sie langsam ging, könnte sie, von Fenster zu Fenster bummelnd, der Filmhandlung folgen. Es war zwanzig nach acht, als eine Männerstimme sagte: Sie liegt immer noch im Koma. Jenny lehnte sich an eine Häuserwand und lauschte neidisch einem Satz, den noch niemand zu ihr gesagt hatte. Bleib cool, Liebes, alles wird gut.

Sie sah sich um. Wo wollte er in dieser Gegend mit ihr essen gehen? Da war ein Café mit Kaffee und Kuchen bis achtzehn Uhr. Aus der Eckkneipe roch es nach ranzigem Öl. Die Zielperson steigt aus dem Auto, Leo. In dem schicken Restaurant auf dem Platz vermutete sie Worldfood. Böhnchen aus Chile und Ananas aus Afrika, kein Gericht unter zwanzig Euro. Sie sah auf die Uhr. Halb neun. Langsam ging sie auf die Steinbank zu. Er hatte sich um acht mit ihr verabredet und war um halb neun noch immer nicht da – was bildet der Mann sich ein?

Sie malte sich den Abend aus. Er wird erzählen, sie zuhören. Interessiert und distanziert, sein vertrauliches Du überhören. Sie registrierte das Kribbeln unter der Haut, wenn sie an die Farbe seiner Arme dachte. Sie würde sich nicht küssen lassen. Wenn diese Typen denken ... aber wusste sie, was er dachte? Vielleicht wollte er nichts als ein paar Tipps und einen guten Anwalt. Jenny betrachtete sich mit den Augen der Passanten. Da saß eine schlanke Frau auf der Steinbank unter dem Uhrtürmchen. Sie trug knöchelhohe Leinenstiefel, vorne offen. Die Fußnägel rosa lackiert. Die gleiche Farbe wie die Lippen. Kurzer Rock, braune Beine, rotes Top mit Spaghettiträgern. Die Haare offen und feucht. Wenn er in zwei Minuten nicht kommt, wird sie aufstehen und nach Hause gehen. Sie verbot sich nervöses Kopfdrehen in alle Richtungen und zählte konzentriert die Ameisen in den Ritzen der Steinplatte vor ihren Füßen. Erst waren es drei. Dann elf, dann siebzehn. Je länger sie zusah, desto mehr wurden es. Fünfundzwanzig, dreißig, bei fünfzig hörte sie auf. Wie viele dieser dürren Geschöpfe flitzten ruhelos unter dem Pflaster hin und her? Tausende? Millionen? Gruselig. Ein junger Mann entdeckte ihren roten Mund und ging langsamer. Wenn ich jetzt lächle, dachte sie, bleibt er stehen.

Hola.

Er reichte ihr beide Hände und zog sie hoch. Wie auf dem Friedhof.

Hola, Eduardo. Dass sie auf die Uhr sah – fünfunddreißig Minuten zu spät – nahm er nicht wahr.

Wohin gehen wir?

Er zeigte auf das Holztor, über dem in altmodischen Lettern ›Antiquariat‹ stand. Er zog einen Schlüssel aus der Tasche und schloss das Tor auf. Im Hof standen Kübel mit Sträuchern und Bäumen, am Ende des Hofes war der Eingang zu den alten Büchern. Jenny sah kein Restaurant.

Was machen wir hier?

Er schloss das Tor hinter ihr ab. Hier war kein Restaurant. Beim Quietschen der Scharniere zog sich ihr Magen zusammen. Eduardo legte ihr den Arm um die Schultern. Jenny sah an den Häusern hoch. Sandsteinfassaden, weiß und rostrot. In den Blumenkübeln wucherten Kräuter. Sie sah Balkone mit bunten Lampions. Der Hof roch nach Südfrankreich. Die meisten Fenster standen offen. Man würde sie hören, wenn sie schrie. Eduardo schlug mit dem Handrücken leicht an eine abgeblätterte Wohnungstür im Erdgeschoss. Bevor Jenny Gallina wahrnahm, die Frau, die ihnen öffnete, hüllte sie der warme Geruch eines gekochten Huhns ein. Gallina hatte die weißen Haare zu zwei dicken Zöpfen geflochten. Sie breitete die Arme aus und rief: Eduardo, mein Herz, mein kleiner Baron, tritt ein. Sie war älter als er, Mitte fünfzig vielleicht. So, wie sie ihn umarmte, war sie nicht seine Schwester.

Und das ist Jenny, sagte Eduardo, als habe er ihren Besuch angekündigt. Gallina nahm auch Jenny in den Arm und zog sie über die Schwelle nach innen. Ihre Zöpfe rochen nach Thymian und Huhn. Jenny stand in einem quadratischen Raum, der früher vielleicht eine Backstube war – und jetzt Küche. In der Mitte stand ein Herd mit sechs Flammen, an grob verputzten Wänden hingen Töpfe, Pfannen, Holzlöffel und Schöpfkellen in jeder Größe. Auf zwei Böcken lag eine Arbeitsplatte. Keine Stühle für Gäste, nur ein Schaukelstuhl für die Köchin.

Eine steile Treppe führte aus der Küche in ein kühles Kellergewölbe. Wände und Stützpfeiler waren weiß getüncht, die Frakturschrift an den Wänden verblichen. Luftschutzkeller eins, las Jenny. Ruhe bewahren. Luftschutzkeller zwei. Notausgang. An Bistrotischen saßen Männer, die ihr neugierig entgegensahen. Auf den Tischen standen Kerzen. Was war das hier? Eine geheime Kneipe? Auch die Männer nannten Eduardo Baron, zu Jenny sagten sie Señora bonita, schöne Frau. Wovor hatte sie sich im Hof gefürchtet? Zu viele Krimis gesehen? Eduardo stellte die Freunde vor. Anguila. Bailadoro, Cola und Lechuza. Die Männer standen auf und gaben ihr die Hand. Lobo, Mirlo, Gesto und Canguro. Es sind Spitznamen, erklärte Eduardo und lachte mit den Männern. Anguila ist der Aal und Bailadoro unser Tänzer und Cola ... Ein untersetzter Mann stand auf und unterbrach Eduardo. Wer mit dem Baron kommt, sagte er und umarmte Jenny, gehört zur Familie.

Gallina zeigte auf einen etwas abseits stehenden Tisch, der für zwei Personen gedeckt war.

Setzt Euch, Ihr beiden.

Teller aus braunem Ton und Tonbecher für den Wein. Die Frau mit den weißen Zöpfen, erfuhr Jenny, nannten sie liebevoll La Gallina, die Henne, weil niemand Hühner zubereiten konnte wie sie. Das stimmte. Was Jenny später auf dem Teller hatte, schmeckte, als hätte das Tier in Limonen und Thymian gebadet. Gallina brachte Wein, dunkelblau, fast lila wie der Saft von Heidelbeeren. Die ist hier nicht die Bedienung, dachte Jenny, eher die Mutter der Kompanie. Heute macht es sie fassungslos, wie nah sie damals der Wahrheit war. Mutter der Kompanie. Genau das war Gallina immer gewesen.

Die Männer hatten ihr Gespräch wieder aufgenommen, spanisches Gemurmel, Jenny verstand kein Wort. An den Wänden hingen Fotos und Postkarten, die sie auf den ersten Blick als bunte Tapete mit sich wiederholenden Motiven wahrnahm. Männer mit Flinten. Hüttendörfer im Urwald. Frauen, viele Kinder. Irgendwann würde sie die Bilder genau betrachten, um zu verstehen, mit welchen Erinnerungen sich die Männer und Gallina umgaben.

Eduardo nahm eine Zigarette aus Jennys Schachtel, zündete sie an und steckte sie ihr zwischen die Lippen. Dabei berührten seine Finger fast ihren Mund.

Erzählen Sie, Eduardo. Wie lebte der Junge im Slum?

Der ging zur Schule. Ein paar Stunden, wenn er Zeit hatte. Am Nachmittag putzte er den Touristen in der Stadt die Schuhe, was kaum Geld brachte, weil die meisten Turnschuhe trugen. Der Junge spülte Geschirr in Kneipen. Er kehrte die Straße. Er verkaufte Fotoapparate und goldene Ketten, die er den Touristen vorher vom Hals riss.

Brutal.

Mitleid ist Luxus, sagte Eduardo.

Und weiter?

Der Junge entwickelte einen scharfen Blick für die Besucher der Stadt. Seine Spezialität waren Reisegruppen. Männer und Frauen, die wie eine Schafherde dem Fremdenführer folgten. Sie legten die Köpfe in den Nacken und starrten einen Kirchturm aus der Kolonialzeit an. Eine flinke Hand zum Hals und: Ratsch, weg war die Kette. Weg war der Ohrring, ratsch. Die Leute schrien, der Junge rannte und niemand bekam ihn zu fassen, weil er alle Treppenhäuser in der Stadt kannte und in jedem Treppenhaus den Hinterausgang.

Dann war der Junge ein Einzeltäter?

Nein, so funktioniert das nicht. Wir waren eine Gang. Fünf Jungen und zwei Mädchen. Auch Touristen, die sich bescheiden anzogen, waren für uns märchenhaft reich. Sie trugen Jacken, die wir nicht kaufen konnten. In ihren Rucksäcken waren Ferngläser, Kameras und Objektive. Wir hatten einen Blick für Gürtel, in denen sie ihre Dollars versteckten. Jeder in der Gang hatte eine Aufgabe. Die Mädchen lauerten vor den Sehenswürdigkeiten der Stadt und leckten, wenn die Touristen kamen, an einer großen Portion Eis. Sobald sie Blickkontakt mit einer Person hatten, die gute Beute versprach, hielten sie verschämt die Hand auf. Gerührt von so viel liebenswerter Armut legte der Tourist gerne mitleidig lächelnd ein paar Münzen in die klebrige Hand. In dieses Lächeln schleuderten die

Mädchen das Eis. Zack. Mitten ins Gesicht. Die Reaktion war immer die selbe. Das Opfer riss die Arme hoch, rieb mit beiden Händen die kalte Brühe aus den Augen und bevor es wieder sehen konnte, schnitten die Jungs die Riemen der Rucksäcke durch und rannten mit ihnen davon.

Keiner verfolgte euch?

Einige versuchten, uns nachzulaufen. Wir waren in weniger als einer Minute wie vom Erdboden verschluckt.

Und die Beute?

Nahmen uns die Dealer ab. Sie verkauften alles auf dem schwarzen Markt und gaben uns Prozente.

Das lohnte sich?

Eduardo lächelte: Wir hatten viel mehr Geld als unsere Eltern.

Jenny sah sich um. Zwei Männer starrten auf ein Schachbrett. Am Nebentisch spielten drei Männer Karten. Sie waren jünger als Eduardo und genauso durchtrainiert. Ein Keller voller abenteuerlicher Geschichten, auf die sie neugierig war.

Woran denkst du, fragte Eduardo.

An Odysseus. Der wurde auf seiner Irrfahrt für die Abenteuergeschichten, die er seinen Gastgebern erzählte, üppig belohnt. Hammel wurden geschlachtet und viele Fässer Wein aus den Kellern geholt. Essen und Trinken gegen Geschichten tauschen ist ein schöner Brauch, finde ich. Jenny lachte. So gesehen, müsste ich Sie bewirten, nicht Sie mich. Es war die Art, wie er die Augenbrauen hob, erstaunt und spöttisch, die sie einen Moment lang denken ließ: Ich werde für seine Geschichten auch etwas geben müssen.

Der Wein war schwer. Jenny trank viel und schnell. Genussvoll nagte sie die Knochen ab, ihre Finger rochen nach Gallinas Huhn. Sie würde in dieser Nacht nicht betrunken werden.

Erzählen Sie weiter, Eduardo.

Er wusste, mit welchem Satz er aufgehört hatte. Er wiederholte ihn, als sei er beim Vorlesen einer Geschichte unterbrochen worden. Er sagte: Wir hatten mehr Geld als unsere Eltern. Aber als Polizisten anfingen, die niños de la calle, die Straßenkinder, zu erschießen wie kranke Ratten, verbot meine Mutter das Geldverdienen auf der Straße.

Und dann?

Als Kind aus dem Slum hast du drei Möglichkeiten. Die Kirche. Das Militär. Oder die Reichen.

Lass mich raten. Sie haben die Kirche gewählt?

Eduardo schüttelte den Kopf. Nein, sagte er, ich habe gar nicht gewählt. Meine Mutter entschied sich für die Reichen.

Mit zwölf wurde er Hausboy einer Familie, deren Villa in der zehnten Zone steht. Wenn Zone eins die Hölle ist, dann ist die Zone zehn der Himmel. Die Villen sind von Mauern umgeben so dick wie Gefängnismauern. Vor den Einfahrten stehen Männer mit Maschinenpistolen. Die Häuser in Zone zehn stehen in Parks mit alten Bäumen. Boys schneiden den Rasen, Boys pflanzen Blumen, Boys pflegen das Obst und Gemüse.

Einmal Boy, immer Boy, sagte Eduardo, auch, wenn auf deinem Kopf eines Tages weiße Haare wachsen – aber wenn du alt bist, hast du dir eine kleine Würde verdient. Du darfst die Gäste empfangen und mit den Hunden spazieren gehen.

Und was taten Sie?

Ich habe den Herrschaften das Essen aufgetragen, in der Küche gewartet, bis sie fertig waren, die Reste abgeräumt. Ich habe Gemüse und Autos geputzt. Ich war Eduardo, der Hübsche. Eduardo, der Flinke. Sie nannten mich Eduardo, der Leise, der Höfliche. Ich ließ mich fortschicken und herbeipfeifen. Ich konnte entzückende Verbeugungen machen. Ich trug eine Uniform, in der ich aussah wie eine Puppe.

Meine Stimme war weich, wenn ich si Señor und si Señora sagte. Ich schlug dezent die Augen nieder, wenn der Hausherr die falsche Dame küsste oder die Herrin mit dem Geschäftsfreund ihres Mannes aus dem Badezimmer kam. Schaut, er ist eine Augenweide, sagten die Damen, der Kleine hat ein Gesicht wie ein Engel.

Jenny versuchte, sich Eduardo als Lakaien mit Engelsgesicht vorzustellen. Es gelang ihr nicht. Wenn je ein Engel in diesem Gesicht versteckt war, dann war der gründlich vertrieben worden. Nicht einmal im Kerzenschein sahen seine blauschwarzen Augen verträumt aus. Ruhig und wach waren sie und nie verloren sie den Kontakt zu ihren Augen. Wenn es den Jungen mit dem scheuen Blick und den unterwürfigen Gesten je gab, dann hatte er ihn ausgemerzt.

Den Lohn brachte er seiner Mutter. Mit dem, was bei den Festen übrig blieb, hätte man den Slum ernähren können. Er durfte zur Schule gehen und lernte Manieren, legte seinen vernuschelten Gassenjargon ab und übte schöne Sätze in schönem Spanisch. Er wollte von allem, was sie ihm anboten, mehr. Mehr lesen, mehr rechnen, mehr schreiben, mehr als die kleine Portion, die ihm zugedacht war. Er stahl Bücher aus der Bibliothek und begriff, dass er von der Gesellschaft, der er diente, mehr lernen konnte als von den Lehrern in der Schule.

Ein häufiger Gast war ein Deutscher, sagte Eduardo. Dr. Diethelm Kroll. Er kam aus Amerika und arbeitete damals in irgendeinem Ministerium in Guatemala. Dieser Mann war es, der eines Abends, als ich seine Aktentasche zum Auto trug, sagte: Lerne deutsch, mein Junge, die Sprache deiner Großeltern, du wirst sie brauchen. Ich verehrte ihn, weil er mit mir redete, als wäre ich sein Sohn. Er brachte mir deutsche Lehrbücher, später sogar Romane. Wenn er mich sah, sprach er Deutsch. Weil ich auf sein Lob versessen war, übersetzte ich jeden spanischen Satz, den ich am Tag hörte, stumm und ganz für mich alleine, in die Sprache meiner Großmutter. So hatte ich eine Sprache für meinen Mund und eine andere, unhörbare, in meinem Kopf.

Wenn er allein war, ahmte er die Herrschaft nach. Ihre Verbeugungen und Handküsse. Wie sie ihre Gläser hielten und das Besteck beim Essen, die federleichten Sätze, die ohne Anstrengung aus ihren Mündern perlten. Wie sie die Haare frisierten, den Schlips banden. Seine Nase lernte. Bald konnte er teure Parfüms am Duft unterscheiden. Seine Hände lernten. Er berührte die Mäntel, die er in die Garderobe tragen durfte. Weiche Stoffe, die sich auf der Haut wie Streicheln anfühlten. Er hatte ein klares Ziel. Er wollte werden wie die Herrschaften in den Villen und ihre Besucher. Er wollte dorthin, wo sie waren, nach oben. Eduardo wollte Macht.

Um jeden Preis, sagte er, das schwor ich mir.

Sie haben die Herrschaften gehasst, fragte Jenny

Man hasst die Götter nicht, zu denen man gehören will.

Abends lag er im Bett und stellte sich vor, wie er eines Tages seinen Hausboy bitten würde, die Post auf dem Tablett zu bringen. Politiker und Militärs würde er einladen, auch Schauspieler, Sänger, Maler und Dichter. Einladungen, die er, Eduardo Otto Noak de Sastre, erhielt, würde er sorgfältig prüfen, bevor er entschied, welche er annähme und welche nicht. Seine Absagen hätten Bedeutung in der Stadt.

Gallina brachte Wein und Obst. Als sie Eduardo ganz leicht die Hand zwischen die Schulterblätter legte, wusste Jenny, dass die Hand vertraut war mit diesem Rücken. Einen winzigen Augenblick lang schloss diese Geste Jenny aus. Aber Eduardo sah nicht Gallina, er sah Jenny an. In seinen Augen lag ein Lächeln, das er nur für sie erfunden haben konnte. Es berührte ihr Herz und den Bauch. Als er ihr die Zigarette in den Mund steckte, spürte sie seine Fingerspitzen auf den Lippen.

Ich höre Ihnen zu, sagte Jenny.

Nachts betete ich: Lieber Gott, hol mich hier raus. Lass mich nicht werden wie Pedro, Domingo, Miguel. Ihre Bärte sind grau. Sie werden gerufen, wie die Herrschaft nach den Hunden ruft: Komm, Domingo, na komm. Sie waren Haustrottel und bequem wie alte Puschen. Die Kinder der Herrschaften wuchsen mit ihnen auf und lernten den Hundetonfall schon in der Wiege. Na komm, Eduardo, na komm.

Eduardo war leise geworden, als würde er sich schämen. Oder ekeln. Das war nicht mehr der Ton eines Schülers, der für sein Referat eine eins haben wollte. Er sah den Freunden an den Bistrotischen beim Spielen zu. Zu Jenny sagte er: Keiner ist aus gutem Hause. Er zeigte auf einen der Schachspieler. Canguro, der Babysitter. Er dienerte in der Villa nebenan. Er ist weggelaufen, als ihm von den Stimmen der Kinder, die ihn riefen, schlecht geworden ist. Diese Gören wachsen mit uns auf, verstehst du? Die können sich nicht vorstellen, dass so ein Pedro, ein Miguel, ein Eduardo einmal nicht mehr kommt, wenn sie pfeifen. Die kennen kein Leben ohne ihre Pferdestriegler, Gärtner, Köche und Schuhputzer.

Als sie aufbrachen, war es weit nach Mitternacht. Eduardo legte einen Geldschein in die Küchenschublade. Er nahm Gallina in den Arm, sie umschloss sein Gesicht mit den Händen, gab ihm einen schnellen Kuss auf die Stirn und nannte ihn ›mein kleiner Baron‹. Er musste nicht sagen, dass er wiederkommen würde. Er war hier zu Hause.

Die Stadt war heiß. Eduardo nahm Jennys Hand. Sie bummelten am Zoo vorbei. Der Kopf einer Giraffe wiegte sich in der Baumkrone wie ein verhakter Luftballon. Eduardo staunte über die wenigen Menschen, die auf der Straße schliefen. In seiner Stadt, sagte er, wäre jeder Hauseingang ein Schlafplatz. Auf dem Rathausplatz paarten sich kreischend zwei Katzen. Eduardo sagte in seinem bedeutungsvollen Großelterndeutsch: Jetzt erzähl mir, Jenny, was in Deinem Leben geschehen ist.

Was sollte sie erzählen? Verglichen mit seinem Leben war ihres brav. Vater: Kapitän auf einem Fischdampfer. Mutter: mit dem Taxi und zwei Koffern davongefahren. Papakind. Omakind. Abitur. Studium weiblicher Fächer: Geschichte, Germanistik, Psychologie. Abgebrochen. Volontariat. Journalistin. Oft verliebt, Mutter eines Kindes ohne Vater. Aber was für ein Kind!

Den Kapitän fand Eduardo interessant. Erzähl vom Vater und dem Dampfer, sagte er.

Einmal hat er mich mitgenommen. Da war ich zwölf und hatte Ferien. Damals war ich stolz auf ihn, weil er an Bord der liebe Gott war. Was er sagte, wurde getan. Seine Befehle waren leise. Er brüllte nur, wenn schlampig gearbeitet wurde. Ich habe auf dieser Reise begriffen, was für ein Mensch mein Vater ist. Die Matrosen sagten, dass er Fischschwärme jage wie ein Besessener. Dass er ohne Echolot weiß, wo die Fische sind. Dein Vadder hat Fischblut in den Adern, sagten sie, der riecht den Fang zehn Meilen gegen den Wind. Zwei Wochen haben wir vor Grönland gefischt. Kannst du dir das vorstellen? Nur Schnee und Eisschollen. Meine Träume waren weiß. Man kann nicht glauben, dass ein Schiff in vierzehn Tagen fünftausend Zentner Fisch aus dem Meer holen kann. Sie jagten alles. Rotbarsch, Seelachs und Schellfisch. Sie holten alles aus dem Meer, was ihnen ins Netz ging.

Das ist ein Märchen, sagte Eduardo, so viele Fische?

Das ist ein Alptraum, sagte Jenny. Ich stand auf der Kommandobrücke und starrte auf die schlachtenden Männer. Ich dachte: Wenn es Männer gibt, die Fische fangen, dann kann es doch auch Wesen geben, die Menschen fangen. Riesen, die gewaltige Netze über das Land schleifen und alles mitnehmen, was unterwegs ist. Sie fischen Frauen, die gerade aus dem Supermarkt kommen. Ihnen gehen Mütter ins Netz, die sich erschreckt an ihre Kinder klammern. Hunde, Katzen – schwupp, alles im Netz. Während ich die Männer an Bord beobachtete, dachte ich: Wenn die Riesen übers Land gezogen sind, dann gibt es auf den Teichen keine Schwäne mehr und auf den Äckern keine Pferde und Kühe und Bauern – alle zappeln in den großen Netzen.

Mit Schleppnetzen Menschen fangen? Eduardo lachte. Und was machen die Riesen mit der Beute?

Dasselbe wie die Fischer mit den Fischen. Filetieren und einfrieren, verpacken und verkaufen.

Erzähl mehr davon, sagte Eduardo, ich war noch nie auf einem Schiff.

Jeder Tag dieser Reise sitzt in Jennys Kopf, als wäre er dort eingefroren. Nie hatte sie jemand nach dieser Reise gefragt. Auch Paula nicht, deren Vater fuhr selber zur See.

Die Männer standen bis zur Hüfte in zappelnden Leibern, sagte Jenny. Es gab damals noch keine Maschinen unter Deck, die lebendige Fische – ruckzuck – in Filetstücke zerschnitten. Alles war Handarbeit. Ich stand auf der Kapitänsbrücke und sah zwölf Männer im Vorschiff, in der Faust das Löwenmesser, und ihre flinken, routinierten Bewegungen. Köpfe abschneiden, ratsch, und Leiber aufschlitzen, ratsch, im Akkord. Viertausend Fische pro Mann und Tag. Schlachten, waschen und in Salz einpacken. Da floss viel Blut über die Planken. Mir war übel vom Zuschauen, aber losreißen konnte ich mich nicht. Über uns hing eine gierige Wolke kreischender Möwen. Innereien wurden in hohem Bogen über Bord geworfen

– die schnellsten schnappten sich den blutigen Abfall aus der Luft. Möwen mit blutigen Schnäbeln, kannst du dir das vorstellen?

Der Wein hatte sie träge gemacht. Vor ihnen lag dunkel der Fluss. Enten klebten auf dem Wasser wie auf einer Wolldecke. Eduardo hörte gebannt zu. Er schien sich nicht zu ekeln. Er sah aus, als hätte er Lust, sofort auf einem Fischdampfer anzuheuern. Erzähl mehr, bat er und legte einen Arm um Jenny.

Einmal ging ein Hai ins Netz. Schau, Jenny, was wir gefangen haben! Werft ihn zurück, schrie ich. Aber er war schon tot, als sie ihn über die Reling zogen. Die Lungen waren geplatzt, weil das Tier zu schnell aus großer Tiefe an Bord gehievt worden war. Die Männer stürzten sich mit ihren Messern auf den Fisch, schnitten sich – ratsch, ratsch – durch die Fettschichten an die Leber heran. Schau, Jenny, was für ein Lappen! Fünfzig Kilo! Das gibt prima Tran.

Ich stellte viele dumme Fragen, sagte Jenny. Warum schnappen die Fische im Netz nach Luft, wenn sie so viel Luft haben wie nie zuvor? Die Matrosen lachten. Drollige Fragen stellte die Kleine vom Käptn.

Eduardo sah aus, als könne er sich nichts Schöneres vorstellen, als ein Matrose mit Schlachtmesser im Eismeer zu sein. Ich zähle bis zehn, dachte Jenny, wenn er es dann nicht tut, mach ich es. Sie zählte bis sieben.

Sie dürfen mich küssen, Señor, das ist in diesem Land nicht verboten.

Sie schloss die Augen, spürte Eduardos Lippen auf ihrem Hals, ihrem Mund, seine Zunge suchte sanft nach ihrer Zunge. Sie spürte seine Hitze, roch seinen Körper. Sie hörte von ferne das Tuckern eines Lastkahns. Es kam näher, wurde lauter, schob sich an ihnen vorbei, entfernte sich, wurde leiser und brach irgendwann ab wie der letzte Ton eines Liedes. Noch nie hatte Jenny einen Mann so lange geküsst, wie ein Lastkahn für fünf Kilometer braucht.

Die Puppe, die im gemeinsamen Flur auf der Wendeltreppe stand, war ihr Code geworden. Sie hatten sie auf den Namen Miranda getauft. Trug sie die Perücke mit den grünen Borsten, hatte Tronje Lust auf Besuch. Rote Haare bedeuteten: Lass mich alleine. War Jenny nach Gesellschaft zumute, nahm sie Miranda die Perücke vom Kopf. Dann stand ein grell geschminkter, glatzköpfiger Geist auf der Treppe. Am Anfang stieg Jenny die Wendeltreppe hoch, wenn ihr beim Schreiben die Worte fehlten. Die Ruhe in Tronjes Atelier brachten sie meistens zurück. Später besuchte sie ihn, weil sie sich zwischen den Puppen gehen lassen konnte wie sonst nirgendwo.

Sie lernte Tronjes Kunst kennen. Seine weißen, nackten Puppen, abwesend lächelnde Geschöpfe, die sich nur voneinander unterschieden, weil die Frauen einen kleinen Busen hatten und die Männer eine Beule zwischen den Beinen. Tronje verwandelte sie in Prinzen und Sklaven, elegante Tänzer, Herren in Cut und Fliege, finstere Gangster. Er machte aus den glatten Puppen Huren, Madonnen und Hexen und war ein Meister im Schneidern von Kostümen. Überall in der Welt bestellte er die feinsten Stoffe. Tronje besaß drei Nähmaschinen. Jenny kannte keinen Mann, der so viel vom Schminken verstand. Er arbeitete mit Lippenstiften, Öl- und Wasserfarben. Er rührte und mischte alles zusammen, was versprach, eine besondere Farbe zu werden.

Sie sprachen nie viel miteinander. Wenn sie vor

dem dicken Vorhang stand und rief: Ich bin's, sagte er leise: Jennifer, wie schön. Er nannte sie häufiger beim Namen als andere Menschen, wodurch eine besondere Nähe entstand. Er fragte: Tee, Jennifer? Oder: Jennifer, heute einen Mokka? Möchtest du mit mir essen, Jennifer? Er freute sich über ihren verspielten Umgang mit den Puppen. Wie sie deren Haltung annahm, Gesten und Gesichtsausdruck nachahmte, als wäre sie eine von ihnen. Wie sie mit den Männern flirtete und mit den Damen eine höfliche Konversation begann.

Du musst sie ausstellen, rief Jenny. Die gehören ins Museum. Ach, Museum! Auf die Biennale nach Venedig solltest du sie schicken! Sie stellte sich in Jeans und T-Shirt zu einer Gesellschaft orientalischer Prinzen. Wenn sie mit den Puppen spielte, nannte er sie nicht Jennifer, sondern ›kleine Schwester‹. An diesem Nachmittag sagte er: Sprich mit ihnen, kleine Schwester.

Du da – sie legte einem Prinzen den Arm um die Taille – du träumst von einer Prinzessin, nicht wahr? Darf ich raten? Reich soll sie sein. Unschuldig und leidenschaftlich. Gehorsam? Jenny ging um den Prinzen herum. Sie küsste ihn auf den Mund und fuhr ihm sanft mit der Hand über den Hintern. Tronje sah ihr zu und lächelte: Zieh dich aus, kleine Schwester.

Sie sahen sich an.

Einfach so?

Ja, einfach so.

Sachlich wie ein Handwerker sagte er: Nicht duschen, das weicht die Haut auf. Sie legte sich auf einen Matratzenberg und schloss die Augen und ließ sich von den zarten Klängen der Windharfen einlullen. Tronje war kein Verführer. Sein Genuss war ein anderer. Jahrelang hatte er Puppen in Menschen verwandelt und nun lag zum ersten Mal ein lebendiger Mensch vor ihm, aus dem er eine Puppe machen durfte. Wie nackt vorm Arzt stehen ist das, dachte Jenny. Wenn es ihm nicht peinlich ist – mir schon gar nicht. Während Tronje ihr mit sicheren Pinselstrichen über den Körper fuhr, dachte sie an Eduardo. Oder sie suchte nach den Sätzen, die ihr in der eigenen Wohnung nicht eingefallen waren. Als er fertig war, wickelte er ihr einen Turban um den Kopf. Voilà, Jennifer. Jetzt bist du ein Prinz unter Prinzen.

Aus dem Spiegel sah ihr eine exotische Gestalt entgegen. Viel Farbe an ihrem Körper und wenig Stoff aus teurem Brokat. An diesem Abend wurde Jenny zum ersten Mal eine von Tronjes Puppen.

Sind Sie wahnsinnig!

Die Stimme ist dumpf, als stecke sie in einer Wand aus Watte. Ein Schatten springt auf sie zu und eine kräftige Hand zieht sie mit einem Ruck aus der Dusche.

Aufhören! befiehlt die Stimme. Jemand biegt Jennys Finger auseinander und die Nagelbürste fällt auf die Fliesen.

Sie sind wahnsinnig, sagt die Stimme noch einmal laut in ihr Ohr. Jenny wird in ein Handtuch gehüllt, ein Arm legt sich um ihre Schulter, Schlüssel scheppern in Schlössern, Türen gehen vor ihr auf und hinter ihr zu, der Arm schiebt sie vorwärts über leere Flure in einen Fahrstuhl, auf dem ›Nur für Personal‹ steht. Das Wasser aus den Haaren läuft über ihr Gesicht, tropft auf das weiße Handtuch. Wieso ist Wasser rot? Eine Tür geht vor ihr auf, eine Frau im weißen Kittel führt Jenny zu einer Liege, dann versenkt sich die Nadel einer Spritze in ihren Arm. Die Wattestimme sagt: Sie hat es mit der Nagelbürste getan. Jenny gleitet sachte in ein dunkles Loch. Es ist kein Gedanke, eher ein Gefühl: Davonschweben wie eine Seifenblase und irgendwo am Himmel leise platzen wäre ein schönes Ende.

Das Erste, was sie spürt, als sie zu sich kommt, ist ein scharfes Brennen im Gesicht. Sie hebt den Kopf. Ist was passiert?

Die Ärztin holt einen Spiegel. Über Jennys Gesicht ziehen sich Streifen aus weißer Salbe. Komisch sieht sie aus. Wie eine Indianerin mit Kriegsbemalung.

Glück gehabt, sagt die Ärztin. Die Schrammen sind nicht tief.

Jenny starrt an die Decke. Was war passiert? Sie stand im Waschraum unter der Dusche und genoss das heiße Wasser. Neben ihr die nackten Körper der anderen Frauen. Ihre Stimmen. Ihr Kreischen. Ihr frivoles Kichern. Duschen ist besser als Vögeln. Und warum gibt es keine Duschen in der Zelle? Weil wir den ganzen Tag duschen würden.

Dann sah sie, wie das Shampoo den Frauen langsam aus den Haaren in den Nacken quoll. Da legte sich plötzlich sein Mund an ihren Hals, wie kam der da hin? Seine Zunge glitt über ihre Lippen, suchte ihre Zunge. Sie würgte. Dann entdeckte sie die Bürste mit den harten Borsten und muss versucht haben, seine Spuren von ihrer Haut zu schrubben. Bis die Stimme aus der Wattewand kam.

Als die Frauen das Blut sahen, sagte die Ärztin, haben sie Frau Modrow geholt. Wenn Sie wollen, können Sie hier bleiben. Jenny schüttelt den Kopf.

Kleiner Anfall, schon vorbei.

Möchten Sie mit jemandem sprechen?

Keinen Beichtvater bitte. Auch keinen Seelendoktor. Keine Angst, ich bin keine Selbstmörderin.

Sie will in die Zelle zurück und sonst gar nichts. Sie will am Schreibtisch sitzen und den Himmel sehen und den Schwindel spüren, wenn unter ihr nur Wolken sind.

Jenny schiebt das Abendbrot zur Seite. Wahnsinn ist ein gutes Wort. Mittelhochdeutsch: Wan. Leer. Wahnsinn ist das falsche Wort. Ihr Kopf unter der Dusche war nicht leer. Er war randvoll mit seiner Stimme und seinen Sätzen: Herrschaft wollte ich werden, Señora bonita, um jeden Preis. Ich wollte nach oben, Jenny, verstehst du das. Um jeden Preis. Wo es gutes

Essen gibt. Wo die Frauen teuer riechen und der Diener dir den Mantel abnimmt. Wo man den Sommer am Meer verbringt.

Eduardo ist nie dort angekommen. Dort will ich hin um jeden Preis – hätte der Satz sie irritieren müssen? Was wäre gewesen, wenn sie gefragt hätte, was das heißt: Um jeden Preis. Er hätte gelacht. Nimm nicht alles wörtlich, Jenny. A toda costa – um jeden Preis ist nur so eine Redensart.

Jenny stellt sich ans Fenster. Sie sucht den Mann, der Zeichen in die Luft malen kann. Die Modrow hatte es ihr erklärt: Die Zeichen sind Buchstaben. Aus den Buchstaben werden Wörter und Sätze, ganze Lebensgeschichten. Können Sie die lesen, hatte Jenny gefragt. Die Antwort passte zur Modrow: Für das Lesen von Luftnummern werde ich nicht bezahlt.

Wenn Jenny Luftbriefe verstehen will, muss sie lernen, unsichtbare Buchstaben in Spiegelschrift zu lesen. Sie öffnet das Fenster und malt langsam ein großes J, ein großes E, zwei N und ein Y in die Luft. Der Mann in der Zelle gegenüber klatscht anerkennend in die Hände. Dann schreibt er: BERT. Jenny sieht einen kräftigen Arm und rote Haare. Bert ist klein und rund. Sein Gesicht ist eine helle Fläche ohne Augen. Fünfzig Meter sind zu weit, um Einzelheiten zu erkennen.

War der Keller unter dem Antiquariat verdächtig? In jedem zweiten Luftschutzkeller der Stadt treffen sich Skatbrüder oder Literaturzirkel. Die PKK hat einen Keller und die Grauen Wölfe auch. Warum nicht auch Eduardos Freunde? Lauter nette Männer, die auf ihre Art versuchen, in Deutschland sesshaft zu werden. Nur Gesto, die Fratze, war ihr unheimlich, weil eine feuerrote Narbe sein Gesicht in eine rechte und eine linke Hälfte teilte, was aussah, als spräche man mit zwei Gesichtern. Die Männer trugen Spitznamen. Lechuza. War das verdächtig? Warum sollte nicht einer der Männer Eule heißen? Die Eule ist ein Nachtvogel, ein leiser Jäger mit scharfen Augen. Das war Lechuza auch. Der jagte die Feinde am liebsten in der Nacht, sagte Eduardo. Bailadoro. Warum sollte sie einem Mann misstrauen, den man Tänzer nennt? Konnte sie ahnen, dass Gallina die Frau war, von der sich Eduardo nicht lösen konnte? Er war einer von vielen, den sie unter ihre Flügel nahm, ihr Liebster. Nach jedem Einsatz stand er vor ihrer Tür. Er heulte in ihren Armen, der kleine Baron. Bis er so weit war, dass er nicht mehr heulen musste.

Alle lassen am Abend kühle Luft in die Zellen. Männer und Frauen drehen Radios und CD-Player bis zum Anschlag auf und lassen ihre musikalischen Favoriten im Gefängnishof gegeneinander antreten. Fetzen von Rumba und Samba stürzen sich auf einen leidenschaftlichen Blues, der gegen einen Rapstakkato kämpft. Jenny hört die Worte Liebe und Sehnsucht, Herz und Schmerz, Traurigkeit und Traum in allen Sprachen der Welt. Sie sieht einen Mann, der die Arme wie eine Windmühle durch die Luft sausen lässt. Er singt. Oder schreit. Er macht Sprünge wie ein Balletttänzer. Vielleicht schlägt er gerade im Takt der Musik seine Zelle zusammen.

Jetzt, wo es zu spät ist, sieht sie alles klar. Eduardo und Gallina verband ein Geheimnis, das verrieten ihre Blicke, ihre Gesten. Wie oft sie nah beieinander standen. Jennys Fragen wich er aus und sie dachte: Er wird seine Gründe haben, so einem Mann muss man Zeit lassen. Und weil der Alltag mit Eduardo fremd und aufregend war, vergaß sie die Fragen.

Jenny holt aus dem Spind die letzte Tafel Schokolade, Vollmilch mit Nüssen. Die ranzigen Nüsse spuckt sie in den Mülleimer. Sie legt die Stirn auf die kühle Glasplatte. Gibt es das? Sie hat alles gesehen und nichts verstanden. Die Männer sprachen mit Eduardo wie mit einem Chef. Sie unterbrachen das

Kartenspiel, wenn er den Keller betrat. Sie umarmten ihn. Erst den Chef und dann Jenny, die Braut vom Chef. Sie gehörte zu ihnen, ohne zu begreifen, wer sie waren. Wie im Museum, denkt Jenny. Wer zu nah vor einem Ölgemälde steht, erkennt nur Kleckse, nicht das Bild.

Ganz plötzlich fällt über den Hof eine Stille her, die unheimlich ist. Dabei dreht niemand den Strom ab und Schlaftabletten werden auch nicht verteilt. Hinter den Gitterstäben wird es dunkel, als seien alle Gefangenen gleichzeitig müde geworden. Nur in wenigen Zellen brennt das Licht bis in den frühen Morgen. Die Zelle von Bert gehört dazu und die von Jenny.

Gegen Morgen hört sie ein Geräusch, das sie nicht kennt. Es ist fein und kommt von rechts. Sie presst das Ohr an die Wand. Sie hört eine Singstimme, die zu leise ist, um den Text zu verstehen. Macht nichts. Es gibt keine Operettenarie, die Jenny nicht mitsingen kann. Sie dreht sich langsam in ihrer Zelle zu der Musik. Dein ist mein ganzes Herz! Wo du nicht bist, kann ich nicht sein. Franz Lehár. So, wie die Blume welkt, wenn sie nicht küsst der Sonnenschein! Das Land des Lächelns, richtig, Oma? Wahrscheinlich eine Aufnahme von 1935 mit Friedel Schuster unter der Leitung von Paul Lincke. Jenny hat eine neue Nachbarin. Sag mir noch einmal, mein einzig Lieb, oh sag noch einmal mir: Ich hab dich lieb!

Ab jetzt gehören auch Operettenklänge zum babylonischen Orchester der Gefangenen. Darüber steht der Mond, rot und rund in dieser Nacht. Jenny stützt den Kopf in die Hände. In der Glasplatte schwebt der rote Ball tief unter ihr auf einer Wolke. So müsste man das eigene Leben betrachten können. Aus großer Höhe, damit man den Überblick nicht verliert.

Freunde nannten sie das Latinogespann – als trabten zwei Pferde durch die Stadt. Das Bild war nicht falsch. Wo Jenny war, tauchte auch Eduardo auf. Er fuhr sie zu Terminen, er holte sie ab. Sie gewöhnte sich an einen Mann, der in verschwiegenen Cafés wartete, häufig mit einer Zeitung vor dem Gesicht. Er stand auf, wenn sie kam, nahm sie in den Arm, flüsterte ihr seine Liebe ins Ohr, rückte den Stuhl zurecht, so dass sie sich nur fallen lassen musste. Er war auf eine altmodische Art höflich. Er trug ihre Tasche, hielt Türen auf, betrat die Kneipe vor ihr. Das konnten nicht die Manieren eines Kindes aus dem Slum sein. Alles von den Reichen abgeguckt? Und wenn schon. Jenny war in einen Gentleman verliebt.

Seine Sexualität war schräg. Wenn er Lust auf sie hatte, erfand er ein Spiel. Er küsste ihr die Hand und fragte: Seit wann leben Sie in dieser Stadt? Gefällt sie Ihnen? Oder er verneigte sich, nannte sie Señora Espinoza oder Maria, meine Liebe und fragte: Wie lange wollen Sie in Deutschland bleiben? Auch für sich hatte er einen unerschöpflichen Vorrat an Namen und Biografien. Nie war er derselbe, wenn es um die Liebe ging. Er spielte den Mann auf der Flucht. Oder den Verfolger. Am Anfang irritierte Jenny diese Art des Vorspiels, bis sie begriff, dass er nur so mit ihr schlafen konnte. Also spielte sie mit und wurde, was die Phantasie anging, schnell ebenbürtig. Über den Begrüßungssatz, den sie sich vor einem Treffen ausdachte, musste sie nicht lange nachdenken. Sie wusste, welche Spiele ihn erregten.

Einmal, er wartete im Café, ging sie eilig auf ihn zu und flüsterte: Eduardo, ich muss verschwinden, sie sind hinter mir her. Dann hielt sie sich entsetzt den Mund zu und flüsterte: Verzeih, das war geschmacklos. Eduardo stand auf, ging langsam zur Kasse, bezahlte den Kaffee und sagte: Hak dich ein. Dreh dich nicht um, wir hängen sie ab.

Die Spiele gefielen ihr. Jenny war keine Schauspielerin, Bühnen und Rollen waren ihr fremd, aber sie war fest davon überzeugt, dass nichts so war, wie es auf den ersten Blick erschien. Der gemütliche Herr, neben den sie sich nach drei Joggingrunden auf die Bank hatte fallen lassen, war nicht der Rentner, für den sie ihn hielt, sondern lebte vom Verkauf der Nuggets, die er in knochenharter Arbeit aus südamerikanischen Flussbetten gewaschen hatte. Ein Goldgräber, kein pensionierter Lehrer. Vor einer Woche war sie mit dem Fahrstuhl in die zehnte Etage eines Hochhauses gefahren. Auf ihr Klingeln öffnete ein blondes Model. Das sollte die berühmte Herzchirurgin sein? Vielleicht die Tochter? Sie war es selber. Jenny reagiert als Journalistin seit vielen Jahren auf fremde Menschen und ungewöhnliche Situationen. Ihr Kopf ist voller Wörter und Sätze aus Hunderten von Interviews. Mühelos kann sie sich in andere Menschen hineindenken. So war es kein Wunder, dass ihr beim Spiel mit Eduardo Namen, Rollen und Dialoge zuflogen.

›Flucht und Verfolgung‹ war sein liebstes Spiel. Auf diese Weise lernte Jenny ihre Stadt sehen, wie Eduardo seine gesehen haben musste. Schaufensterscheiben sind Spiegel, durch die man Menschen auf der anderen Seite der Straße beobachtet. Cafés mit Hinterausgängen sind selten, man muss sie suchen. Gut zu wissen, dass es Supermärkte gibt, in denen der

Ausgang der Tiefgarage in einer anderen Straße liegt als die Einfahrt. Weil Eduardo seine Lebensgeschichte erzählen konnte, über sein Lebensgefühl aber nie sprach, begann Jenny, sich auch ohne Eduardo abwechselnd mit dem Blick der Verfolgerin und dem Blick der Verfolgten durch die Stadt zu bewegen. Verblüfft stellte sie fest, dass es keinen Unterschied gab. Es war derselbe Blick. Nur wer perfekt verfolgen kann, wird seinen Verfolgern entkommen.

Sie bot ihm ein Zimmer in ihrer Wohnung an, er lehnte höflich ab. Mit einem Koffer war er bei Mariskas Vater ausgezogen – sie wusste nicht, wo dieser Koffer jetzt stand. Jennys Stammkneipe wurde der Luftschutzkeller, in dem er sich mit seinen Freunden traf. Das Gewölbe unter dem Antiquariat mit der Frakturschrift an der Wand: Ruhe bewahren. Notausgang.

Paula würde, direkt wie sie war, sofort nach Eduardo fragen: Dein geheimnisvoller Geliebter – erzähl mal! Was sollte sie erzählen? Alles? Sie konnte sich Paulas Reaktion gut vorstellen: Lieber Himmel, meine Freundin Jenny hat sich in einen Macho verguckt! Paula hatte eine spitze Zunge und oft traf sie den Nagel auf den Kopf. Jenny freute sich seit Tagen auf den Abend mit Paula, die eine Woche in New York, zwei Tage in London und ein Wochenende in Leipzig gewesen war. Es gab Ausstellungen, die sie als Galeristin nicht versäumen durfte. Jenny liebte Paula, seit sie sich am ersten Schultag nicht mit den anderen Kindern in die große Pause gestürzt, sondern im Treppenhaus gewartet hatte. Warum wartest du, hatte Jenny gefragt, kennst du mich? Nein, hatte Paula gesagt, ich will deine Freundin sein.

Meine Freundin? Warum?

Weil du komisch bist. Alle sehen den Lehrer an, aber du starrst aus dem Fenster, als wäre der Baum auf dem Schulhof dein Lehrer. Er will deinen Namen wissen, und du sagst, deine Oma sei deine Mutter. Sie hatte sich bei Jenny eingehakt, sie auf den Schulhof gezogen und nicht gesehen, dass das scheue Mädchen vor Freude Tränen in den Augen hatte.

In Jennys Erinnerung gibt es viele Jahre nur mit Paula. Zwischen Grundschule und Tanzstunde – immer ist Paola Alvarez an ihrer Seite, die alle Paula nennen. Paulas Mutter war Friseurin mit eigenem Salon, eine Spanierin aus Cádiz, Señora Clarissa Alvarez, die mit wilden Haaren und tiefer Donnerstimme Lehrlinge dirigierte, Scheren, Wasserhähne und Trockenhauben. Paulas Vater fuhr als Maschinist zur See. Die meiste Zeit des Jahres war er ein Foto neben der Ladenkasse, nur selten ein Mann zum Anfassen. Jenny erinnert sich an große Hände und einen roten Bart. Paulas Vater roch nicht nach Wind und Fisch wie Jennys Vater. Er roch nach Öl und hatte schwarze Fingernägel. Paula sprach mit ihrer Mutter Spanisch und mit Jenny Deutsch und lernte in der Schule Englisch und Französisch so leicht wie andere Kinder Murmeln spielen.

Jenny beneidete die Freundin. Ohne jemanden zu fragen, begann sie eines Tages, ihren Traum von einem Leben mit Bildern zu verwirklichen. Sie jobbte in Galerien, während Jenny in den Ferien am Fließband Fische sortierte. Paula wünschte sich zu jeder Eins im Zeugnis Geld und kaufte, keine fünfzehn Jahre alt, ihre ersten Bilder. Nach dem Abitur studierte sie Kunstgeschichte und Betriebswirtschaft, war mit Malern und Sammlern befreundet und baute nach vielen mageren Jahren die morsche Werkstatt eines Schneiders in eine schicke Innenstadtgalerie um. Sie kleidete sich frech, die schwarzen Haare standen wie Stacheln um ihren Kopf. Das Schönste an Paula waren die Augen. Resedagrün. Und groß. Weil sich in Paulas Welt kein Mann auf Dauer ergeben hatte, verbrachte sie seit zehn Jahren den ersten Montag im Monat mit ihrem Liebhaber. Ein Bildhauer mit Ehefrau, Eigenheim, Kindern und Kaninchen. Unsere Körper fliegen aufeinander, sagte Paula, reden ist nicht unser Ding. Ihr Kommentar zu Jennys Besuchen bei Tronje war knapp: Bizarr. Kann der mich auch anmalen? Paula ist schamlos neugierig.

Dein Latino, erzähl mal.

Kennst du einen Mann, der in jedes Stückchen von dir verliebt ist? In jeden Zeh, in jedes Haar? Kennst du das?

Eher nicht, sagt Paula. Und sonst?

Er ist da, ohne dass ich ihn rufe. Er begleitet mich zu Terminen und wartet in Cafés.

Hört sich nach Überwachung an.

Unsinn. Er ist mein Beschützer. In seiner Gegenwart kann nichts passieren. Er steckt voller Überraschungen. Sein Freund ist ein Kollege von Dir. Kroll. Kauft Kunst für die Montreal Trade Bank. Psychologe ist er auch. Er war in Guatemala bei der Polizei, so weit ich das verstanden habe. Die beiden haben sich bei reichen Leuten kennen gelernt. Kroll war Besuch, Eduardo ein Junge, der dienern musste.

Ein Besucher, der sich mit einem Lakai anfreundet?

Warum nicht? Er mochte den Jungen. Er hat ihn vom Dienern befreit und zur Polizei gebracht, damit er sich entwickeln kann.

Hast du den mal gesehen, diesen Kroll?

Ja. Wir haben uns neulich im Foyer der Bank getroffen. Wir sind ins 31. Stockwerk gefahren und haben einen Raum betreten, in dem nur ein einziges Kunstwerk steht. Eine Figur von Katsura Funakoshi – sagt dir das was?

Na, hör mal, sagt Paula empört, welche ist es denn?

Das Pendel über dem Wasser.

Pfff, macht Paula verächtlich, mit der Kohle von der Bank kann ich den auch kaufen.

Jenny hatte an jenem Nachmittag vor der Montreal Trade Bank auf Eduardo gewartet. Weil sein Verhältnis zur Pünktlichkeit nicht zu verändern war, betrachtete sie die Verspätungen als geschenkte Zeit. In ihrer Tasche steckten Romane vom Stapel der ungelesenen Bücher oder spanische Vokabeln: Frühling – Primavera. Sommer – Verano. Herbst und Winter – Otoño, Invierno. Sie lernte Spanisch und versuchte in der neuen Sprache aufzuschreiben, was sie vor sich sah: Zwischen den Hochhäusern laufen Zwerge hin und her. Alle Zwerge haben Hunger. Sie beißen in Brötchen. Aus den Brötchen hängen heiße Würste. Die Zwerge sind gut angezogen. Sie lieben blau und grau. Ich sehe keinen roten Schal und keine gelben Schuhe. Die Zwerge trinken Wasser aus Flaschen, weil sie Angst haben, unterwegs zu verdursten. Was heißt auf Spanisch verdursten? Sie hatte das Lexikon zu Hause gelassen.

Ein guter Mensch geht langsam, sagt der Korporal zum Soldaten Woyzeck. Wenn das stimmte, gab es an diesem Nachmittag keine guten Menschen im Bankenviertel. Nur den Betrunkenen, der nicht vorwärtskam, weil er immer wieder die Orientierung verlor. Eduardo war um Viertel nach drei gekommen. Er trug einen hellen Leinenanzug. Er war der einzige Mensch, der langsam ging.

Sind das echte Pförtner, fragte sich Jenny, die hinter dem Schaltpult thronen und das Foyer der Bank bewachen? Oder haben die auch schon promoviert? Eduardo grüßte respektvoll und fragte nach Dr. Diethelm Kroll. Der Pförtner deutete auf die Teppichinsel im Foyer. Sie versanken in weichen Ledersesseln und warteten. Jenny rauchte, weil ihr der silberne Aschenbecher einfach zu sauber war.

Wie ist er denn so, dein Guatemalafreund?

Kroll ist ein verrückter Kerl, sagte Eduardo. Der reitet wie der Teufel und fährt jedes Auto in einer Woche zu Schrott.

Sie stellte sich eine Art John Wayne vor. Und was ist er für dich?

Ein Vorbild. Ein Lehrer.

In der Schule?

Im Leben. Später bei der Polizei.

Bei der Polizei? Und was macht er in der Bank?

Er kauft Kunst.

Für die Bank? Was hat er denn gelernt?

Er ist Psychologe, sagte Eduardo. Und Kunsthistoriker.

Aber wieso ...

Eduardo sprang auf und eilte einem Mann entgegen, der ihn mit offenen Armen begrüßte. Kein John Wayne. Ein hagerer Typ im lässigen Anzug. Vom Schneider, dachte Jenny, der kauft nicht im Warenhaus. Weißes Hemd, schwarze Fliege. Er war zwei Köpfe größer als Eduardo. Ein merkwürdiges Paar stand da im Foyer der Bank. Der eine sah aus, als hätte er als Kind Spinett gespielt und dem anderen traute man zu, dass er noch immer Rucksäcke von Touristen aufschneiden konnte.

Kroll war Anfang-Mitte sechzig. Einer von den gepflegten Männern, deren Alter schwer zu schätzen ist. Während er Eduardo an sich drückte, schaute er über ihn hinweg Jenny an. Es war ein Blick ohne Wimpernschlag. Wer bist du, schien er zu fragen und was willst du von Eduardo? Die Farbe der Augen erinnerten sie an den See, auf dem sie mit Paula Schlittschuhe gelaufen war. Wenn die Sonne unterging, war der türkis wie die Augen von Kroll. Ihre Haut zog sich zusammen, als wäre es plötzlich kalt geworden. Dann löste sich der Mann von Eduardo, kam auf sie zu, legte ihr die Hand auf die Schulter und sagte: Kommt mit, ihr beiden, ich zeig euch was.

Seine Stimme war angenehm. Jenny hat einen Faible für Stimmen. Laute Stimmen sind ihr zuwider. Wenn Mütter im Zug mit schriller Stimme Märchen lesen, wechselt sie das Abteil. Kroll hatte nur einen Satz gesagt. Jenny mochte diese Stimme. Sie war leise und intelligent. Seine Hand auf ihrer Schulter war unaufdringlich leicht.

Sie fuhren in die 31. Etage und Kroll plauderte im Fahrstuhl die erste Befangenheit weg. Er schloss den Raum auf, in dem die Skulptur stand, die er vor einem halben Jahr für die Bank gekauft hatte. Der

Künstler, Katsura Funakoshi, hatte ihr einen merkwürdigen Namen gegeben. ›Das Pendel über dem Wasser‹. Sie stand ganz allein in dem Saal. Eine halbe Figur auf einem Eisenstab. Ein Oberkörper, ein Kopf und ein angewinkelter Arm. Eine lange Nase in einem schmalen Gesicht. Große Ohren und ein weicher Mund. Wie ihr eigener. Die Lippen lagen entspannt aufeinander. Eine blasse Regenhaut. Da steht ein Mönch, dachte Jenny. Irgendetwas an der Figur stimmte nicht – aber was?

Als Kroll und Eduardo gehen wollten, sagte Jenny: Ich möchte bei ihm bleiben – ob das wohl geht?

Wenn Sie genug von ihm haben, sagte Kroll, fahren Sie in den 14. Stock. Zimmer 1453. Soll ich Kaffee bringen lassen? Jenny schüttelte den Kopf. Wie lange darf ich bleiben?

Der Raum gehört Ihnen.

Der Mönch war kleiner als sie. Jenny ging um ihn herum, schnupperte an seinem Körper. Er duftete nach Kampfer – wie eine Erinnerung an das Holz, aus dem er gemacht war. Unter schmalen Brauen seine Augen aus Marmor. Poliert, bemalt, hellgrün, fast gelb, mit großen Pupillen. Die Lider schwarz umrahmt, als sei er geschminkt. Das linke Auge war leicht nach außen verrutscht, was dem Gesicht etwas Abwesendes gab. Sie kniete vor ihm nieder, stand auf, betrachtete ihn aus der Entfernung. Sie umrundete ihn. Dann wusste sie, was verkehrt an ihm war. Sein Kopf war verdreht. Er zeigte ihr gleichzeitig den Rücken und das Gesicht.

Der Mönch sah traurig aus – aber wie soll einer aussehen, der so verlassen zwischen Himmel und Erde steht. Hundertfünfzig Meter über der Stadt. Sie stellte sich neben ihn, um zu sehen, was er sah: Himmel und Häuser. Mühelos glitten die Schatten der Wolken durch die gläsernen Fassaden. Sie streiften über den Rücken einer Frau, die am Schreibtisch saß und zogen weiter über den Teppich, um leise in das nächste Hochhaus einzudringen.

Jenny fand die Sätze nicht, mit denen sie der Freundin beschreiben konnte, was in ihr vorgegangen war, als sie das Geheimnis des Mönches gefunden hatte. Ich verstehe nicht, sagte sie, warum die Freude so unangemessen groß war für diese kleine Entdeckung.

Ein Kunstwerk ist ein Spiegel und jeder, der hineinguckt, kann sich darin sehen, sagte Paula.

Das heißt?

Nicht wir schauen Kunst an, sondern Kunst schaut uns an.

Die Sprüche deiner Zunft sind unschlagbar. Der Mönch hat mich betrachtet? Und weiter?

Wenn du so stark auf eine Skulptur reagierst, dann hat sie dich erwischt. Herz, Kopf, Seele – nenn es, wie du willst. Du hast gesehen, was andere nicht sehen. Freu dich doch.

Jenny schüttelte den Kopf. Meine Freude hat mit Kunst nichts zu tun, sagte sie. Ich habe vor dem Funakoshi begriffen, dass die Belohnung für Ausharren und Hinsehen das Begreifen ist. Ich habe diese rätselhafte Figur umkreist wie eine Katze. Ich habe an ihr gerochen, mich so lange neben sie, vor und hinter sie gestellt, bis ich das Gesicht über dem Rücken entdeckt hatte und dachte: Was passiert eigentlich, wenn ich alles, was mir begegnet, so gründlich erforsche wie diese Figur?

Mach dich nicht unglücklich, sagte Paula.

Jenny hatte den Saal nach einer Stunde verlassen und bekam von Kroll die Erlaubnis, jederzeit mit dem Fahrstuhl in die 31. Etage der Bank zu fahren. Beim Pförtner lag eine Notiz mit ihrem Namen.

Kroll machte an diesem Tag früh Feierabend. Er holte den Wagen aus der Tiefgarage. Ein amerikanischer Schlitten. Innen weißes Leder, außen dicke Beulen. Das Lenkrad aus Holz. Stereoanlage. Kroll fuhr durch die Stadt, als gehörten die Straßen zum Hockenheimring.

Ich würde mich nicht wundern, sagte Jenny, wenn er nach jeder Fahrt ein Dutzend Strafzettel bekäme. Er fuhr wie ein Henker und behauptete, er hätte noch nie einen Menschen verletzt, auch sich selber nicht. Er lud uns zum Abendessen in sein Haus ein, das er ›meine kleine Taunushütte‹ nannte. Ich machte es wie Eduardo. Ich nannte ihn Kroll.

Jenny konnte sich an die Fahrt gut erinnern. Er jagte über die Autobahn, wurde auf den Landstraßen nicht langsamer, bremste erst vor dem Waldweg ab, der zu einem Forsthaus führte. Eduardo stieg aus, öffnete das Tor, ließ Kroll in den Vorgarten fahren und schloss es hinter ihm wieder. Er tat das mit der Selbstverständlichkeit eines häufigen Gastes. Er fragte nicht nach dem Badezimmer, er ging zum Händewaschen in den ersten Stock. Jenny stand in der Diele. Das Haus war entkernt. Es war hoch und luftig bis unter das Dach. Auf dem dicken Teppich standen schwere Möbel. Kroll wohnte in nachlässiger Eleganz. Den Matisse an der Wand hielt sie für echt. Kroll verschwand in der Küche, um Begrüßungsdrinks zu mixen.

Weißt du, sagte Jenny zu Paula, als ich dort im Sessel saß und die beiden Männer beobachtete, war mir Eduardo fremd wie am Anfang. Ich kenne seine Geschichte, dachte ich – aber kenne ich ihn? Die beiden waren vertraut wie Brüder. Kroll stellte Wein auf den Tisch. Eduardo holte Teller und Bestecke aus dem Schrank. Ich dachte: Um Eduardo zu verstehen, muss ich Kroll kennen lernen. Komisch – oder?

Kroll hatte ihre Hilfe in der Küche abgelehnt. Kein Problem, sagte er, no problem, das mache ich schon. Jenny lachte. Ich hätte gern geholfen, schon um hinter die eine oder andere Schranktür zu gucken. Es gab keine Frauenschuhe und im Badezimmer nur

Kosmetik für Männer. Alles sah aus, als lebe Kroll alleine. Eduardo schien oft bei ihm zu sein, hat mir aber kein Zimmer mit seinem Koffer gezeigt. Die beiden sind ein merkwürdiges Gespann. Nicht Vater und Sohn. Auch nicht Opa und Enkel. Schwul sowieso nicht. Sie wirken eher wie der reiche Onkel und sein Lieblingsneffe.

Sie aßen zarte Steaks auf Papayascheiben. Kroll war ein aufmerksamer Gastgeber. Jenny fragte sich, ob Eduardos gute Manieren von Kroll stammten. Hat er ihn erzogen – wann soll das gewesen sein?

Zweimal an diesem Abend hat er mich merkwürdig lange angesehen, sagte Jenny. Wie im Foyer der Bank.

Liebe auf den ersten Blick?

So ein Blick war das nicht. Er war ... forschend. Mir war nicht wohl dabei. Sein Mund lächelte, aber mit den Augen lächelte er nie. Der Abend war trotzdem nett. Wir redeten über Gott und die Welt, als gehörten wir drei jetzt zusammen. Kroll sagte, wenn die Asylgeschichte durch sei, beginne Eduardos Zukunft in Deutschland. No problem.

Paula zündete einen Joint an. Nun sag endlich was, drängelte Jenny.

Mit Eduardo im Bett – wie ist das?

Speziell. Irgendetwas zwischen Sucht und Sehnsucht.

Paula nahm einen tiefen Zug aus der Tüte und schwieg. Nach einer Weile sagte sie: Ich möchte wissen, was der elegante Herr deinem Eduardo bei der Polizei in Guatemala beigebracht hat. Malen? Oder Kunstgeschichte?

Jenny versuchte seit einer halben Stunde, fünf spanische Sätze zu lernen und behielt nicht einen. Regeln, die sie längst beherrschte, waren wie ausgelöscht.

Soll ich dich abhören, fragte Eduardo.

Hat keinen Sinn heute, mein Kopf ist ein Sieb.

Sie schlug das Buch zu und sah ihn an. Bist du aufgeregt?

Er verstand die Frage nicht. Warum sollte er aufgeregt sein? Die Anwältin wird nach seiner Geschichte fragen und er wird sie erzählen.

Du weißt nicht, wie sie fragt.

Jenny stand auf, ging im Flur auf und ab, blieb dann im Türrahmen stehen. Beim letzten Besuch saß auf Eduardos Stuhl Herr Elassi, der Mann, der aus Eritrea geflohen war, weil er die Isolation in seinem Dorf nicht ertrug. Er hatte alles befolgt, was die Buss ihm geraten hatte. Er meldete sich im Bundesamt für Migration und Flüchtlinge. Er zog ins Übergangslager, teilte den schmalen Raum mit einem Flüchtling aus seiner Heimat. Wartete geduldig auf die Anhörung. Nach einer Woche drehte er durch. Eine Panikattacke mitten in der Nacht. Er schlug mit dem Stock auf seinen schlafenden Zimmergenossen ein. Er wusste, was ihn erwartete, wenn man ihn abschob, er dachte Tag und Nacht daran. Sein Land gehört zu den heißesten Gebieten der Erde. Menschen, die sich unbeliebt gemacht haben, werden gezwungen, nackt über den glühenden Sand zu robben. Man sperrt sie in Blechcontainer und holt sie, wenn überhaupt, mit schweren

Verbrennungen wieder heraus. Drei Männer mussten Herrn Elassi bändigen. Er ließ sich nicht beruhigen und wurde in die Psychiatrie gebracht.

Jenny hörte das Lachen der Buss. Sie verabschiedete einen Mandanten, dann bat sie Jenny und Eduardo ins Büro. Sie umarmte Jenny, Eduardo maß sie mit einem neugierigen Blick. Sie gab ihm die Hand und sagte gut gelaunt: Dann man los. Auf dem Tisch lag die Mappe mit seinen Unterlagen

Jenny hörte zu. Manches hörte sie zum ersten Mal. Sie spürte Eduardos Wut, als er über die Zeit als Hausboy sprach. Die Buss fragte nach dem Namen der Familie, der Dauer seiner Arbeit in diesem Haus, vor allem interessierte sie der Wechsel zur Polizei.

Warum zur Polizei? Sie wussten, was die Polizei in Ihrem Land tut.

Wer was werden will, sagte Eduardo, geht zur Polizei oder zum Militär. Oder zur Kirche.

Warum war es bei Ihnen nicht die Kirche?

Ich bin nicht fromm.

Wie alt waren Sie damals?

Siebzehn.

Sie gingen also zur Polizei. Wie geht man zur Polizei? Man klopft an und sagt: Da bin ich?

Eduardo lachte. Nein. Ich hatte einen, der für mich sprach. Er verkehrte in dem Haus, in dem ich arbeitete.

Wie hieß der Mann?

Kroll. Er heißt Dr. Diethelm Kroll.

Klingt deutsch.

Kroll ist Deutscher. Er hat in den USA studiert und gearbeitet. Irgendwann ist er dann in unser Land gekommen.

Wie konnte er Ihr Fürsprecher sein?

In der Hauptstadt kennen sich alle, die was zu sagen haben.

Was tat er in der Hauptstadt?

Kroll war als Sachverständiger geholt worden. Es ging um Skulpturen und Gemälde, die in diversen Kellern der Ministerien lagerten und nie geschätzt und katalogisiert worden sind. Außerdem unterrichtete er an der Polizeischule und betreute die Rekruten.

Die Anwältin lächelte.

Vielseitig, der Herr, nicht wahr? Was unterrichtete er denn an der Polizeischule? Kunst?

Eduardo schien das Gespräch Spaß zu machen. Nein, sagte er, nicht Kunst. Es ging darum, dass man bei Einsätzen nicht die Nerven verliert.

Man?

Wir. Ich. Die neuen Schüler.

Noch mal zurück, Herr de Sastre. Sie lernten Herrn Kroll im Hause Ihrer Herrschaft kennen. Und dann sagte er eines schönen Tages: Mein lieber Bub, geh doch zur Polizei?

Das wäre wunderbar gewesen, Frau Buss, sagte Eduardo. Das hätte mir viel Angst erspart. Es war aber so, dass ich ihn bei einem seiner Besuche an der Tür abpasste und sagte: Herr Dr. Kroll, bitte helfen Sie mir. Ich will nicht Diener sein, ich will lernen. Ich hatte über jedes Wort nachgedacht, weil ich befürchtete, er würde mich auslachen. Ich erinnere mich, dass er sagte: Du bist ein helles Köpfchen, mein Sohn. Er fragte, ob ich ehrgeizig sei. Das war ich. Er sagte: Wer nach oben will, muss sich durchbeißen. Er fragte, ob mir das klar sei. Das war mir klar. Er sagte: Wenn du mehr werden willst als ein Straßenpolizist, musst du lernen. Das wollte ich. Er bestellte mich in sein Büro und brachte mich zu einem Polizeioffizier, der an einem großen Schreibtisch saß. Zu dem er sagte: Da ist er, unser kleiner Eduardo. Schau mal, was er taugt. Er möchte eines Tages auch an einem großen Schreibtisch sitzen. Einen Monat später hatte ich ein Bett in der Kaserne und war Polizeischüler.

Wie alt war Herr Dr. Kroll damals?

Mitte dreißig.

Die Anwältin fragte nach dem Namen der Kaserne und dem Namen des Mannes mit dem großen Schreibtisch.

In welchem Jahr wurden Sie Polizeischüler?

Es war der 11. Mai 1975.

Woher wissen Sie das so genau?

Ich bin am 11. Mai siebzehn geworden.

Die Anwältin blätterte in Eduardos Unterlagen und schrieb sein Geburtsdatum auf die erste Seite.

Haben Sie Familie?

Meine Mutter.

Ehefrauen? Kinder?

Nein.

Keinen Vater?

Eduardo erzählte vom Tod seines Vaters.

Jenny hätte gerne ihre Hand auf Eduardos Arm gelegt. Das Gespräch war offizieller, als sie es sich vorgestellt hatte. Eduardo schien das nicht zu stören. Er wirkte gelassen – sprach aber wieder mit der tonlosen Stimme des ehrgeizigen Schülers.

Erzählen Sie von der Polizeischule, sagte die Buss, was lernten Sie dort?

In erster Linie, dass Kommunisten die Gesellschaft zerstören. Dass die überall sitzen, vor allem in den Gewerkschaften und Universitäten. Dass wir im Krieg mit ihnen leben und die Bevölkerung vor ihnen geschützt werden muss. Und wir lernten natürlich ...

Eduardo zögerte einen Moment.

Ja?

Wir lernten, wie man mit Pistolen und Maschinengewehren umgeht.

Und als Sie das beherrschten?

Am Anfang wurden wir hauptsächlich auf Treue und Gehorsam geprüft. Wir lernten, wie man Regimegegner ausspioniert.

Kann man das beschreiben?

Eduardo nickte. Man gab uns eine Adresse.

Schriftlich?

Natürlich nicht. Sie wurde uns mitgeteilt und wir mussten sie wiederholen und im Kopf behalten. Ich wurde mit einem älteren Polizisten losgeschickt, um zu überprüfen, ob die Leute dort wirklich wohnten. Wir notierten alles, was uns auffiel. Wann der Mann zur Arbeit ging. Wann die Frau einkaufte, wann sie die Kinder zur Schule brachte. Wer zu Besuch kam und wie lange er blieb. Ob bestimmte Leute regelmäßig kamen und wo die wohnten. Wenn das Dossier fertig war, markierten wir die Wohnungstür mit einem kleinen, roten Herz. Man nannte das: Eine Liebeserklärung machen.

Charmant, sagte die Anwältin. Von wo aus haben Sie diese Dinge beobachtet?

Eduardo erzählte, dass sie meistens im Auto saßen und die Automarke mehrmals am Tag wechselten. Wenn es in der Nähe ein Café gab, lasen sie dort Zeitungen oder taten so, als spielten sie Karten.

Was geschah nach der Anfertigung des Dossiers?

Manchmal ging es nur darum, Leute einzuschüchtern. Dann fuhren wir tagelang in einem Auto mit getönten Scheiben hinter ihnen her. Sie sollten merken, dass es uns gab. Oder man rief in der Nacht an und sagte: Mein Herr, Ihr Sarg ist gerade fertig geworden. Manchmal verließen die Leute ein paar Minuten später in panischer Angst ihre Wohnungen und wir beobachteten, wohin und zu wem sie gingen.

Die Anwältin steckte sich eine Zigarette an. Sie hielt Eduardo die Schachtel hin, er schüttelte den Kopf.

Hat das Spielchen Spaß gemacht?

Am Anfang schon. Ich war siebzehn. Es war wie Räuber und Gendarm.

Wenigstens ist er ehrlich, dachte Jenny.

Wie lange fanden Sie das Spiel spannend? fragte die Anwältin.

Jenny schrieb die Fragen der Anwältin mit. So viel hatte sie von deren Arbeit begriffen: Die Buss machte sich mit harten Fragen zur größten Hürde auf dem Weg zum Asylverfahren. Wer vor ihr bestand, schaffte später auch den Richter. Mandanten, die unlogische Geschichten erzählten, schickte sie mit der Aufforderung nach Hause, noch einmal nachzudenken. Schroff reagierte sie auf Männer, die ihre Kompetenz unterschätzten. Einmal hörte Jenny, wie sie einen Mandanten fragte, ob er seine Geschichte aus dem Märchenbuch abgeschrieben habe.

Das Räuber-und-Gendarm-Spiel, Herr de Sastre, wie lange hielten Sie das für harmloses Erschrecken kritischer Bürger?

Nicht eine Minute.

Aber Sie blieben bei der Polizei?

Es war so, dass ich in den ersten Monaten nichts Schlimmes machen musste. Nicht selbst. Ich setzte die Männer, die sich konkret mit den Staatsfeinden beschäftigten, an irgendeiner Ecke der Stadt ab. Sie stiegen in ein anderes Auto und ich fuhr zur Polizeistation zurück.

Sie drücken das hübsch aus, sagte die Anwältin. Gehörten die Männer, die sich konkret mit den Staatsfeinden beschäftigten, zu einer bestimmten Einheit?

Sie nannten sich ECR. El Corazón Rojo.

Die Anwältin nickte. Das rote Herz. Eines der schlimmsten Todesschwadrone, die ich kenne.

Mittelamerika ist nicht ihr Spezialgebiet, aber sie ist gut vorbereitet und das zeigt sie ihm, dachte Jenny. Die Buss kannte die Verbindung zahlreicher Todesschwadrone zur ESA, der Antikommunistischen Geheimarmee und deren Verbindung zum Präsidentenpalast. Kannten Sie die ESA, Herr de Sastre?

Damals noch nicht.

Und Sie waren nach wie vor der kleine Fahrer

bei den Todesschwadronen, der nichts sah und nichts hörte und nichts tat?

Die Anwältin fragte ernst und interessiert, spöttisch, zynisch und ironisch. Und manchmal wurde ihr Ton scharf. Sie konnte geduldig zuhören, aber auch aufbrausend ungeduldig werden, wenn einer um den heißen Brei herumredete. Das Gespräch mit Herrn Elassi hatte Jenny neugierig verfolgt – aber hier saß der Mann, den sie liebte und der sollte freundlich behandelt werden. Jenny wusste, dass es Eduardo schwer fiel, über diese Zeit zu sprechen. Eduardo warf der Anwältin einen kurzen Blick zu. Er hatte den Spott in der Frage verstanden.

In der ersten Zeit habe ich nur Polizisten in einem Auto zu einem anderen Auto gefahren. Später musste ich zugucken.

Erzählen Sie das ruhig mal, sagte die Buss.

Meistens wurden die, die man für Staatsfeinde hielt, von der Straße weg in ein Auto gezerrt und an einen einsamen Platz am Stadtrand gefahren. Man befahlen ihnen, sich auszuziehen. Dann ließ man sie einfach stehen und rauchte langsam eine Zigarette. Die glühenden Stummel wurden auf der Haut der Leute ausgedrückt. Oft kam es zu Vergewaltigungen. Auch Männer wurden vergewaltigt. Die Frauen weinten oder bettelten um Gnade, während die Männer wie Tiere schrien. Es gab auch Frauen, die fluchten und drohten und voller Hass und Verachtung waren. Häufig wurden Scheinhinrichtungen inszeniert. Man ließ die Menschen nackt auf einem einsamen Acker knien, verband ihnen die Augen und lud dicht neben ihnen die Pistolen durch. Dann verzog man sich leise und die Leute knieten dort in panischer Angst, gleich erschossen zu werden. Manchmal wartete man, bis sich der Verschleppte in Sicherheit glaubte und sich die Binde von den Augen nahm.

Was geschah dann?

Eduardo sah die Anwältin an. Dann erschossen sie ihn – oder das Spiel begann von vorne.

Sie haben das offenbar gut ausgehalten.

Nein, das habe er nicht, sagte Eduardo, das müssen Sie mir glauben. Unbedingt. Er habe sich bei den ersten Malen übergeben müssen. Er habe gezittert und geheult.

Und dann gewöhnt man sich, nicht wahr?

Es sei nur so gewesen, erklärte Eduardo, dass er einerseits Angst hatte, irgendwann aktiv mitmachen zu müssen ....

Das gehört zum Plan der Ausbildung, sagte die Buss. Stufe für Stufe vom Unschuldslamm zum Mörder. Wussten Sie das nicht?

... auf der anderen Seite wäre es mir schlecht ergangen, wenn ich gesagt hätte, dass ich nicht mitmachen will. Dann wäre ich kein Kumpel mehr, sondern Zeuge.

Wie haben Sie das Problem gelöst?

Ich hatte Mitleid mit den Leuten, an deren Türen ich die roten Herzen malte. Sie waren mir sympathisch. Ich war, wie soll ich es sagen, zerrissen zwischen dem Wunsch, schnell nach oben an einen Schreibtisch zu kommen und dem Wissen, dass solche wie ich ganz unten anfangen müssen.

Ihr Gönner – wie hieß der noch?

Diethelm Kroll.

Dieser Herr Kroll – hätte der Ihnen nicht helfen können?

Eduardo fragte, ob er eine Zigarette rauchen dürfe. Als Jenny ihm die Schachtel hinhielt, sah sie, dass seine Hände zitterten. Er blickte aus dem Fenster und sagte: Der war schon wieder in den USA. Oder in Deutschland, das weiß ich nicht mehr so genau.

Wo siedeln Sie diese Zeit an?

1978. Da war ich zwanzig.

Ich hatte gefragt, wie Sie Ihr Einerseits-Andererseits-Problem gelöst haben.

Es war kurz nach meinem Geburtstag. Ich hatte den Auftrag, einen Studenten, der die Guerilla unterstützte, von der Straße ins Auto zu zerren. Ich wusste, was sie mit ihm vorhatten. Sie wollten ein paar Namen aus ihm herauspressen und ihn dann verschwinden lassen.

Verschwinden lassen heißt ...?

In der Pampa verscharren. Oder in eine unterirdische Zelle sperren und den Schlüssel wegwerfen.

Jenny wusste, wie die Geschichte weiterging. Er hatte den Entschluss gefasst, die Seite zu wechseln.

Ich wusste, wie man sich auf der Straße unsichtbar macht, sagte Eduardo. Ich hatte das Handwerk schließlich gelernt. An dem Tag, an dem ich nachmittags frei hatte, zog ich mich wie ein Indio an und schlich auf Umwegen zum Haus der Mutter des Studenten.

Hat die Frau einen Namen?

Señora Elena Flores. Ich flehte sie an, mir zu glauben. Ich sagte ihr, wer ich sei und dass mir niemand gefolgt war und dass mich vor morgen früh niemand vermissen würde. Ich gab ihr meine Pistole als Beweis meiner Ehrlichkeit. Ich hatte Kopien von Plänen dabei, aus denen hervorging, welche Dörfer demnächst überfallen werden sollten. Es waren Dörfer, in denen die indianische Bevölkerung mit den Rebellen kooperierte. Ich gab ihr eine Liste der Personen, die in den nächsten Wochen verschwinden sollten.

Hat sie Ihnen geglaubt?

Nein. Sie hielt das für einen miesen Trick. Sie steckte die Fotokopien in ihre Schürzentasche und sperrte mich in einen leeren Stall, den sie verriegelte. Ich wusste, was sie vorhatte. Sie ging zu ihrem Sohn und zeigte ihm den Plan und die Listen.

Jenny sah, dass die Anwältin in Eduardos Unterlagen das Wort ›Kopien‹ schrieb und es mit einem Fragezeichen versah.

Moment mal: Sie haben den Plan für die Überfälle entwendet und in Ihrem Büro kopiert – habe ich das richtig verstanden?

Ja. Das heißt: Nein. Ich besaß kein eigenes Büro. Ich habe die Kopien im Büro meines Vorgesetzten gemacht.

Und die Liste der Menschen, die man verschwinden lassen wollte?

Auch.

Sie malte um das Wort ›Kopien‹ einen Kringel.

Erzählen Sie weiter.

Die Frau kam nach zwei Stunden wieder. Sie ließ mich im Stall. Ich wusste nicht, ob das ein gutes oder ein schlechtes Zeichen war. In der Nacht hörte ich Schritte. Ein Mädchen öffnete das Schloss und sagte: Komm. Wir liefen lange im Zickzack durch irgendwelche Vorstädte. Ich fragte, wohin wir gingen, sie gab mir keine Antwort. Irgendwann zeigte sie auf eine Hütte und sagte: Geh an die Tür und sage: Corazón rojo. Ich sagte: Ihr habt Humor, das muss man euch lassen. Sie verschwand im Dunkeln, ohne mich anzusehen.

Rebecca Buss sah auf die Uhr und schlug eine Kaffeepause vor. Eduardo blieb im Büro sitzen, Jenny folgte der Anwältin in die Küche.

Und? Wie finden Sie ihn?

Die Buss drückte ihr drei Becher in die Hand. Es gibt Männer, die nach Macht und Gewalt riechen, sagte sie. Zu denen gehört Ihr Freund, darauf wette ich.

Und seine Geschichte, fragte Jenny, was halten Sie von der? Die Buss zuckte mit den Schultern: Kenne ich die? Kennen Sie die? Schau'n wir mal.

Sie stellte Tassen, Zucker und Milch auf ein Tablett. Zu Jenny sagte sie: Vielleicht hören wir uns das

Ende der Geschichte an, bevor wir uns eine Meinung bilden. Sie trug das Tablett ins Büro. Noch ehe sie sich gesetzt hatte, sagte sie: Ich bin neugierig auf den Schluss. Sie standen vor der Hütte – und dann?

Ich ging auf die Tür zu und flüsterte das Codewort. Zwei Männer öffneten die Tür einen Spalt. Sie machten kein Licht. Sie befahlen mir, hinter das Haus zu gehen. Dort stand, ich musste lachen, obwohl es makaber war, ein weißer Lieferwagen mit getönten Scheiben.

Die Anwältin nickte. Verstehe. Aus dem Fuhrpark der berüchtigten Weißen-Lieferwagen-Entführungen.

Woher wissen Sie das?

Man hat auch bei uns Informationen und Informanten.

Die Rebellen hatten den Wagen den Todesschwadronen geklaut, sagte Eduardo. Starkes Stück.

Erzählen Sie weiter.

Ich weiß nicht, wie lange wir fuhren. Es kam mir wie eine Ewigkeit vor. Ich hatte vollkommen die Orientierung verloren. Irgendwann hielten sie und sagten: Steig aus. Mein Herz raste. Ich rührte mich nicht von der Stelle, weil ich dachte, sie würden mich hier erschießen. Einer von ihnen sagte: Zier dich nicht, Kleiner, raus mit dir. Ich stieg aus. Ich zitterte und ich konnte nicht verhindern...

Sie machten in die Hose.

Ja. Einer der Männer sagte: Geh drei Stunden nach Norden, dann bist du da. Ich fragte: Wo bin ich dann? Woher weiß ich, dass ich richtig bin? Sie fuhren ohne Antwort davon. Mir blieb nichts anderes übrig, als dem einzigen Weg zu folgen, der nach Norden führte. Irgendwann gegen Morgen stolperte ich fünf Zelten entgegen. Sie hatten mich längst gesehen. Bewaffnete Männer und Frauen bildeten einen Kreis um mich. Ich sah sehr junge Gesichter und ganz alte.

Hellhäutige Guatemalteken und Indios.

Das Ende einer Karriere, sagte die Anwältin lakonisch. Oder der Beginn einer neuen? Gehe ich recht in der Annahme, dass Sie in den folgenden sechzehn Jahren Banken ausraubten, Polizeistationen in die Luft sprengten, Regierungssoldaten erschossen und eine erhebliche Anzahl Ihrer Genossen begruben?

Eduardo nickte.

Warum haben Sie Ihr Land verlassen, Herr de Sastre? Soviel ich weiß, haben sich Guerilla und Regierung 1996 auf einen Friedensvertrag geeinigt.

Sie ist ein Jagdhund, dachte Jenny. Die Spur, die sie wittert, verfolgt sie auch.

Also: Was taten Sie nach 1996? Ihr Handwerk war ja nun nicht mehr gefragt.

Nach dem Friedensabkommen suchte ich mir einen Job als Gutsverwalter, sagte Eduardo. In Antigua, weit von der Hauptstadt entfernt.

Das klingt hübsch. Warum sitzen wir hier eigentlich zusammen, wenn Sie eine so nette Beschäftigung hatten?

Überall im Lande entstanden Wahrheitskommissionen. Die hatten Listen und auf einer stand mein Name. Eduardo Otto Noak de Sastre.

Moment mal, rief die Buss, das müssen Sie erklären! Sie stehen als Täter auf der Liste einer Wahrheitskommission? Das sind doch Ihre Genossen!

Ich stehe dort nicht als Täter, sondern als Zeuge. Es geht um das Massaker vom 13. März 1982 in Rio Blanco. Wir kamen, als alles vorbei war.

Wir?

Der Guerillatrupp, zu dem ich gehörte. Wir haben gesehen, was das Militär oder wer immer das war angerichtet hatte. Einem Mann aus dem Dorf war es gelungen, sich unter einem Esel zu verstecken. Er konnte einige der Männer, die dort gewütet hatten, so genau beschreiben, dass ich wusste, wer sie waren.

Die Anwältin war zum ersten Mal an diesem Nachmittag verblüfft.

Warum haben Sie Angst davor, als Zeuge vor die Wahrheitskommission zu treten? Das verstehe ich nicht.

Wir waren zu fünft in Rio Blanco. Ich bin der einzige Zeuge des Massakers, der noch lebt. Alle anderen sind auf merkwürdige Weise umgekommen.

Sie können der jungen Demokratie Ihres Landes einen großen Dienst erweisen, wenn Sie aussagen, sagte die Anwältin – warum wollen Sie das nicht?

Eduardo nahm seine Tasse in die Hand, sah, dass sie leer war und stellte sie zurück auf den Tisch.

Angst, sagte er. Die Aussage werde ich nicht überleben. Wahrscheinlich bringen sie mich schon auf dem Weg dorthin um.

Warum?

Weil ich weiß, wer das Massaker vertuscht hat. Carlos Maria Diaz. Damals Chef der Polizei, heute Mitglied der Regierung.

Die Anwältin schrieb den Namen auf Eduardos Akte.

Eine letzte Frage, Herr de Sastre. Haben Sie ihren Freund und Gönner wieder gesehen?

Natürlich, er lebt ja hier.

Ich meine: Haben Sie ihn in Ihrem Land wieder gesehen?

Eduardo zögerte. Ich weiß nicht, sagte er. Ich kann mich nicht erinnern. Doch, er besuchte mich ein paar Mal auf der Farm in Antigua.

Gut, sagte die Buss und stand auf. Machen wir Schluss für heute.

Jenny stand am Aufzug, als die Anwältin – kleine Frage, Herr de Sastre – Eduardo noch einmal zu sich rief. Sie sah die beiden im Profil. Die Buss sagte

– so schien es – nur einen einzigen Satz. Eduardo sah sie verblüfft an. Er wirkte überrascht. Dann nickte er. Im Aufzug fragte Jenny: Was wollte sie von dir?

Nichts. Anrufen, wenn es noch Fragen gibt.

Bert schreibt ›Gute Nacht‹ in die Luft und Jenny ›Schöne Träume‹. Im Hof ist es still. Sie öffnet das Fenster, damit ihr der Wind das Gesicht streicheln kann und versucht, sich mit der Musik aus der Nachbarzelle in den Schlaf gleiten zu lassen. Schenkt man sich Rosen in Tirol, weiß man, was das bedeuten soll. Langsam bewegt sie die Lippen. Meinst du es so, dann Liebste, sprich – gebe, Rose, mir auch dich. Carl Zeller. Der Vogelhändler.

Jenny atmet gierig den muffigen Geruch der Schaumstoffmatratze ein. So roch das Lieblingsbuch ihrer Großmutter, ein alter, zerfledderter Schinken mit goldenen Buchstaben: ›Märchen, die das Leben schrieb. Wahre Begebenheiten, gesammelt und aufgeschrieben von Annegret von Tausendschön.‹

Lies, Oma, bitte.

Was denn, Jenny?

Das vom Matrosen.

Die Geschichte des Mädchens, dessen Verlobter als Matrose zur See fuhr, zerriss ihr das Herz. So schaurig und so schön. Eine einzige Reise wollte er noch machen und dann für immer an Land bleiben. Jeden Abend, das hatten sich die Verlobten geschworen, sollte sie an den Strand gehen bis zu den Steinquadern, eine Viertelstunde aufs Meer sehen und an ihn denken. Er wollte zur gleichen Zeit auf dem Schiff an sie denken und das goldene Kreuz küssen, das sie ihm vor der Fahrt um den Hals gelegt hatte. So würden sie sich nahe sein. Das Schiff sank in einem

Herbstorkan vor Grönland. Der ›liebende Leichnam‹ konnte nicht geborgen werden.

Lies das noch mal, Oma, bitte.

Jenny konnte den Satz nicht oft genug hören. Es gab nichts Geheimnisvolleres auf der Welt als einen liebenden Leichnam. Abend für Abend ging die treue Verlobte zum Strand, setzte sich auf einen Stein und weinte. Eines Tages, die Sonne versank im Meer, fiel ihr Blick auf etwas Blinkendes. Sie hob es auf. Die Wellen hatten ihr das Kreuz des Verlobten gebracht. Sie begann vor Schmerz in hohen Tönen zu heulen wie ein Schakal.

Das würde Jenny jetzt auch gerne tun. Heulen wie ein Schakal.

Sie schließt die Augen und lässt sich mit der Musik aus der Nachbarzelle in den Traum gleiten. Im Dreivierteltakt schlagen die Wellen gegen die Tür ihrer Zelle. Man schenkt die Rose nicht allein, man gibt sich selber auch mit drein. Staatsoper Berlin 1929. Warum hat sie Eduardo nicht zwingen können, die Wahrheit zu sagen?

Es war der Sommer, der nicht weichen wollte. Die Kerzen hingen mit dem Docht nach unten, die Blätter an den Bäumen waren verbrannt, die Teiche in den Parks ausgetrocknet. Goldfische mussten von der Feuerwehr gerettet werden und alten Leuten blieb mitten am Tag das Herz stehen. Sie saß im Bikini vor dem Computer und beobachtete den fetten Brummer, der von der Hitze verrückt geworden sein musste. Immer wieder stürzte er kopfüber in die Stacheln des Kaktus' auf der Fensterbank.

Die Liebe hatte sie flink und effizient gemacht. Alles war interessant in diesem Sommer, alles spannend, weil es Eduardo gab. Er war ihr Schatten, ihre Liebe. Sie schwebte auf seiner Fürsorge wie auf tausend Daunendecken. Über Paulas Satz, sie würde neben diesem Mann zum Kind, lachte sie. Na und? Sie schrieb wie im Traum, hatte keinen Hunger und wurde nicht müde. Schmal und braun war sie und freute sich am Abend auf den nächsten Tag. Das Porträt der Asylanwältin verschob sie auf den Herbst, weil ihr drei wichtige Erfahrungen fehlten: Das Gespräch mit einem Flüchtling auf dem Flughafen, ein Auftritt der Buss vor Gericht und wenigstens einmal wollte sie zusehen, wie die Anwältin durch Internetrecherche die Geschichte eines Mandanten untermauerte.

Jenny fuhr zu ihrem Sohn ans Meer.

Die ersten Stunden waren atemlos. Olli redete wie ein Wasserfall, ließ die Hand seiner Mutter nicht los, zog sie durch das ganze Haus. Er zeigte auf die

Blumen, die er in ihr Zimmer gestellt hatte. Selbst gepflückt. Er drückte ihr den neuen, weißen Bär in die Arme. Heißt Schneemann. Von Opa. Er ließ das Polizeiauto über den Boden heulen, stopfte den Kuchen in den Mund, verschluckte sich, hielt es am Tisch nicht aus. Er zog sie an das Wasserbecken hinter dem Deich, wo kleine Jungs und alte Männer Schiffe schwimmen ließen. Sie setzten das Segelboot ins Becken, das Jenny mitgebracht hatte. Olli an der Fernbedienung. Er wurde erst ruhiger, als sie alles, was wichtig war, gesehen hatte.

Abends saß Jenny mit ihrem Vater auf der Terrasse. Die Nacht war warm, der Himmel hoch und voller Sterne. Mit der Flut war kühler Wind gekommen. Die Schiffe glitten wie erleuchtete Hochhäuser an ihnen vorbei und ihr fielen die Fragen ein, mit denen er sie als Kind gequält hatte. Ab welcher Länge müssen Schiffe mit zwei Topplichtern fahren?

Ab fünfzig Metern.

Auf einem Schiff wird einmal lang und dreimal kurz gehupt, was sagt uns das?

Achtung, Maschine dreht vorwärts.

Rückwärts, Jenny.

Ja, rückwärts. Wann fährst du wieder weg, Papa?

Jenny liebte diese Landschaft. Auf die war Verlass, auf sonst gar nichts. Der Sand flog davon, aber der Wind brachte von irgendwoher neuen Sand. Die Wolken hatten es eilig, aber es wuchsen immer wieder neue nach. Das Meer war zuverlässiger als ihre Mutter. Es ging fort – und kam wieder. Es war beständiger als ihr Vater. Der ging auf sein Schiff und niemand wusste, ob und wann er zurückkommen würde. Jenny liebte das Meer, weil es exakt nach zwölf Stunden, fünfundzwanzig Minuten und vierzehn Sekunden wieder da war.

Wodurch entsteht Ebbe und Flut, Jenny?

Er erklärte es immer wieder und sie begriff es

nie. Aus Verzweiflung lernte sie den Text, der ihr Vorstellungsvermögen überstieg, auswendig. Es ist so, Vadder: Gezeiten unterliegen dem Einfluss des Mondes auf die Weltmeere. Die Anziehungskraft des Mondes bewirkt auf der ihm zugewandten Erdseite einen Flutberg – Jenny stellte sich Wassermassen bis zum Himmel vor – dem ein Pendant auf der anderen Seite der Erdhälfte gegenübersteht. Sie stellte sich einen Krater bis zur Hölle vor. Dem Mond folgend wandern Flut und Ebbe um die Erdkugel. Damals dachte Jenny: Wie in einem Horrorfilm.

Sie wuchs mit einem Orchester aus Geräuschen auf, die im Sommer anders klangen als im Winter und am Tage anders als in der Nacht. Im Regen anders als im Schnee und alle Geräusche sind in ihr. Nie ist es still am Meer, nicht einmal in der Nacht. Irgendwo schreit immer eine Möwe. Immer tuckert irgendein Schiff vorbei. Keine Flut klingt wie die Flut davor. Das Watt gluckst und schmatzt bei jeder Ebbe anders. Und der Wind: Er kann säuseln und fauchen und heulen. Er kann die Wellen streicheln und sie wütend peitschen. Manchmal brüllt er und wirft sich gegen Türen und Fenster, als wolle er sie aus den Rahmen reißen, und manchmal schafft er das auch.

Jennys Vater trank Bier aus dem Tonkrug. Für Jenny hatte er Weißwein gekauft, in einem guten Geschäft, wie er betonte. Trocken und fruchtig, er hatte sich beraten lassen. Jenny war gerührt. Dass er in einen Weinladen ging, zwölf Flaschen ›trocken und fruchtig‹ für seine Tochter in den Keller legte, war fast eine Liebeserklärung. Sie stießen ihre Gläser aneinander. Wahrscheinlich freute er sich über ihren Besuch. Nils Stroemveld fuhr seit zehn Jahren nicht mehr zur See, war aber der wortkarge Vater geblieben, vor dem sie als Kind Angst hatte, weil sie dachte, Kinder, mit denen Erwachsene nicht sprechen, müssen böse Kinder sein.

Er stellte ihr ein, zwei Fragen über die Arbeit, zu den Antworten nickte er und schaute aufs Meer. Er gab sich mit kurzen Antworten zufrieden, weil er davon ausging, dass ein Mensch, der mehr zu sagen hat, auch mehr erzählt. Die Worte: Wieso, warum, weshalb benutzte er nicht. Dass eine kurze Antwort ein Angebot ist, weiterzufragen, ein Gespräch in Gang zu bringen, sah er nicht ein. Warum dreimal fragen, wenn einmal reicht.

Den sparsamen Umgang mit Worten hat er an Bord gelernt. Kommandos sind kurz und werden nicht begründet. Klarmachen zum Auslaufen! Leinen los! Schmeiß weg, rief er und die Männer warfen das Netz über Bord. Sie zogen es aus dem Wasser, wenn er: ›hiev op‹ rief. Vierzig Jahre Seefahrt. Vierzig Jahre Kommandos. Vierzig Jahre kurze Sätze. Kälte und Eis machen nicht nur die Finger ungelenkig, auch den Mund und die Zunge. Anker klarmachen! Nur einmal hat er mehr gesprochen, da hat er Jenny eine richtige Geschichte erzählt. Draußen jaulte der Wind, drinnen war es mollig warm. Sie hatte Windpocken, die Haut juckte, sie musste zu Hause bleiben und durfte, wenn sie an den Pocken nicht kratzte, am Abend mit ihm Grog trinken. Die Pausen, die er beim Erzählen machte, waren länger als seine Sätze.

Er war mein Schiffsjunge, sagte er und nahm einen Schluck aus dem Grogglas. John Olov. Pause. Keine fünfzehn. Er stellte das Glas auf den Tisch. Ein schmales Hemd. Pause. Eines Tages, unser Schiff taumelte im Sturm, sah der Steuermann von dem Jungen nur noch die Schuhe an der Reling. Das war für Jennys Vater ein enorm langer Satz.

Wie, Papa? Schuhe an der Reling?

Nur so ein Ausdruck, Jenny. Heißt: Mann über Bord. Kopf zuerst. Armer Junge. Keine Chance bei dem Wetter.

Damals schwor er, seinem Sohn den Namen des

Schiffsjungen zu geben. Seit diesem Abend weiß sie, dass ihr Vater kein Mädchen wollte, weil man ein Mädchen nicht John Olov nennen kann. Ein geduldiger Mann. Er hat gewartet, bis er einen Enkel hatte.

Erzähl von Olli, Vadder.

Er schenkte Bier nach. Er nannte seinen Enkel einen prima Knirps. Er schimpfte auf die Schule. Gibt Lehrer, die Kinder hassen, sagte er. Lehrer, die Olli zum Weinen bringen, würde er Kiel holen. Jenny sah deutlich vor sich, wie ihr Vater Lehrer langsam unter dem Schiffskiel durchs Wasser zieht, bis ihnen die Luft ausgeht.

Und das Geschäft?

Läuft, sagte er. Wir machen das schon.

Wir?

Olli und ich.

Nach seiner letzten Reise als Kapitän hatte er einem pensionierten Strandkorbvermieter achtzig Körbe und die Lizenz zum Vermieten abgekauft. Seitdem standen zwischen Frühjahr und Herbst achtzig rote Körbe mit einem großen, weißen ›S‹ am Strand. Sechs Monate im Jahr verdiente er Geld damit, dass sich Kurgäste in ein Nest verkriechen konnten, das sie vor Sonne, Wind und Regen schützte. Zehn Euro pro Tag und Korb, fünfundsechzig Euro, wenn die Woche durchgebucht wird. Nils Stroemveld bekam eine gute Rente. Er arbeitete, um nicht träge zu werden. Das Geld aus der Vermietung legte er seinem Enkel aufs Konto.

Noch ein Gläschen, Deern?

Gerne, Vadder.

Er schenkte das Weinglas bis zum Rand voll, als wäre es Bier. Sie sahen aufs Wasser. Ist er einsam? Gibt es eine Freundin? Hatte er gelitten, als seine Frau ihn sitzen ließ? War sie gegangen, weil sein Instinkt für Fischgründe ausgeprägter war als das Gefühl für seine Frau? Er wusste, dass sie nach Australien auswandern wollte, mehr hat ihn nicht interessiert. Mit siebzehn hatte Jenny angefangen, ihre Mutter zu suchen. Kein Ergebnis unter dem Namen Stroemveld. Die Großmutter erinnerte den Mädchennamen. Mencke, Yvonne. Nach langer Recherche brachte der Postbote eine Mitteilung aus Sydney. Frau Mencke, Yvonne, sei vor einem Jahr bei einem Verkehrsunfall ums Leben gekommen. Jenny hatte zurückgerechnet. Ihre Mutter musste zur gleichen Zeit verunglückt sein, als sie anfing, sie zu suchen. Mit ihrem Vater hat sie darüber nie gesprochen.

Sie wird ihn fragen müssen, ob Eduardo kommen darf. Er wird Ja sagen. Oder Nein. Oder: Warum nicht. Es wird keine große Debatte geben. Jenny stand auf.

Nacht, Vadder.

Nacht, Jenny.

Mutter und Großmutter hatten ihren Namen weich ausgesprochen. Dschenny. Ihr Vater nannte sie Jenny – mit einem dünnen J am Anfang wie Jesus oder Jens.

Sie schlief in ihrem Mädchenzimmer. Er hatte das Zimmer weiß gestrichen und neue Möbel gekauft. Holzfußboden aus Schiffsplanken. Eine Truhe mit Messinggriffen. Er hatte aus ihrem Zimmer eine Koje gemacht mit Radio, Telefon und Internetanschluss. Jenny kannte in diesem Haus jeden Winkel, jedes knarrende Dielenbrett. Das Haus hinter dem Deich war hundert Jahre alt und immer hatten in ihm Kapitäne mit ihren Familien gelebt. Sie liebte das Haus. Es konnte nichts dafür, dass sie beim Anblick eines kleinen Bildes auf der Anrichte im Wohnzimmer traurig wurde. Eine junge Frau mit einem weichen Mund und heiteren Augen. Die Haare trug sie hochgesteckt. Neben den Ohren kringelten sich braune Strähnchen.

Jenny war fünf, als ihre Mutter mit zwei großen Koffern in ein Taxi stieg. Ich hol dich nach, meine

Kleine, hatte sie gesagt – aber vielleicht war das nur ein Satz aus Jennys Träumen. Ihr Vater stand damals am Fenster, aufrecht wie ein Soldat, die Hände auf dem Rücken verschränkt. Er sah das Taxi kommen. Seine Frau stieg ein, er hielt sie nicht zurück. Er beobachtete das Meer. Sich selbst sieht Jenny als kleinen Schatten irgendwo zwischen Wohnzimmer und Haustür. Hat sie geweint? Sie weiß es nicht. Mit acht Jahren hätte sie das Gesicht ihrer Mutter noch malen können. Mit den Jahren wurde es blasser, bis es keine Erinnerung mehr gab, nur noch das Gesicht auf dem kleinen Foto.

Eine Woche später hatte wieder ein Taxi vor der Tür gehalten. Mit vier Überseekoffern zog ihre Großmutter ein. Ihr Geruch ist noch im Haus. Eine Mischung aus heißem Kartoffelbrei und einem Parfüm, das an Vanillepudding erinnert. Einer der Koffer war voll mit Musik. Hundert schwarze Scheiben und ein Plattenspieler. Oma Stroemveld zog aus, als Jenny zum Studium nach Hamburg ging, aber ihre Musik steckt noch immer in den Sesseln, im Sofa, sie sitzt auf den Bildern an der Wand und zwischen den Teppichfransen im Wohnzimmer. Jenny wachte mit Operettenarien auf und ging mit Operettenarien ins Bett. Sie kannte Johann Strauß, Karl Millöcker und Franz von Suppé lange vor Schiller und Goethe. Die Operettenstars waren ihr nah wie leibliche Onkel und Tanten. Erna Berger und Peter Anders. Lilli Claus und Benjamino Gigli. Wenn sich die Platten nicht drehten, sang die Großmuter. Jenny konnte nach den ersten Tönen einstimmen, weil ihr die schöne Galathee so geläufig war wie Frau Luna, der Zigeunerbaron oder die Gräfin Dubarry. Wenn sie eine Arie auswendig mitsingen konnte, durfte sie am Abend das Glas auslecken, aus dem die Großmutter Eierlikör trank. Und dann ist im Haus noch ein Geruch, der ›Papa-ist-wieder-da‹ heißt. Fisch. Aber das ist wohl Einbildung.

Jenny schlich die Treppe hoch. Auf ihrem Kopfkissen lag ein Bogen Papier. Weiß und edel wie eine Urkunde. Mit schöner Schrift stand darauf: Zeugnis für John Olov Stroemveld. Und darunter, akribisch aufgelistet, Fächer und Noten. Jenny las: Krabbenpulen: Eins. Windstärken schätzen: Eins plus. Funkalphabet: Eins. Jenny seufzte. Mit dem Funkalphabet hat er sie gequält. Dafür kann sie es heute noch runterleiern, selbst wenn man sie aus dem Tiefschlaf reißt. Alpha, Bravo, Charly. Delta, Echo, Foxtrott. Kilo, Lima, Mike, November. O wie Oskar. P wie Papa. W wie Whiskey, Z wie Zulu.

Es gab kuriose Fächer in Ollis Zeugnis: Mit Fischbesteck essen. Bratkartoffeln rösten. Strandkörbe vermieten. Ein Fach hieß: Fragen stellen. Opa, woher kommt der Wind? Für die Frage war er mit einer Eins und drei Ausrufezeichen belohnt worden.

Fragen stellen konnte Jenny als Kind auch ganz gut. Es gehen so viele Schiffe unter, Papa, warum nicht deines?

Sie sah aus dem Fenster. Ihr Vater saß noch immer auf der Terrasse. Woran er wohl dachte? Am liebsten wäre sie zu ihm gegangen, hätte ihn umarmt und gesagt: Was für ein wunderbarer Mensch du bist. Und hätte sich nicht verkneifen können, hinzuzufügen: Als Opa. Es hatte keinen Sinn. Ihre Arme wurden steif, wenn sie versuchte, ihn zu umarmen. Und er? Er wird sie abschütteln. Oder fragen: Deern, wat soll dat denn? Zwei, die nicht aus ihrer Haut können. Besser, sie blieb oben.

Großvater und Enkel waren eine Einheit geworden, in der es für Jenny keinen Platz gab. Die Brötchen wurden gebracht. Das Frühstück machte ihr Vater, danach fuhr Olli mit dem Roller in die Schule. Zweimal in der Woche kam eine Frau zum Putzen, Aufräumen und Einkaufen. Die beiden waren von hilfsbereiten Nachbarinnen umgeben, die einer Mutter ohne Mann nie geholfen hätten. Ein Opa und ein Enkel – da schmolzen sie dahin. Zauberhaft, die beiden. Die sagen zu rechts und links backbord und steuerbord. Die gehen nicht zu Bett, die fallen in die Koje. Sie kochen in der Kombüse und Wasser holen sie nicht im Eimer, sondern in der Pütz.

Olli ging es gut. Das war schön und traurig. Ein wortkarger Großvater, ein Meer und ein paar Möwen waren offenbar besser als eine Mutter mit wenig Zeit in einer hektischen Stadt.

Nach zehn Tagen holten sie Eduardo vom Bahnhof ab.

Ist er das, Jenny?

Nein, Olli, er ist doch kein Chinese.

Und der?

Zu groß. Zu schwarz.

Wie sieht er aus, Jenny?

Etwas größer als ich. Schwarze Haare. Seine Haut ist braun wie deine im Sommer. Er hat dunkelblaue Augen, fast schwarz. Wie das Meer bei Sturm. Du wirst ihn erkennen.

Heißt er Edmund?

Eduardo.

Würde ihr Sohn ihn mögen? Und wenn nicht? Und ihr Vater? Wird er die Worte verweigern? Gut, dachte sie, dann quälen wir uns ein paar Tage und reisen ab. Aber: Warum sollte es schief gehen? Eduardo war ein höflicher Mann und sie hatte Nähe und Distanz gut organisiert. Eduardo schlief im Hotel. Das erste Abendessen war in der Hafenkneipe einfacher als in der Küche, wo zum Schweigen die Uhr tickt. Langsam näherte sich der Zug dem Bahnhof. Jenny hielt es vor Sehnsucht kaum aus – aber jetzt wünschte sie, der Zug möge rückwärtsfahren. Wenn sie ihn nicht mögen – wo ist dann die Zukunft?

Olli rief: Der da!

Später hätte sie nicht sagen können, wer den Anfang gemacht hatte. Breitete Eduardo die Arme aus oder rannte Olli los, als er ihn entdeckte? Auf jeden

Fall wirbelte er den Jungen herum wie ein Kettenkarussell. Was für ein Anfang!

Abends tranken die beiden Männer Bier auf der Terrasse. Jenny ging um Mitternacht ins Bett, schloss die Augen und lauschte den Stimmen unter dem Fenster. Sie kannte die Stationen im Leben ihres Vaters, hatte aber noch nie gehört, wie er sie einem Fremden erzählte. Er tat das Satz für Satz mit langen Pausen, als müsse er zwischendurch überlegen, was er dem unbekannten Freund der Tochter anvertrauen konnte. Er nannte ihn Eduardo und siezte ihn. Manchmal sagte er: Min Jung, mein Junge. Die Art, in der sich die Männer unterhielten, klang wie der gemächliche Vortrag eines Gedichtes mit vielen Strophen: Mit fünfzehn zur Jungfischerschule. Pause. Kochsjunge auf der ›Duisburg‹ – einmal und nie wieder. Lange Pause. Unter Deck ist die Luft knapp. Decksjunge war besser. Himmel und Wind. Sehen, wohin man fährt. Pause. Dann Leichtmatrose, Matrose, erster Steuermann, zweiter Steuermann. Soll ich noch Bier holen? Eduardos Stimme: Kann ich das machen? Eine Weile hörte Jenny nur den Wind, der durch die Büsche im Garten fuhr. Dann das Gluckern des Bieres in den Krügen. Dann die Stimme ihres Vaters:

Die Käptns waren rabiate Hunde damals. Übriggebliebene. Jawoll, Herr Obersturmbannführer, solche Kaliber. Die zogen gegen den Fisch los wie vorher gegen die Russen. Sie hörte Eduardo lachen.

Am nächsten Morgen sagte ihr Vater: Dein Freund hat das Zeugs zum Kapitän. Und zu Eduardo: Wer meine Tochter verstehen will, muss die Plätze kennen, die sie liebt. Jenny knurrte: Vadder, was redest du so viel?

Olli war verliebt in Eduardos Kraft. Der warf ihn hoch und fing ihn auf. Der trug ihn auf den Schultern. Er brachte ihm spanische Flüche bei. Mierda, Scheißkerl. Strandkörbe zog er über den Sand, als wären fünfundachtzig Kilo Holz und Eisen kein Gewicht.

Es ging ihnen gut in dieser Woche.

Einen Nachmittag verbrachten sie im Hafen, in dem der Fischdampfer lag, der vierzig Jahre lang das Zuhause ihres Vaters gewesen war. Das Schiff sollte in einer Stunde auslaufen, vorher gab es noch viel zu tun. Ein riesiger Kran hievte den Proviant für die Mannschaft an Bord. Schwere Paletten mit gefrorenem Fleisch, Reis und Kartoffeln, Gemüse, Zwieback, Kaffee und Tee, Bier und Schnaps. Seit Stunden stampften die Motoren. Der Dampfer läuft sich warm, sagte Jennys Vater und tippte zum Gruß mit der Hand an die Schirmmütze. Sie standen nicht alleine am Pier. Die Männer in seinem Alter kannte er alle.

Alte Seebären hält es nicht in der Stube, wenn so ein Pott ausläuft, erklärte er Eduardo. Die frischen Erinnerungen auf. Gucken den Dampfer an und schon sind sie wieder auf See.

Jenny beobachtete Abschiedsszenen. Ein Vater schlug seinem Sohn dreimal kräftig auf den Rücken. Dann ließ er ihn stehen und raste mit dem Auto vom Hafengelände, als würde er verfolgt. Der Junge warf den Seesack über die Schulter und stieg die Gangway hoch. Kommt ja nech jeder zurück, sagte Jennys Vater. Ein junges Paar stand eng umschlungen im Schatten des Schiffsbugs. Kann die letzte Umarmung sein, sagte Jennys Vater und gab einem Mann mit Pudelmütze die Hand. Er nannte ihn Wolfram, mein Junge. Sie waren zehn Jahre lang ein gutes Team gewesen – der Kapitän und sein erster Steuermann.

Guck die Besatzung an, sagte Jennys Vater zu Eduardo: Portugiesen, Spanier, Marokkaner, kaum noch Deutsche an Bord.

Ist das schlimm, fragte Eduardo.

Ne, mein Junge, schlimm ist das nicht. Nur dass der deutsche Käpt'n niemanden zum Sprechen hat.

Außer Befehlen verstehen die Burschen an Bord kein deutsches Wort. Einsame Arbeit für einen Kapitän. Wo zu meiner Zeit vierundsechzig Mann die Arbeit machten, stehen da heute nur noch zweiunddreißig. Malochen, schlafen, malochen. Viecherei. Keine Zeit für fröhliche Feste. Ne, das ist kein schöner Beruf nech mehr.

Er mag Eduardo, dachte sie. Er will ihn gewinnen, aber für wen? Für mich? Für Olli? Für die Familie?

Alles war gut in dieser Woche. Bis auf die Geschichte mit dem Schmetterling.

An einem sonnigen Nachmittag zeigte sie ihm eine Landschaft, in der alles auf einem Fleck war, was sie liebte. Wasser und Sand. Weiden, Heide und Wald. Sie führte ihn von den breiten Waldwegen auf die schmalen Trampelpfade und von dort durch das Unterholz zur Lichtung, auf der ein verwitterter, umgestürzter Grabstein lag. Für Jenny hieß der Tote unter der Erde Moritz, aber es gab von seinem Namen nur noch ein I, ein Z und ein O. Und ob die Zahl achtzehn sein Alter war oder das Jahrhundert, in dem er starb, war nicht zu erkennen. Setz dich auf den Grabstein, sagte Jenny. Beweg dich nicht, dann kommen sie.

Hunderte von Schmetterlingen taumelten über die Wiese, als hätten sich die Blütenblätter von den Blumen losgerissen. Nach einer Weile ließen die Schmetterlinge sich auf ihren Haaren nieder, den Armen, setzten sich auf ihre Füße. Das machen sie nur hier, flüsterte Jenny und erzählte Eduardo das Märchen von der Werkstatt der Schmetterlinge.

Hör zu. An einem geheimen Ort lebten vor langer Zeit die Gestalter aller Dinge. Sie hatten strenge Gesetze. Eine Herrscherin, die ›Weise Alte‹ genannt wurde, wachte darüber, dass die übermütigen Gestalter keine Bäume schufen, die wie Vögel sangen und keine Vögel, die statt Eier Äpfel legten. Einer der Gestalter war Rodolfo. Er war besessen von dem Gedanken, etwas zu erfinden, was Flügel wie ein Vogel hat und schön wie eine Blume ist. Als die ›Weise Alte‹ von diesen Spinnereien erfuhr, versetzte sie den Träumer zur Strafe in die Werkstatt der Insekten, die nicht sehr angesehen war. Keiner mochte Insekten erfinden, weil die sirrten und surrten und einige stachen sogar. Rodolfo entwarf Glühwürmchen und Grillen, erfand die Biene und den Marienkäfer und enorm viele Ameisen. Unter all diesen Geschöpfen war aber keines, das fliegen konnte wie ein Vogel und schön wie eine Blume war.

Jenny legte ihren Kopf in Eduardos Schoß und sah abwechselnd in seine Augen und in den Himmel.

Rodolfo gab seinen Traum nicht auf. Er zeichnete Tag und Nacht. Wenn er ein Geschöpf für gelungen hielt, blies er auf das Papier und schon flog es davon. Er schuf die Libelle, die schön war, aber nicht seiner Idee von einem Wesen entsprach, das die Menschen heiter und glücklich machen konnte.

Eduardo verscheuchte den Schmetterling, der sich auf Jennys Haar ausruhte.

Lass ihn! Ich mag es, wenn er keine Angst vor mir hat. Wo war ich stehen geblieben? Er wusste es nicht. Jenny erzählte lustlos weiter, wie Rodolfo an seinem Traum fast verzweifelte. Von den Tränen, die er weinte, bis er eines Tages ein Tier aufs Papier zauberte, das winzige Füßchen hatte, eine lange, zarte Zunge und hauchdünne Flügel. Er blies seinen Atem auf die Zeichnung und vor seinen Augen stieg der hauchzarte Traum auf, den er Schmetterling nannte.

Fertig? fragte Eduardo.

Er war nicht verzaubert, wie konnte das sein?

Nein, sagte Jenny, noch lange nicht. Warum sollte sie das Märchen von Gioconda Belli zu Ende erzählen, wenn er nicht zuhörte? Ich mache es kurz, sagte sie: Rodolfo bekam, was er sich wünschte. Eine eigene Werkstatt für Schmetterlinge.

Hier muss niemand Angst haben, wenn plötzlich die Zelle aufgeschlossen wird. Es gibt keinen Grund für das Herz, schneller zu schlagen. Da steht nur eine Frau vor der Tür, die in der Regel freundlich ist, ihre Vorschriften kennt und Bedienstete heißt. Aber für Jenny, die Insassin, die Eingesperrte, die nur die eigene, kleine Zelle überblickt wie ein Schneckenhaus, ist das Geräusch des Schlüssels im Schloss, und sei es noch so leise, immer ein Schreck, der in den Bauch schießt und sich nur langsam wieder auflöst.

Besuch, Frau Stroemveld.

Frau Modrow schließt vor Jenny Türen auf und hinter ihr wieder zu, begleitet sie wortlos über die langen Gänge zum Besucherraum. Die Dienstkleidung ist so unauffällig, dass sich Jenny nach jeder Begegnung mit der Aufsicht fragt: War die Bluse blau oder schwarz? Und die Hose? Schwarz? Oder auch blau? Und die Schuhe? Braun? Sie will es sich merken. Die Hose der Modrow ist schwarz, die Bluse blau, die Schuhe schwarz. Die Modrow ist beim Friseur gewesen. Auf dem Rücken hängt kein Zopf mehr, sie hat sich, wie sie sagt, für eine praktische Kurzhaarfrisur entschieden. Auch so ein kompaktes Wort wie Lebendkontrolle. Ohne dieses »d« in der Mitte würde es Jenny nicht irritieren. Wo es Lebenkontrolle gibt, wird festgehalten, dass Leben in der Zelle ist. Wo aber Lebendkontrolle ist – wird dort lebend kontrolliert? Wie sonst? Alles andere wäre makaber. Wenn man hier nicht aufpasst, denkt Jenny, wird man verrückt.

Man verbeißt sich in ein kleines »d« und stellt sich tagelang vor, wie die Toten die Lebenden kontrollieren.

Die weichen Halbschuhe der Modrow quietschen leise bei jedem Schritt. Da wären wir dann, sagt sie mehr zu sich als zu Jenny und schließt die Tür zum Besucherraum auf.

Vier kahle Wände und ein Fenster hoch oben in der Wand, durch das kaum Licht fällt. Die Farbe des Bodens nimmt Jenny in ihre Sammlung von Grautönen auf: Knastbetonbodengrau. Ein Tisch und drei Stühle und, sonnengelb, ein Aschenbecher mit einem verblichenem Schriftzug. Ein Gruß aus einer Welt, in der Aperitifs nach Anis schmecken.

Setzen Sie sich, sagt die Modrow, ich hole den Besuch.

Liza breitet schon in der Tür die Arme aus. Sie sieht strahlend aus. Die roten Locken kurz geschnitten, die Kleidung, wie immer, ausgeflippt edel. Bodenlanger, zotteliger Mantel, rote Pumps, ein knielanger Schal. Mit der Fotografin Liza van Boog ist Jenny auf Kamelen durch die Wüste geritten. In Peru saßen sie zwei Wochen in einer feuchten Hütte, weil der Regen das Dorf eingeschlossen hatte. Sie kennen ihre Ängste und die Grenzen ihrer Geduld und haben alle Auseinandersetzungen überstanden, die eine Journalistin mit einer Fotografin haben kann. Liza würde Jenny auch aus Freundschaft besuchen – aber jetzt, da ist sie sicher, hat sie eine Absicht und einen Auftrag. Jenny weiß, was Liza will. Die Frage ist: Wie wird sie es anfangen? Mit der Tür ins Haus fallen oder mit ein paar Sätzen gegen Ende der Besuchszeit?

Bevor sie Liza umarmt, sagt Jenny: Die Dame, die mit uns am Tisch sitzt, ist Frau Modrow. Sie hört, was wir sagen und sieht, was wir tun. Also: Benimm dich.

Liza sieht nicht betreten aus. Sie lacht, seit sie das Besucherzimmer betreten hat.

Was gibt es zu lachen?

Entschuldige, du im Knast – das ist wirklich komisch.

Du ohne Kamera bist wie ein Elefant ohne Rüssel.

Jetzt habe ich ihr das Stichwort gegeben, denkt Jenny. Wenn sie das nicht aufgreift, hat sie den günstigsten Augenblick verschenkt. Aber Liza verschenkt keine günstigen Augenblicke.

Es ist nämlich so, beginnt sie zögernd. Dein Porträt über die Asylanwältin ist ja, sagen wir mal, durch die Ereignisse nicht ganz fertig geworden.

Kann man so sagen.

In der Redaktion denkt man, dass es gar nicht besser hätte kommen können. Entschuldigung, ich meine nicht, dass du jetzt hier sitzt, sondern als Story. Wahnsinnig! Journalistin will Asylanwältin porträtieren und verliebt sich ...

Ich kenn die Geschichte.

Jenny lehnt sich zurück und schweigt. Liza wird an die Journalistin in ihr appellieren, die sich eine gute Geschichte nicht entgehen lässt. Langsam zieht sie eine von Lizas Zigaretten aus der Schachtel. Die Modrow hat die Beine übereinandergeschlagen und die Arme vor der Brust verschränkt. Sie betrachtet abwechselnd den Tisch, ihre Schuhe, die Flecken auf dem Boden und den Aschenbecher, als könne sie sich dadurch unsichtbar machen.

Sag was, Jenny. Bist du einverstanden?

Keine Spur.

Jenny, du kennst den Laden! So eine Geschichte lassen die sich im Leben nicht entgehen. Wär auch dumm. Liebe und Asyl. So nah rückt die Politik selten jemandem auf die Pelle. Niemandem von uns jedenfalls.

Ach, es geht um politische Bildung?

Die Modrow faltet ihre Hände und legt sie auf

den Tisch. Sie zählt mit den Augen ihre Finger. Liza wirft ihr einen Blick zu, als würde sie sich für das, was sie jetzt sagen muss, schämen. Hastig sagt sie: Dann machen sie die Geschichte ohne dich. Du weißt, wie einfach das ist. Ich bekomme den Auftrag, den Knast von außen zu fotografieren. Hohe Mauern, Stacheldraht, Wachtürme, alles düster. Riesenfoto, Doppelseite. Von dir gibt es Bilder im Archiv. Wir klinken das schönste Foto in das Mauerbild.

Die Modrow steht auf und bittet die Kollegin auf dem Flur um ein Glas Wasser für Frau Stroemveld. Ob Liza auch trinken möchte, fragt sie nicht. Jenny schweigt, bis das Wasser vor ihr steht und die Modrow wieder am Tisch sitzt. Sie trinkt das Glas in einem Zug leer.

Wer schreibt die Geschichte, wenn ich sie nicht schreibe?

Liza räuspert sich. Sie beißt von einer Zigarette den Filter ab legt sie auf den Tisch.

Weltecke soll die Geschichte schreiben, Bärbel heißt sie, glaube ich. Wenn sie nicht mit dir reden kann, fragt sie deine Freunde aus. Und die Buss. Den Pfarrer von Langendorf, den Einzelentscheider, alle, die damit zu tun hatten.

Jenny schlägt mit der Faust auf den Tisch. Das Bärbelchen? Diese schwülstige Ziege? Den Text kenne ich jetzt schon. Klischees, falsche Bilder, peinliche Vergleiche. Was willst du mir sagen, Liza? Ihr macht die Geschichte – ob ich mitspiele oder nicht?

Liza nickt. Jenny zieht drei Zigaretten aus Lizas Schachtel und steckt sie in die Jackentasche. Sie faltet die Hände und legt sie auf den Tisch. Es gibt nichts mehr nachzudenken. Knapp sagt sie: Teil ihnen meine Bedingungen mit. Kein Bild von Olli. Kein Bild von meinem Vater. Vierfaches Honorar.

Bist ein Schatz.

Das war Erpressung, Liza.

Jenny steht auf. Sie gibt Liza die Hand, weil sie nicht umarmt werden möchte. Frau Modrow begleitet die Besucherin vor die Tür und übergibt sie der Kollegin. Dann kommt sie zurück. Eine Stunde hatte sie mit teilnahmslosem Gesicht zugehört. Jetzt lächelt sie: Tapfer geschlagen, Frau Stroemveld. Bravo. Sie begleitet Jenny in die Zelle und schließt hinter ihr ab. So leise, wie es mit den großen Schlüsseln möglich ist.

Jenny starrt in die Schreibtischplatte wie in eine Zauberkugel. Was sie sieht, ist ihr nah, als geschähe es in diesem Augenblick. Sie hatte Eduardo die Geschichte zu Ende erzählt und war aufgestanden. Stumm hatten sie die Lichtung verlassen. Eduardo ging ein paar Schritte hinter ihr. Den erhobenen Arm sah sie aus den Augenwinkeln, dann hörte sie den Schlag. Ein dumpfer Klaps, mehr nicht. Sie drehte sich um. Er klopfte sich den Staub vom Ärmel. Mehr bleibt von einem Schmetterling nicht übrig. Er sah ihren entsetzten Blick und sagte: Das habe ich nicht gewollt. Er musste nichts erklären. In dem Schlag war kein Zögern. Er hatte zugeschlagen, weil er treffen wollte.

Um nicht zu spät zu kommen, stand Jenny viel zu früh vor dem Verwaltungsgericht. Die Verhandlung war auf halb elf angesetzt. Der Neubau war ein modernes Nichts mit kleinen Fenstern. Jenny setzte sich auf den Rand des Blumenkübels und wartete auf die Asylanwältin. Aus jeder Straßenbahn, die hier hielt, stiegen Leute aus, die im Gericht zu tun hatten. Die mit weißer Haut – Anwälte, vermutete Jenny, Richter, Dolmetscher, Bürohilfen – strebten zügig auf den Eingang zu. So wie man geht, wenn man festen Boden unter den Füßen hat. Die Menschen mit brauner und schwarzer Hautfarbe näherten sich zögerlich. Bevor sie sich von der Drehtür ins Gericht ziehen ließen, sahen sie an der glatten Fassade empor – als stellten sie sich einen Moment lang die Menschen in den Büros vor, die über ihr Leben entschieden. Um Viertel nach zehn bog die Buss um die Ecke. Sie trug einen langen, hellen Mantel und spitze Pumps. Die halb aufgerauchte Zigarette trat sie vor dem Gerichtsgebäude flüchtig aus. Die Freter ist unsere Richterin heute, sagte sie zur Begrüßung. Da wissen wir doch jetzt schon, wie das ausgeht.

Verhandelt wurde im Raum 703. Sie fuhren mit dem Fahrstuhl in den siebenten Stock. Die Anwältin warf den Mantel über einen Stuhl im Flur, zog aus dem Automaten einen Becher Kaffee. Noch fünf Minuten bis zur Verhandlung, für ein paar Züge aus der Zigarette reichte die Zeit noch. Sie behielt die Fahrstuhltür im Auge, ihr Mandant war nicht dabei. Die

Buss wurde nervös. Das gibt es nicht, dass der nicht kommt, murmelte sie.

Um halb elf betraten sie den Gerichtssaal. Der Dolmetscher wartete, die Richterin blätterte in den Akten. Die Verhandlung war öffentlich, aber außer Jenny interessierte sich an diesem Vormittag niemand für das Asylverfahren im kargen Raum 703.

Blonde Ponyfransen fielen der Richterin über Stirn und Augen. In der schwarzen Robe sah sie blass wie eine Porzellanpuppe aus. Sie war jung, höchstens dreißig. Die Buss pendelte zwischen Saal und Fahrstuhl. Versteh nicht, wo der bleibt, sagte sie, der Mann ist absolut zuverlässig.

Wir warten noch ein Weilchen, sagte die Richterin freundlich. Sie hatte eine mädchenhaft hohe Stimme.

Die Buss erreichte ihren Mandanten nicht übers Telefon, nicht auf dem Handy, in seiner Unterkunft wusste niemand, wo er steckte. Das Handy des Bruders war ausgeschaltet. Nach zwanzig Minuten hob die Richterin den Kopf und sagte: Wir verhandeln ohne ihn. Das klang nicht verärgert, eher so, als sei für sie die Anwesenheit des Mandanten nicht nötig. Sie drückte auf die Aufnahmetaste des Diktaphons und sagte leise: Heute ist Donnerstag, der 29. September 2006. Verhandelt wird in Abwesenheit des Ibn Radu, Komma, der zum angesetzten Termin nicht erschienen ist. Punkt. Zur Kontrolle ließ sie das Band zurücklaufen. Unter der Stimme lag nun ein leichter Hall. Heute ist Donnerstag, der 29. September 2006. Verhandelt wird in Abwesenheit des Ibn Radu, Komma, der zum angesetzten Termin nicht erschienen ist. Punkt.

Rebecca Buss trug die Geschichte ihres Mandanten ohne Pathos vor. Bis zur Schmerzgrenze unterkühlt.

Herr Radu gehörte in Angola zum Militär. Er hat

sich bei den Vorgesetzten unbeliebt gemacht, als sie erfuhren, dass er das Militär verlassen wollte. Das ist legal, wird aber nicht gerne gesehen.

Die Richterin nickte und diktierte: Ich fasse zusammen, Doppelpunkt. Herr Ibn Radu gehörte in Angola zum Militär und trug sich mit der Absicht, Komma, selbiges zu verlassen, Komma, was legal ist aber nicht gerne gesehen wird. Punkt.

Man hat Herrn Radu, fuhr die Buss fort, für seine Absicht, das Militär zu verlassen, landesüblich bestraft. Sie haben ihm die Haare geschoren, eine Zucker-Milch-Mischung auf den kahlen Kopf gestrichen und ihn viele Stunden in die glühende Sonne gestellt. Mein Mandant hat schwerste Verbrennungen auf dem Kopf davongetragen. Ihm wurde bei der Tortur ein Auge zerstört.

Die Richterin fasste die Ausführungen der Buss zusammen und fragte: Wer genau hat ihm diese Verletzungen beigebracht?

Als die Buss sagte, den Namen des Mannes wisse ihr Mandant nicht, der Schinder hätte sich nicht vorgestellt, diktierte sie: Wer ihm die Zucker-Milch-Mischung über den Kopf gegossen hat, Komma, weiß er nicht. Punkt.

Die Buss beschrieb die Situation ihres Mandanten vor seiner Flucht aus Angola. Ibn Radu desertierte nach der Quälerei. Wissen Sie, fragte sie die Richterin, was man in Angola mit Deserteuren macht?

Das ist für die Verhandlung unerheblich.

Moment mal! rief die Anwältin und zitierte eine Stellungnahme des Hohen Flüchtlingskommissars der UNO, aus der hervorging, dass Deserteure mit Schikanen und Folter rechnen müssen.

Der Ton zwischen den Frauen wurde mit jedem Satz frostiger. Die Buss beantragte Asyl, weil ihr Mandant die Abschiebung in sein Land nicht überleben wird. Die Richterin lehnte den Antrag ab. Nach weiteren vierzig Minuten Verhandlung diktierte sie: Abschiebungshindernisse liegen nicht vor. Punkt. Absatz.

Wie glatt ihr die Zucker-Milch-Mischung über die Lippen geht, dachte Jenny. Muss sie so arbeiten, weil es kein Geld für Gerichtsschreiber gibt? Was weiß sie über das Land? Wie perfekt sie ihre Gefühle verbirgt – oder hat sie keine? Ist es nicht zum Heulen, was sie gerade erfahren hat? Wenn wahr ist, was die Anwältin vortrug, dann hat die Richterin Ibn Radu gerade eben zum Tode verurteilt.

Die Richterin stand auf, schob das Diktaphon in die Aktentasche und klemmte sich die Prozessakten unter den Arm. Bevor sie den Gerichtssaal verließ, nickte sie der Anwältin zu, ohne sie anzusehen. Jenny hörte dem Klappern der Absätze auf dem Flur hinterher. Eine Tür wurde geöffnet, geschlossen, dann war es still. Ob sie die Kassette der Sekretärin jetzt ohne Kommentar zum Abschreiben auf den Schreibtisch legt?

Ist es möglich, von Torturen zu erfahren, ohne sich vorzustellen, man selber könne das Opfer sein? Es ist möglich. Wie sonst kann eine Stimme so cool bleiben. Abschiebehindernisse liegen nicht vor. Punkt. Absatz. Die Richterin stand nicht eine Sekunde lang mit geschorenem Schädel und dem klebrigen Brei in der höllischen Sonne. Wer so diktiert, denkt nicht: Es ist mein Kopf, der da verbrennt. Vielleicht hat sie die Verhandlung am Abend schon wieder vergessen und rührt am Sonntag den Kuchenteig an: Backe, backe, Kuchen, der Bäcker hat gerufen, wer will schöne Kuchen backen, der muss haben sieben Sachen: Zucker und Salz, Eier und Schmalz und wer ihm die Zucker-Milch-Lösung über den Kopf gegossen hat, das weiß er nicht.

Verstehen Sie, fragte die Buss am Garderobenständer, warum ich mir im Gerichtssaal den schwarzen Lappen über das Kleid werfe? Ohne auf Jennys Antwort zu warten, sagte sie: Damit ich ihn jetzt wieder ausziehen kann.

Vor dem Gerichtsgebäude zog sie den Rauch der Zigarette so tief in sich hinein, als könne sie mit ihm runterschlucken, was sie in der letzten Stunde einstecken musste.

Den Nachmittag verbrachte Jenny neben der Anwältin. Sie sah zu, wie die Buss im Internet nach neuen Informationen suchte, um ihre Klage gegen die Abschiebung zu untermauern. Stichwort: Angola. Stichwort: Deserteure. Stichwort: Folter. Sie wühlte sich durch die Informationen von amnesty. Sie klickte das Deutsches Rotes Kreuz an, die peace brigades, Ärzte ohne Grenzen, medico international, medica mondiale, das Auswärtige Amt. Wer sucht, der findet, murmelte sie und druckte Stellungnahmen, Referate, Urteile anderer Gerichte und die Namen diverser Kontaktpersonen aus. Sie nickte dem Bildschirm zu. Der Zufall als Freund und Helfer.

Einmal hatte sie die Anschrift eines Mannes entdeckt, der in einem nordfinnischen Nest saß, über die Familienstrukturen der Sahauris promoviert hatte und alles über den Wüstenkrieg in Marokko wusste.

Stichwort: Deserteure. Sie durchforstete die Seiten der BBC, dann die der großen deutschen Tageszeitungen. Plötzlich lehnte sie sich zurück und lachte. Kein Wunder, rief sie, dass unser Knabe nicht zum Termin erschienen ist. Der hält heute auf der Angola-Tagung die Eröffnungsrede! Sie war nicht wütend, nur ein bisschen frustriert, aber hauptsächlich amüsiert wie über ein Kind, das man beim Schwindeln ertappt hat. Mit Herrn Radu im Saal, sagte sie, hätte die Dame es heute Morgen schwer gehabt. Die Buss redete mit dem Computer. Dass Jenny neben ihr saß, hatte sie längst vergessen. Jenny schrieb zum zweiten Mal ›Jagdhund‹ in ihren Block.

Na, schau mal, der Hanauske! Den muss ich doch ...

Sie schrieb den Namen Hanauske auf einen Zettel.

Jenny kannte die Geschichte. Es war die erste, die sie ihr erzählt hatte. Dr. Hanauske untersuchte vor zwei Jahren in Amsterdam einen hohen afrikanischen Offizier. Der Mann war aus dem Militärkrankenhaus seiner Heimat nach Holland geflüchtet. Er litt unter höllischen Kopfschmerzen, für die es keine Erklärung gab.

Supertyp, flüsterte die Anwältin gegen den Bildschirm. Was? Der ist Chefarzt in Heidelberg geworden? Na, dann sieht man sich wohl mal.

Länger als andere Ärzte unterhielt sich Hanauske damals mit dem Patienten. Er ließ sich jede Minute beschreiben, die der Offizier im Militärkrankenhaus seines Landes verbracht hatte. Und dann? fragte er, und dann und dann? Sie müssen sich erinnern! Keine Minute darf verloren gehen. Und plötzlich war sie wieder da, die kleine, vergessene Operation. Eine leichte Betäubung, eine kleine Narbe am Kopf, fertig. Hanauske entdeckte im Schädel des geflohenen Offiziers eine winzige Giftampulle, die ihn langsam umgebracht hätte.

Hanauske, Schätzchen, rief die Anwältin und notierte Telefonnummer und E-Mail der Klinik in Heidelberg. Danach wollte sie von Jenny zu einem Glas Wein eingeladen werden. Jenny kannte sie gut genug, um zu wissen, dass daraus nach einem solchen Tag ein handfestes Besäufnis würde.

Ihr erstes Glas leerte die Buss in einem Zug und behauptete, das sei die beste Grundlage für die folgenden Gläser. Sie sah Jenny an.

Akzeptieren Sie meine Arbeit? Oder eher nicht?

Ich bewundere Sie, sagte Jenny. Was mich irritiert, ist der Umgang mit der Wahrheit.

Die Anwältin holte tief Luft. Was genau irritiert Sie daran?

Manchmal vertreten Sie Menschen vor Gericht, deren Geschichte nicht stimmt.

Mit Zorn in der Stimme sagte die Buss: Ich bin kein Bulle, Jennifer Stroemveld, merken Sie sich das. Auch kein Staatsanwalt. Ich bin nicht der Inquisitor dieser Republik. Ich werde dafür bezahlt, dass ich Menschen zu ihrem Recht verhelfe. Meine Dienstleistung besteht darin, wirre Geschichten auseinanderzupflücken und neu zusammenzusetzen. Journalisten wollen wahre Geschichten hören und Juristen sagen: Es gibt keine wahren Geschichten.

Ohne sich zu unterbrechen, hob sie die Hand in Richtung Theke und zeigte mit dem Finger in ihr leeres Glas.

Ich will Ihnen eine Geschichte erzählen. Mein Freund Peter sitzt an einem Schreibtisch unterm Dach. Im letzten Winter beobachtete er, wie der Eiszapfen vor dem Fenster täglich größer und schwerer wurde. Eines Morgens hörte er einen gewaltigen Knall und vor seinem Fenster gab es keinen Eiszapfen mehr. Er sprang auf, schaute auf die Straße und sah im Dach eines Autos eine Beule. Der Polizei erzählte er, das wäre ›sein‹ Eiszapfen gewesen, der sich vom Dach gelöst und das Auto demoliert habe.

Logisch, sagte Jenny, war ja auch seiner.

Woher wollen Sie das wissen? Er hat weder gesehen, wie sich der Eiszapfen vom Dach löste, noch hat er ihn einschlagen sehen.

Wie soll es sonst passiert sein?

Was weiß ich. Es gibt keinen Beweis. Ein Krach, eine Beule, keine Zeugen – würden Sie das für eine wahre Geschichte halten? Verstehen Sie, was ich Ihnen sagen will? Es gibt tausend Wahrheiten. Ich bin keine Lügnerin, Jenny. Mein Herz schlägt dort, wo Menschen Hilfe brauchen. Vor Gericht erzählte ich Geschichten so, dass sie zwischen die Buchstaben unserer Gesetze passen und in das Hirn eines Richters.

Es gibt Mandanten, die lügen. Das haben Sie selbst gesagt.

Lüge! Ich mache den Job seit fünfundzwanzig Jahren, meine Liebe. Ich kenn keinen Mandanten, der sein Land verlässt, weil dort Milch und Honig fließen. Aber Sie haben Recht: Manchmal bekomme ich Geschichten erzählt, die nicht stimmen.

Und dann sagen Sie: Geh heim, denk noch mal nach!

So ungefähr.

Und dann?

Dann stelle ich fest, dass mir der Schwachsinn nur vorgesetzt wurde, weil der wahre Grund der Flucht nicht zu erzählen ist.

Versteh ich nicht. Warum?

Scham. Angst. Kurdische Männer lassen sich lieber abschieben, als zu erzählen, dass sie in türkischen Gefängnissen von türkischen Wächtern vergewaltigt worden sind. Ich habe Mandanten, die sind Täter und Opfer in einer Person. Erst verfolgt und gefoltert, dann, selbst an der Macht, Verfolger und Folterer und danach wieder Verfolgte. Wenn sie zu mir kommen, sind sie Verfolgte.

Und Mörder, sagte Jenny.

Die Buss hob ihr Glas. Auf die strenge Journalistin! Ich heiße Rebecca. Freunde nennen mich Bea. Sie legte ihre Hand auf Jennys Arm und lächelte.

Ich möchte nicht persönlich werden, meine Liebe, aber auch dein schöner Eduardo ist mein Mandant. Die Gewalt, die dieser Mann ausgeübt hat, die Macht, die er hatte, die rieche ich, sobald er mein Büro betritt. Polizeistationen in die Luft sprengen ist kein Mensch-Ärgere-Dich-nicht-Spiel. Dabei wird der eine oder andere Mensch sein Leben verloren haben, meinst du nicht?

Er war auf der richtigen Seite, sagte Jenny. In so einem Land ist das Notwehr.

Sieh mal einer an! rief die Buss und bestellte Muscheln in Weißwein für zwei Personen. Dann gibt es wohl für Mord auf der richtigen Seite ein anderes Wort?

Da war sie wieder, die Szene. Sie sieht sie vor sich, ganz genau. Sie hatten sich von der Buss verabschiedet. Sie warteten auf den Fahrstuhl. Da bat die Anwältin Eduardo mit einem kleinen Wink noch einmal zu sich und sagte nicht mehr als einen Satz. Eduardo hatte verblüfft gewirkt, dann genickt. Als Jenny auf der Straße fragte, was gewesen sei, sagte er: Nichts. Sie ruft an, wenn sie Fragen hat.

Was hast du ihm damals gesagt?

Nichts Besonderes. Ich habe ihn auf eine Unaufmerksamkeit hingewiesen.

Die wäre?

Ein Punkt, an dem ein Richter, der das Land kennt, nachhaken könnte.

Hat er gelogen?

Die Buss zuckte mit den Schultern.

Jenny, er ist mein Mandant.

Du hast mir vor fünf Minuten Freundschaft angeboten.

Na gut, sagte die Buss langsam, als überlege sie, ob das, was sie sagte, Jenny etwas anginge.

Er erzählte, er habe Namenslisten kopiert, bevor er sich in den Untergrund absetzte – erinnerst du dich?

Na und?

Er war kein großes Licht bei der Polizei, Jenny. Man kommt nicht so einfach an solche Listen. Und Kopierapparate stehen dort nicht auf allen Fluren.

Wer sagt denn, dass das einfach war? Er hat sich in Gefahr gebracht.

Lass gut sein, Jenny. Die Aussage ist heikel.

Und was hast du ihm an der Tür gesagt?

Er soll an dem Punkt der Aussage arbeiten.

Willst du, dass er lügt? Erklär, was du denkst!

Weiß nicht, Jenny. Vielleicht kann er sich diesen Stolperstein ersparen. Und jetzt wollen wir das Thema wechseln. Und das Lokal.

Obwohl Jenny leicht betrunken war, ließ sie sich von der Buss zum ›Schlummertrunk‹ in die neue Bar auf dem Fluss einladen. Die hieß ›Waves‹ und steckte im Bug eines ausrangierten Lastkahns. Spezialitäten waren Sekt- und Champagnersorten aus aller Welt und Suppen aus Omas Küche. Eine Bar für Geschäftsfrauen. Kein Stress, kein Wettbewerb um einen Mann. Jenny sah lange Röcke, Stöckelschuhe und Anzüge, aus denen Frauengesichter guckten. In irgendeiner Ecke wurde immer laut gelacht und unter allem lag leiser Jazz. Rebecca Buss schien hier Stammgast zu sein. Sie stellte Jenny Frauen vor, deren Namen sie vergaß, nicht aber die Berufe. Sie gab einer Chirurgin die Hand, einer Designerin, einer Kommunikationstrainerin und einer grünen Politikerin. Sie sprach mit einer Regisseurin und wurde einer Kunsthistorikerin vorgestellt, die für eine japanische Bank Bilder und Skulpturen kaufte. Kroll? Nein, der Name war ihr nicht begegnet. Ob sie sich erkundigen soll? Nicht nötig, sagte Jenny, reicht ja, wenn ich den kenne.

Im Bett fuhr sie Karussell. Sie hatte Eduardo seit zwei Tagen nicht gesehen und wünschte, er läge neben ihr. Vielleicht war es ein Fehler gewesen, sich mit der Frau, über die sie schreiben sollte, anzufreunden. Und wenn es ein Fehler war, dachte sie, dann war er passiert.

Am nächsten Morgen wachte sie mit einem dicken Kopf und einem seltsam kitschigen Satz auf. Den hatte ihr die Anwältin, bevor sie ins Taxi stieg, zugerufen: Genießt die Zeit, ihr Liebenden, solange sie es gut mit euch meint!

Es gibt Tage, die man gewähren lassen muss, weil sie stärker sind als der eigene Wille. Jenny hatte gerade Zahnpasta auf die Bürste gedrückt, als es klingelte. Sie legte die Zahnbürste auf das Waschbecken und rannte zur Tür. Ein Paket für den Nachbarn – natürlich kann sie das annehmen. Sie stellte das Paket im Flur ab und ging ins Bad zurück. Dann pfiff der Wasserkessel. Sie lief in die Küche, goss den Tee auf und sah, dass die Blumen schlapp in den Töpfen hingen. Sie gab ihnen Wasser, ging mit der Zahnbürste im Mund über den Flur zum Badezimmer – da klingelte das Telefon. Sie legte die Zahnbürste auf den Schreibtisch und fragte mürrisch: Wer ist denn da? Ein Kollege aus der Redaktion – ob sie seine E-Mail gelesen habe, kleine Anmerkung zu ihrem Themenvorschlag. Nein, hatte sie nicht. Und weil sie nun vor dem Bildschirm saß, beantwortete sie Mails, die sie seit Tagen vor sich herschob. Jenny war um acht Uhr aufgestanden, nun war es zehn. Sie zog die Wäsche aus der Maschine und hängte sie fluchend auf. Wo war die Zahnbürste? So ein Tag ist teuflisch. Er denkt sich immer neue Gemeinheiten aus. Wenn ich nicht aufpasse, dachte Jenny, lockt er mich in die Küche und schlägt mir das Honigglas aus der Hand. Vielleicht lässt er sich überlisten, wenn ich einfach nicht mehr mitspiele.

Sie stellte sich ans Fenster und sah in den Hinterhof. Es war ihr erster Sommer in dieser Wohnung. Schon beim Einzug war ihr die alte Frau aufgefallen, die jeden Morgen von ihrer Tochter auf die Bank im

Hof gesetzt wurde. Meistens trug sie einen langen Rock und eine Bluse. Mittags schob die Tochter das Essen auf einem Teewagen in den Hof. Jeden Tag ließ die Frau Reste für das Eichhörnchen auf dem Teller liegen. Nach dem Essen schlief sie ein. Wenn sie aufwachte, war der Essensrest verschwunden. An einem Tag wie heute beneidete Jenny die Frau auf der Bank. Vielleicht war sie nicht glücklich, aber Stress im Alltag hatte sie nicht. Dort unten im Hof rief kein Redakteur an, um zu sagen, ihr Blick auf die Dinge müsse prinzipiell heiterer werden. Warum über verwahrloste Kinder schreiben, wenn doch sechsundfünfzig Prozent aller Kinder in der Stadt glücklich sind? Dann sind vierundvierzig Prozent unglücklich! Wenn Jenny dort unten auf der Bank säße, würde ihr die Sonne morgens den Bauch wärmen und nachmittags den Rücken. Im Herbst würde sie mit Mütze und Mantel auf der Bank sitzen und im Winter als Schneemann. Vielleicht würde ihr Blick auf die Dinge dann prinzipiell heiterer werden.

Nach einer Stunde am Fenster gab der Tag sich geschlagen. Er ließ sie duschen, Zähne putzen, Haare waschen. Weil der Rest nicht mehr zum Arbeiten taugte, beschloss sie, Funakoshis Pendel im 31. Stockwerk der Montreal Trade Bank zu besuchen. Sie schlenderte durch die heiße Stadt, setzte sich in das Eiscafé, von dem aus sie den Eingang der Bank beobachten konnte. Niemand betrat sie, niemand verließ sie. Jeder Millimeter der Fassade unanständiger Reichtum und dennoch keine Bank für Räuber, weil es hier kein Bargeld gibt.

Sie meldete sich beim Pförtner und fuhr in die 31. Etage. Jemand hatte einen Bistrotisch und zwei Stühle in den Raum gestellt, eine Flasche Wasser und zwei Gläser. E i n Stuhl wäre eine nette Geste gewesen, der zweite war zu viel. Auch das zweite Glas. Sie wollte hier alleine sein. Als sie den Fahrstuhl hörte, musste sie sich nicht umdrehen. Sie wusste, wer da kam.

Setzen wir uns?

Er öffnete die Flasche und füllte die Gläser. Jenny schwieg.

Was ist es, was Sie herzieht, Jenny, fragte Kroll.

Kroll soll verschwinden, dachte sie, aber Kroll war der Hausherr. Er konnte ihr verbieten, außerhalb einer Vernissage die Funakoshi-Skulptur zu besuchen. Jenny verkniff sich die patzige Antwort. Sie betrachtete die Figur und tat, als merke sie nicht, dass Kroll sie von der Seite ansah. Er ließ seine Augen über ihren Nacken gleiten, ihren Rücken, die Hände, die gefaltet im Schoß lagen, dann heftete er seinen Blick auf ihre Stiefel. Dünnes Leinen, giftgrün, knöchelhoch. Pfennigabsatz. Ein Blick, der prüfte, forschte – wie ihr eigener beim ersten Besuch der Figur. Als sei auch bei ihr ein Geheimnis zu entdecken, wenn man lange genug hinschaute. Oder er wollte herausfinden, ob sie die richtige Frau für seinen Freund sei.

Und, fragte er noch einmal, was zieht Sie hierher?

Jenny sah ihn an. Sie wollte sich dem Gespräch entziehen, aufstehen, im Fahrstuhl verschwinden. Sie blieb sitzen. Es gab keinen Grund, davonzulaufen.

Ich habe gelesen, sagte sie, dass von Funakoshis Figuren ein Flüstern ausgeht. Vielleicht wollte ich prüfen, ob auch diese Figur flüstert. Und ob ich sie verstehen kann.

Sie sind ein neugieriger Mensch, Jenny.

Ich bin Journalistin, Kroll. Wer in dem Beruf nicht neugierig ist, sollte sich umschulen lassen.

Worauf sind Sie neugierig? Auf Menschen? Was interessiert Sie an fremden Menschen?

Immer alles. Ich frage, bis ich weiß, was sie umtreibt. Oder antreibt. Ich will wissen, woran sie glauben. Woran sie sich klammern. Wie sie aushalten, was ihnen zustößt. Warum sie so geworden sind wie sie sind.

Dass erzählen die Menschen Ihnen?

Die meisten. Nicht alle.

Wen haben Sie zuletzt zum Reden gebracht?

Sie sind neugierig, Kroll.

Das interessiert mich, Jenny.

Sie dachte nach. Die Buss war kein gutes Beispiel, die musste man nicht zum Reden bringen. Dann fiel ihr der Pfarrer ein, die Geschichte war ein paar Jahre her. Eine Reportage über den Aufstand einer Gemeinde gegen den Pfarrer. Er war ein leidenschaftlicher Mann. Groß. Imposant. Man wollte ihn aufs Land versetzen, die Rede war von einem trostlosen Nest in Sachsen. Seit Jahren zwang er junge Christen, verrottete Kriegsgräber zu pflegen. Er drohte mit Gottes Strafe, wenn sie sich in den Ferien weigerten, ehrenamtlich im KZ zu arbeiten.

Zunächst fand ich ihn verrückt, sagte Jenny, aber eines Abends erzählte er, dass man ihn als Junge auf die Napola geschickt hatte, eine dieser Nazi-Eliteschulen.

Na und? fragte Kroll.

Hab ich auch gesagt. Er war jung. Zehn vielleicht. Es war der Wille seiner Eltern, er konnte sich nicht wehren. Das ist doch nicht Ihre Schuld, habe ich gesagt – wieso quält Sie das heute. Sie haben doch genug gelitten unter dem Drill. Er sagte, er habe keineswegs gelitten. Er sei ein hundertprozentiger Nazi gewesen und es war Glück, dass der Krieg zu Ende war, bevor er Unglück anrichten konnte. Da habe ich begriffen, dass er sich mit allem, was er von anderen verlangte, selbst bestrafte. Er war ein ganz altmodischer Büßer. Ich will mich nicht loben, Kroll, bin aber sicher, dass ihm das vor unserem Gespräch selbst nicht klar war.

Haben Sie das veröffentlicht?

Klar. Ist doch spannend. Wo ist das Problem? Er war einverstanden und die Gemeinde hatte eine Erklärung für ihren strengen Pfarrer.

Mich würde, sagte Kroll langsam, die Methode interessieren, mit der Sie Menschen verhören.

Wollte er sie auf den Arm nehmen? In Krolls Augen war kein Spott. Jenny sagte scharf: Ich verhöre keine Menschen, Kroll, ich bin keine Polizistin. Ich frage, bis ich etwas verstanden habe.

Was genau wollen Sie bei dem Pfarrer verstehen?

Wer verhört hier eigentlich wen?

Ich frage, Jenny, genau wie Sie.

In einem Roman von Novalis, sagte Jenny, trifft ein Mädchen mit dem schönen Namen Fabel eine Sphinx. Soweit ich mich erinnere, fragte die Sphinx: Wer, meinst du, mein Kind, kennt die Welt? Das Mädchen antwortete: Die Welt kennt, wer sich selber kennt.

Jenny stand auf und stellte sich zwischen die Skulptur und Kroll.

Ich bin nicht so klug wie das Mädchen, sagte sie. Ich weiß nur dies: Ich grabe nach Schätzen. Je besser ich andere Menschen verstehe, desto mehr begreife ich vom Leben. Und je mehr ich vom Leben verstehe, desto mehr verstehe ich von mir.

Sie graben? Kroll lächelte. Unter der Erde gibt es nicht nur Schätze, Jenny.

Für mich ist jeder Fund ein Schatz.

Kroll lachte. Das habe ich mir gedacht, sagte er. Er nahm die Flasche und stellte die Gläser ineinander. Er hatte sie mit dem Funakoshi keinen Moment alleine gelassen. Bevor er in den Fahrstuhl stieg, sagte er: Sie sollten öfter kommen, Jenny. Mit Menschen, die Figuren flüstern hören, unterhalte ich mich ausgesprochen gerne.

Sie malte mit dem Fingernagel ein großes V auf seinen Rücken. Genießt die Zeit, ihr Liebenden, solange sie es gut mit euch meint. Die Buss hatte vielleicht ein Glas zu viel getrunken – dennoch: Was für ein merkwürdiger Satz. Eine Aufforderung? Eine Warnung? Die Zeit meinte es gut mit ihnen. Jenny malte auf Eduardos Rücken ein großes E. Die nächsten Monate würden schwierig werden, aber das wussten sie. Mit dem Antrag auf Asyl war die Freiheit vorbei, dann bestimmten Gesetze, Paragrafen und Regeln ihren Alltag. Sie malte ein N auf die braune Haut. Er muss sich im Lager melden, er muss seine Papiere abgeben. Sie brauchen seine Fingerabdrücke für die Akten. Sie weisen ihm ein Zimmer zu. Zwölf Quadratmeter, vier Betten, vier Spinde, vier Stühle. Sie werden ihn fragen, ob er Wäsche braucht, Handtücher, Seife. Wenn er keinen Rasierapparat besitzt, bekommt er einen. Er muss sich untersuchen lassen. Wenn er krank ist, pflegen sie ihn gesund. Sie malte auf seinen Rücken ein großes E. Er bekommt einen Hygienebeutel und einen Lagerausweis. Wer kein Geld hat, erhält Taschengeld. Jenny ritzt mit dem Fingernagel ein D in die Haut. Der vorletzte Buchstabe ist ein I. Keine Panik, hatte die Buss gesagt, wir klagen gegen alles, was uns nicht passt. Jenny malte ein G auf Eduardos Rücken.

Sacht schob sie die Hände zwischen seine Schenkel. Wach auf, Eduardo, wir genießen die Zeit. Drei Tage später warfen sie um Mitternacht die Reisetaschen ins Schlafwagenabteil, gaben dem Schaffner die Pässe und tranken, als der Zug anfuhr, Sekt aus Zahnputzbechern. Sie legten sich aufeinander und ließen sich quer zur Welt über die Schienen ziehen. Der Zug hielt an Bahnhöfen, von denen Jenny noch nie etwas gehört hatte. Sie sah keine Menschen, nur fahles Licht und schlief wieder ein.

Nie hatte es glühendere Sonnenuntergänge gegeben. Nie funkelten Sterne heller, nie war ein Mond größer als in den Tagen, die sie in Venedig verbrachten. Sie saßen auf den Marmorstufen der Paläste und lauschten den Orchestern auf dem Markusplatz bis zur letzten Melodie um Mitternacht. Komm, sagte Eduardo am ersten Abend und zog Jenny auf den Platz, sie spielen den letzten Tango nur für uns! Jenny hatte noch nie Tango getanzt, aber mit Eduardo war es ganz einfach. Komm, sagte er, wir lassen uns zeichnen! Wir fahren Gondel! Wir lassen uns fotografieren! Am liebsten hätte er ihr in jedem Geschäft eine Maske gekauft.

Du bist gierig, Eduardo.

Ich sammle Beweise, Jenny.

Wofür?

Dass wir zusammen in Venedig waren.

Kroll hatte eine Mansardenwohnung in dem grauen Palazzo auf dem Campo Santa Maria Formosa besorgt. Sie rekelten sich verschlafen zum Kreischen der eisernen Rollläden, die morgens um fünf Uhr hochgerissen wurden. Alles, was Eduardo sah und hörte, wollte er mit Jenny teilen.

Das Wasser, rief er. Es funkelt wie ... Er lachte. Wie die Brillis, die wir vom Hals der Touristen rissen.

Hörst du die Möwen? Sie schreien wie ... wie Geier, die im Slum nach Aas suchen.

Sie schliefen, wenn die Müdigkeit sie umwarf. Zwei Stunden nachts oder vier Stunden am Mittag.

Der Besitzer des Cafés auf dem Campo warf jeden Morgen um sechs die Espressomaschine an und legte zerkratzte Schallplatten auf. In den Duft frisch gemahlener Bohnen gehüllt, schwebte die Stimme der Callas an ihrem Fenster vorbei. Jenny weckte Eduardo. Hör mal! Kennst du das? Norma. Tosca. Turandot.

Die Stimme erreichte Jenny dort, wo es am frühen Morgen keinen Schutz vor großen Gefühlen gibt. Das ist der Ort, sagte sie, wo die Tränen aufbewahrt werden, wusstest du das?

Eduardo sagte: Ich habe einen solchen Ort nicht.

Sein Bedürfnis, Menschen zu observieren, war spielerischer als in Deutschland. Sie gingen echten Venezianern nach. Einem Handwerker folgten sie in den Saal eines verfallenen Palastes. Dort setzte er sich in einen verstaubten Ohrensessel und packte sein Frühstück aus. Sie liefen einer Frau nach, die einen Hut mit bunten Federn trug und eine unscheinbare Tür aufschloss. Sie warfen einen Sekundenblick in den verträumten Hinterhof. Dort wiegte sich ein Mädchen im Tüllkleid auf der Schaukel wie eine kleine Prinzessin.

An einem Abend wollte Eduardo ergründen, wann die Tauben den Markusplatz verlassen. Wohin fliegen sie, fragte er, wo schlafen sie in der Nacht? Wann kommen sie wieder? Morgens um vier oder um sieben? Alle auf einmal, einzeln oder als Familien? Sie blieben auf dem Markusplatz, bis alle Fragen beantwortet waren.

Er lud sie zum Champagner ins Danieli ein. Für Eduardo waren alle, die hier verkehrten, unvorstellbar reich. Ihn störten die Amerikaner in kurzen Hosen nicht, auch nicht die Reisegruppe aus Japan. Venedig war der Himmel auf Erden und das Danieli der Sitz des lieben Gottes. Nach dem dritten Glas Champagner sagte Jenny:

Du bist verrückt, Eduardo.

Keine Sorge, der Urlaub ist ein Geschenk von Kroll. Wir geben sein Geld aus!

Warum lädt er uns ein?

Er investiert in uns.

Kann man in ein Liebespaar investieren? Werfen wir Rendite ab?

Ach Jenny, er ist einfach unser Freund.

Dein Freund, dachte sie, ob er auch meiner ist, das weiß ich nicht.

Abends saßen sie auf der Dachterrasse und beobachteten, wie Venedig schlafen ging. Haus für Haus, Zimmer für Zimmer. In der Wohnung, in die sie hineinsehen konnten, lebte ein Paar mit weißen Haaren. Jeden Abend setzte es sich zum Schachspielen an den Tisch. Eine Stehlampe warf warmes Licht auf die Figuren. Die beiden Alten sahen aus, als beugten sie sich seit vielen Jahren über das Schachbrett. Als wollten sie vor dem Tod, Zug um Zug, das gemeinsame Leben nachspielen. Jeden Abend würde es einen Sieger geben und einen Verlierer – aber am Ende hieß es wahrscheinlich nur: Patt.

Als es auch in dieser Wohnung dunkel wurde, sagte Jenny: Unheimlich. Nur wir sind noch wach. Wir passen auf die Schlafenden auf. Eduardo schwieg. Nach einer Weile sagte er leise: Jetzt drei Stunden warten. Morgens um vier sind die Menschen vor Müdigkeit gelähmt. Wenn du ihnen dann die Tür eintrittst, kannst du sie einsammeln wie tote Fliegen.

Als er ihren entgeisterten Blick sah, sagte er schnell: Verzeih, Jenny, ich war in Gedanken.

Am nächsten Tag zeigte sie ihm das Denkmal des Partisanen, der am Lido im Wasser liegt.

Schau ihn an! Von der Höhe des Wassers hängt ab, was ich empfinde. Manchmal denke ich: Gott sei Dank, er ist gerettet. Gleich steht er auf, schüttelt sich und geht davon. Aber wenn das Wasser sinkt, siehst du die gefesselten Hände und weißt: Er hat es nicht geschafft. Er ist ertrunken. Oder er wurde erschossen und tot ins Wasser geworfen. Bei Hochwasser siehst du nur die üppigen Haare, die ihm wie Algen aus dem Kopf wachsen. Immer werde ich traurig, wenn ich ihn sehe. Eduardo verstand nicht, wie man für eine Skulptur, die im Wasser liegt, etwas empfinden kann.

Aqua alta. Hochwasser. Über Nacht war die Stadt voller Treppen und Stege. Venedig stank nach Moder und Schlamm. Sie sahen eine Kiste mit toten Fischen durch die Gassen schaukeln, von einer Welle aus der Küche eines Restaurants geholt. Schön sah das aus – wie träumende Püppchen in einer Wiege. Die Touristen amüsierten sich. Der Markusplatz stand unter Wasser und wirkte ohne Menschen noch majestätischer.

Hörst du, Eduardo?

Was soll ich hören?

Da schreit ein Kind.

Dann sah sie das gelbe, wimmernde Bündel mitten auf dem Markusplatz. Die Katze stand bis zum Bauch im Wasser.

Siehst du sie?

Als Eduardo die Katze entdeckte, lachte er wie über einen Witz. Als sie ihn empört ansah, sagte er: Jenny, nicht aufregen, Katzen können schwimmen.

Die nicht, Eduardo, die ist steif vor Angst.

Sie streifte die Sandalen von den Füßen, aber der Mann mit der Pudelmütze war schneller. Er sprang mit Schuhen vom Steg und watete auf die Katze zu. Vorsichtig packte er sie von hinten und schüttelte sie. Dann klemmte er sie sich unter den Arm und verließ den Markusplatz. In den nächsten Tagen begegneten sie dem Mann mit der Pudelmütze so häufig, als spuke er als schlechtes Gewissen durch Venedig. Er trug die Katze unterm Arm wie eine Aktenmappe. Jenny hätte gerne etwas Freundliches gesagt, aber immer, wenn sie ihn sah, fehlte der richtige Satz. Er war kein Tourist. Er sah niemanden an, blieb nirgendwo stehen und war immer in Eile.

Wo ist die Spinne?

Jenny wird von ihrem eigenen Schrei wach. Sie schwitzt. Ihr Herz schlägt laut und schnell. Die Spinne war hier, als sie einzog. Sie hing an der Decke. Acht Beine, ein Körper, ein Kopf, das kann doch nicht einfach verschwinden. Sie tastet sich zum Lichtschalter neben der Tür. An der Decke hängt keine Spinne. Auch nicht an der Wand. Sie reißt die Schranktür auf. Sucht unterm Bett, kriecht über den Boden. Ob sie vertrocknet ist? Zu Staub zerfallen, weggewischt vom Feudel und ins Wischwasser gewrungen? Wo ist meine Spinne, schluchzt Jenny und schlägt mit der Faust gegen die Zellentür.

Beruhigen Sie sich, Frau Stroemveld. Zwei Arme schieben sie sanft zum Bett. Eine Hand reicht Wasser und Tabletten. Sie werden gleich schlafen, sagt die Stimme, die sie nicht kennt, morgen ist alles wieder gut. Die Tür wird geschlossen, der Schlüssel kreischt im Schloss.

Das Mondlicht hat die Gitter an die Wand gemalt. Acht Gitterstäbe vor dem Fenster und acht schwarze Schatten in der Zelle. Doppelt eingesperrt. Sie sitzt auf dem Bett wie ein verschnürtes Paket. Die Arme um die Beine geschlungen, den Kopf auf den Knien.

Er hat einen Schmetterling erschlagen. Er weiß, dass man Menschen im Morgengrauen wie tote Fliegen einsammeln kann. Er kann über eine Katze lachen, der das Wasser bis zum Halse steht. Hätte sie in

Venedig einen Verdacht haben müssen? Welchen? Wer addiert in der Liebe Unstimmigkeiten wie ein Buchhalter? Wer traut sich an die Schlussabrechnung?

Eine hohe Frauenstimme singt: Dein Lied von Lieb und Treue hat keinen falschen Ton. Jenny hält sich die Ohren zu. Nicht Johann Strauß. Nicht ›Eine Nacht in Venedig‹. Sie schlägt mit der Faust gegen die Wand und schreit: Ruhe, verdammt!

In Venedig hat sie aufgehört, Eduardo nach dem Leben im Untergrund zu fragen. Er mochte diese Fragen nicht und sie wollte ihn nicht quälen. Eines Tages würde er reden. Sie hatten das ganze Leben vor sich. Woher hätte sie wissen sollen, dass er für diesen Part keinen Text hatte?

In jedem Zimmer roch es nach Sommer. Die Abendsonne wärmte der Frau im Hof den Rücken und in Jennys Küche färbte sie das Tischtuch rot. Für den ersten Gang – Bruschette heiß aus dem Ofen – strich Jenny Weißbrot dick mit Bärlauch ein. Zweiter Gang: Gaspacho, die scharfe, kalte Tomatensuppe, die Paula liebte. Anschließend grüner Spargel mit Parmaschinken und zum Nachtisch Walnusseis auf Ingwerschaum. Ein Abschiedsessen für Eduardo. Das Asylverfahren lief, alles ging seinen Gang. Sie haben neue Vokabeln gelernt. Das Lager, in das er am Montag ziehen wird, heißt Erstaufnahmeeinrichtung. Die Befragung heißt Anhörung und der Mann, der über Eduardos Zukunft entscheidet, Einzelentscheider. Wie schnell alles ging. Gestern ist Vergangenheit. Montag beginnt die Zukunft und irgendwo dazwischen steht Jenny in der Küche und fühlt sich verloren. Wie macht man ein schönes Fest, wenn man nicht fröhlich ist? Jenny schmeckte die kalte Suppe ab.

Du rührst in der Suppe, Jennifer, als wäre der Topf ein Eimer mit Farbe.

Jenny war nervös. Ihre Gäste waren eigenwillige Menschen. Tronje: Der Beobachter, der Schweiger und Träumer. Alle halbe Stunde ein Satz. Paula beherrschte vom endlosen Vortrag über den gekonnten Smalltalk bis zum Wutanfall alle Spielarten der Kommunikation. Das Zuverlässigste an Paula war, dass sie nicht einzuschätzen war. Sie konnte an einem einzigen Abend die arrogante Galeristin sein, die bezaubernde Verführerin und die ausrastende Furie – und nach dem Fest über alle Rollen lachen. Und Kroll? Wenn ihm der Abend gefällt, wird er charmant sein. Und wenn nicht? Jenny ließ den vorgekühlten, körnigen Frischkäse auf einem Sieb abtropfen, schlug drei Eiweiße zu steifem Schnee, ließ langsam, Körnchen für Körnchen, den Zucker hineinrieseln und prüfte mit dem Messer, ob die Masse schnittfest war. Was passiert, wenn Paula Kroll nicht leiden kann? Oder umgekehrt? Nicht auszudenken.

Sie hackte den eingelegten Ingwer in winzige Würfel, würzte mit ein paar Tropfen Curacao und hob Ingwer und Frischkäse vorsichtig unter den Eischnee. Dann verteilte sie die cremige Masse auf fünf Schälchen und setzte in jede Schale eine Kugel Walnusseis.

Sie räumte Geschirr in den Schrank, das sie gerade herausgenommen hatte, sah auf die Küchenuhr und vergaß, wie spät es war. Eduardo wurde zwischen Menschen, die er nicht kannte, stumm. Tronje war er nur einmal auf dem Flur begegnet, Paula hatte er noch nie gesehen.

Fünf Leute am Tisch und niemand spricht, das wäre der Alptraum. Besser, sie streiten.

Die Menschen sind wie sie sind, Jennifer, du kannst sie nicht ändern.

Menschen können sich Mühe geben, Tronje, wenigstens das! Wer nicht reden mag, soll Fragen stellen.

Er schlug die Beine übereinander, lobte den Nachtisch als ein unter farblichem Aspekt gelungenes Arrangement und sagte: Erzähl von Paula, Jennifer.

Na, siehst du, es geht doch!

Wenn Jenny an Paula denkt, hört sie klappernde Scheren, riecht Haarspray, das in der Nase kitzelt und auf dem Boden sieht sie Haarbüschel in allen Farben. Zu Jennys Geschichte mit Paula gehört der ›Salon Clarissa‹.

Mit uns war das so, sagte sie, wenn es regnete, und das tut es oft an der Küste, halfen wir Paulas Mutter im Salon. Wir kämmten Perücken, drehten in glatte Haare Lockenwickler und durften, als wir geschickter waren, spindeldürre Zöpfe flechten und mit Perlen schmücken. Dafür bekamen wir von Paulas Mutter ein paar Groschen Lohn – wie richtige Angestellte. Paula liebte blondes Haar, mir überließ sie die schwarzen und braunen Perücken. Wir trugen Kittel, die Paulas Mutter für uns genäht hatte. Wir sahen süß aus – kannst du dir das vorstellen? Wir fegten den Boden und putzten die Waschbecken bis sie glänzten wie Spiegel. Alle gingen davon aus, dass wir den Laden eines Tages übernehmen. Keine Flausen im Kopf – von solchen Töchtern träumten die Kundinnen des Salons Clarissa.

Jenny deckte den Tisch. Fünf flache Teller, fünf Suppenteller. Weingläser, rote Servietten, rote Kerzen.

Und dann? Tronje gab sich wirklich Mühe.

Dann kam alles anders. Von einem Tag auf den anderen fasste Paula keine Haare mehr an – als sei sie über Nacht verhext worden. Sie ließ sich den Kopf kahl scheren, danach sah sie wie ein spanischer Junge aus. Ich blieb das Mädchen mit dem Pferdeschwanz, weil mir nichts anderes steht. Paula ging nach der Schule nicht mehr in den Salon, sondern zum Bildergucken ins Museum. Ich hatte Zeit und war neidisch. Ich wollte auch so etwas haben wie Paula. Eine Marotte, eine Passion. Irgendwann kam ich auf die Idee, mich ans Fenster zu stellen und mir zu den Menschen, die vorbeigingen, fiese Geschichten auszudenken. Ich übte das Schreiben in Bandwurmsätzen wie Thomas Mann und war verliebt in Semikolon, Doppelpunkt und Bindestrich. Abends las ich Paula vor, was ich geschrieben hatte – dafür zerrte sie mich vor Bilder, auf denen ich außer Farben und Formen nichts sah. Ich kam mir dumm vor, aber Paula sagte:

Schau einfach hin. So lernte ich langsam eine Welt kennen, von der sie sagte: Die kannst du mit Gold nicht kaufen.

Jenny drückte Tronje den Silberputzlappen in die Hand und zeigte auf die Kerzenständer.

Kann sein, dass ich von Paula Sehen gelernt habe. Einmal sagte sie: Es gibt Bilder, die Fragen stellen und Bilder, die Antworten haben. Die mit den Antworten sind langweilig. Ich verstand nicht, was sie meinte. Bilder, die Fragen stellen? Wir standen auf dem Schulhof und sie zeigte auf den Baum, der in der Mitte stand.

Du siehst ihn seit zehn Jahren, stimmt's? Du glaubst, du kennst ihn? Irrtum. Jemand malt ihn mit schrägen Farben, filmt oder fotografiert ihn aus einer verrückten Perspektive – und schon erkennst du deinen Baum nicht wieder. Künstler verändern den Blick, mit dem du die Welt betrachtest – das ist doch irre!

Jenny legte fünf Messer auf den Tisch, fünf Gabeln, die großen Löffel für die Suppe, die kleinen für den Nachtisch. Mit Menschen ist das wie mit Bildern, sagte sie. Es gibt Menschen, die Fragen stellen und Menschen, die Antworten haben. Sie nahm Tronje die Kerzenständer aus der Hand. Die Kinderpaula ist die eine – die andere lernst du heute Abend kennen. Welche das sein wird – keine Ahnung.

Als es klingelte, sagte Tronje sanft: Keine Angst, kleine Schwester. Egal, was passiert. In fünf Stunden steht hier nur noch schmutziges Geschirr.

Sie hörte in der Gegensprechanlage die Stimmen von Kroll und Paula. Sie mussten sich vor der Haustür getroffen haben und hatten in den ersten Sekunden der Begegnung einen Ton zwischen Streit und Flirt gefunden.

Jenny hörte im Treppenhaus Paulas verächtliches: Pfff! Kunststück! Mit dem Zaster von der Bank kann ich auch Kunst kaufen. Funakoshi, Gerhard Richter, Neo Rauch! Kein Risiko! Alles durchgesetzte Künstler. Nichts dagegen – aber dürfen Sie in Ihrer Bank etwas wagen?

Im zweiten Stock die Stimme von Kroll:

Wagen? Die Zeiten haben sich geändert, Frau ...

Sagen Sie Paula ...

Kroll klang spöttisch. Früher habe der Vorstand einer Bank aus gebildeten Männern bestanden, sagte er, während er neben Paula die Treppen hochstieg, heute säßen dort Pinguine mit Schlips und Kragen, die Funakoshi für ein japanisches Nudelgericht halten.

Jenny hörte Paula lachen, das war ein gutes Zeichen. Dann wieder Kroll.

Es ist unmöglich, von solchen Leuten die Genehmigung für den Ankauf von Künstlern zu bekommen, die nicht auch schon Lieschen Müller kennt. Keine Ahnung von Kunst – kein Geld für Experimente. Außerdem, meine liebe Paula, kann man über moderne Kunst wirklich streiten. Nicht jede Wollmaus in der Ecke ist auf dem Wege, ein Beuys zu werden – oder?

Als sie vor der Tür standen, sagte Paula, während sie Jenny umarmte:

Dieser Mensch ist arrogant, wer hat denn den eingeladen?

Bevor Jenny Kroll die Hand entgegenstrecken konnte, zog er ihren Kopf an seine Brust. Jenny hatte die Haare hochgesteckt. Der Gedanke, dass er ihren Nacken sah, war unangenehm. Sie hab den Kopf und sah ihm in die Augen. Er roch gut. Kroll lächelte und setzte nahtlos das Gespräch mit Paula fort.

Worauf setzen Sie als Galeristin, Paula? Darf ich raten? Videos? Fotokunst?

Jenny stellte Tronje vor, der aussah, als sei ihm von der Begrüßung keine Geste entgangen. Sie drückte jedem Gast ein Glas Champagner in die Hand.

Willkommen, ihr Lieben! Lasst uns auf die Zukunft trinken.

Eduardo kam mit neunzig Minuten Verspätung. Er küsste Paula die Hand, sah sie neugierig an, Kroll streckte er beide Hände entgegen. Jenny drückte er an sich, als wolle er sie nie wieder loslassen. Vor Tronje verbeugte er sich. Eduardo blieb, obwohl er an diesem Abend die Hauptperson war, von den Gästen der Schweigsamste. Dafür übernahm er unauffällig die Rolle des Gastgebers. Er schenkte Wein nach, stellte Flaschen in den Kühlschrank, räumte schmutziges Geschirr in die Spülmaschine. Tronjes zaghaften Versuch, ihn zum Reden zu bringen, erstickte er durch endgültige Antworten.

Nein, ich habe keine Angst vor dem Lager – sollte ich? Die Anhörung? Was soll schief gehen? Zukunftsträume? Ja, viele. Tronje gab auf. In Eduardos Gegenwart nannte er sie nie ›kleine Schwester‹, immer Jennifer.

Jenny wusste, dass Eduardo nicht so furchtlos war, wie er tat. Als sie ihn vor einer Woche gefragt hatte, ob er sich über Landsleute im Lager freuen würde, reagierte er panisch. Er rief sofort die Buss an. In seiner Stimme gab es einen Ton, den sie nicht kannte. Hoch und gepresst, als sei ihm der Schreck in die Kehle gefahren. Erst als er sicher wusste, dass es im Lager keinen Guatemalteken gab, beruhigte sich die Stimme.

Ohne Paula und Kroll wäre das Abschiedsessen ein melancholischer Abend geworden. Eduardo schwieg, Tronje versuchte es mit schüchternen Fragen, Jenny schlug Themen vor, die niemand aufgriff. Paula und Kroll hörten nicht auf, sich zu kabbeln. Gute Gäste, dachte Jenny. Eine zwei-Personen-Komödie mit drei Zuschauern. Paula schwärmte von Fotokunst, Kroll verspottete den Dilettantismus in der Fotografie. Doppelt belichtete Abzüge! rief er theatralisch. Negative – gebadet in schlechten Entwicklern! Naives Kolorieren und als Krönung diese coolen Titel: ›Untitled number one‹. Oder – wirklich imponierend: ›Vorher ist nachher‹.

Ich weiß nicht, wo Sie sich rumtreiben, Kroll, schnaubte Paula, aber, wenn ich das mal schlicht so sagen darf: Sie haben keine Ahnung!

Jenny beobachtete, dass Paula, während sie mit Kroll stritt, immer wieder Tronje ansah. Der hörte dem Disput zu und lächelte.

Erklären Sie mir, sagte Kroll, was die Fotokunst, über die Sie sprechen, von den Fotos unterscheidet, die ich – klackbum – in jeder Illustrierten sehen kann.

Paula zerschnitt sorgfältig zwei grüne Spargel in kleine Stücke, umwickelte sie dick mit Schinken, schob ein Päckchen in den Mund und kaute langsam darauf herum. Sie füllte ihr Glas und sagte in dem Ton einer genervten Lehrerin zum begriffsstutzigen Schüler:

Es ist nicht das einzelne Bild, das den Fotografen vom Künstler unterscheidet, mein lieber Kroll. Beide machen hervorragende Fotos. Keine Frage. Der Künstler beginnt für mich dort, wo er ein Thema hat, das ihn nicht loslässt, von dem er besessen ist. Verstehen Sie, wovon ich rede?

Und Sie? Sie haben offenbar so ein Thema gefunden?

Paula lachte.

Das ist kein Gespräch zwischen Hauptgericht und Nachspeise, mein Lieber. Was kaufen Sie denn demnächst für Kunst vom Zaster Ihrer Bank?

Kroll überhörte den verächtlichen Ton. Er schwärmte von den gewaltigen Skulpturen Günter Schumanns, von dessen bösen Geschöpfen er gerne eines hätte. Eine dieser groben Holzgestalten aus der unheimlichen Familie der Täter, Opfer und Mitläufer.

Er legte seine Hand auf Paulas Arm. Mögen Sie Schumann?

Paula hob ihr Glas und schob seine Hand auf den Tisch zurück. Sie lachte höhnisch. Darauf stoßen wir an, Kroll. Laden Sie mich ein, wenn Sie einen Schumann haben! Der Kapuzenmann von Abu Ghraib in einer Bank! Das hat Charme!

Paula stand auf. Sie sah Tronje an. Ich möchte Ihr Atelier sehen, lässt sich das machen?

Die beiden stiegen die Wendeltreppe hoch. Kroll blieb sitzen. Tolle Frau, sagte er mehr zu sich als zu Jenny und Eduardo. Paula und Kroll? Ein Paar wie ein Sprengsatz, dachte Jenny.

Ohne Paula wurde es still am Tisch. Sie lauschten den Schritten über ihren Köpfen. Kroll sprühte nicht mehr, Eduardo räumte Teller ab, stellte kalten Wein auf den Tisch und Jenny sehnte die beiden zurück, damit Paula mit Kroll streiten konnte und das Schweigen beendete, das sich über den Tisch gesenkt hatte.

Sie steht mit dem Rücken zum offenen Fenster. Sie spürt den lauen Wind im Nacken und betrachtet ihre Küche wie eine Bühnendekoration. Ein langer Esstisch. Die Gläser matt, an Paulas Glas verschmierter Lippenstift. Zerknüllte Servietten. Ein fleckiges Tischtuch. Der leere Stuhl von Tronje, ordentlich unter den Tisch geschoben. Paulas leerer Stuhl, über der Lehne ihr blaues Jackett. Kroll zündet die Zigarette an der Kerze an. Einen Moment besteht sein Gesicht nur aus weißen Haaren und flackernden Augen. Er raucht ein paar Züge, steht auf und legt auf dem Weg zum Badezimmer seine Hand auf Eduardos Schulter. Wie ein Vater, der seinem Sohn sagt: Ich bin bei dir. So hatte auch Gallinas Hand zwischen Eduardos Schulterblättern gelegen.

Sie sind allein in der Küche. Eduardo stellt sich zu Jenny ans Fenster. Im Aschenbecher qualmt Krolls angerauchte Zigarette. Über ihnen knarren Paulas und Tronjes Schritte. Abgang aller Schauspieler, denkt Jenny. Abgenagte Reste. Flecken auf dem Tischtuch, die Hauptdarsteller mit dem Rücken zur Nacht und wie heißt das Stück? Sie hält die Traurigkeit, die über dem Tisch liegt, nicht aus. Sie küsst Eduardo, bis sie Paulas fröhliche Stimme auf der Wendeltreppe hört.

Hier ist einer, der auf keinen Fall berühmt werden will. Gibt es so was?

Dann ist der Spuk vorbei.

Paula hatte Tronje an der Hand und rief dem eintretenden Kroll entgegen: Was meinen Sie, Meister? Ist das ein Projekt für den Herbst? Sie kaufen einen Schumann und ich stelle Tronjes Puppen aus?

Als sie im Bett lagen, nahm Eduardo Jenny in den Arm und sagte leise: Das war ein schöner Abend. Danke. Als Jenny flüsterte: Ich habe ein bisschen Angst, schlief er schon.

Am nächsten Tag telefonierte sie mit Paula.

Sag ehrlich – wie findest du ihn?

Umwerfend. Alain Delon ist nichts dagegen. Allerdings ... ein bisschen sonderbar ist er schon. Er ist so ... wie soll ich sagen ... innen einsam. Als wäre er aus sich selber ausgezogen.

Bist du in Kroll verliebt?

Paula schwieg.

Na, red schon!

Zögernd sagte sie: Er hat was. Aber du hast Recht. Seine Augen sind wie der See, auf dem wir als Kinder Schlittschuh gelaufen sind.

Dann pass auf. Du bist zweimal eingebrochen.

Paula lachte. Du hast mich zweimal gerettet.

Otoño

Als die ersten gelben Blätter von den Bäumen fielen, zogen die Schwalben in den Süden und nahmen die Italiener mit. Monatelang gehörte die kleine Eisdiele zum Stadtviertel, dann hatten es die Signores plötzlich eilig. Sie verstauten die Eismaschine, die Theke und die Bänke im Keller und nahmen die Dolomitenbilder von der Wand. Wo Jenny am Abend zuvor noch Espresso trank, gab es am nächsten Morgen keinen Signor Marco mehr, kein buon giorno, kein latte macchiato. Vor dem Eissalon sotto zero, unter null, stand ein schwarzer Mann aus Afrika. Aus dem Schaufenster starren hölzerne Affen und Giraffen auf die Straße. In den nächsten sechs Monaten muss Jenny auf Arbeitspausen mit Himbeereis verzichten.

An einem Montagmorgen bezog Eduardo das Zimmer im Lager. Vier Betten, vier Spinde, vier Stühle. Ein Tisch, ein Waschbecken, ein Spiegel. Der Geruch von alten Matratzen. Zwei Betten waren belegt. Eduardos Nachbar war ein Mann, mit dem er keine Sprache fand. Er sprach Englisch, Türkisch und Kurdisch, Eduardo Spanisch und Deutsch. Nach zehn Tagen bekam er den Termin: Anhörung Mittwoch, Verwaltungsgebäude C, Zimmer 105, neun Uhr dreißig. Der Sachbearbeiter hieß Anton Schwämmlein.

Im Wartezimmer saßen fünf Männer und eine Frau, die kurz aufsah, als Jenny und Eduardo den Raum betraten. Die Stühle standen eng an der Wand wie in Arztpraxen. Eduardo setzte sich neben den Mann, der mit offenen Augen schnarchte. Die Frau hatte den Kopf an die Wand gelehnt und schabte mit dem rechten Mittelfinger im Handteller der linken Hand. Das klang wie das Zirpen einer Grille. Am Fenster saß ein alter Mann mit blauem Turban, neben ihm zwei Schwarze, die wie Zwillinge aussahen. Ein Junge mit kurzen Hosen schien auf seine Eltern zu warten. Oder sie hatten ihn alleine auf die Reise geschickt.

Der Warteraum liegt neben der Eingangstür im Erdgeschoss. Zur Anhörung geht es durch ein schmales Treppenhaus in die erste Etage. Alle, die hier saßen, außer dem Jungen vielleicht, werden von einem Experten befragt, der sich seit Jahren mit ihrem Land beschäftigte. Der Zeitungen durchforstet, Bulletins liest, alles weiß, was man sich anlesen kann. Einige hatten die Länder, für die sie zuständig waren, bereist und beherrschten neben der Landessprache einen einheimischen Dialekt. Denen konnte man nicht erzählen, man sei aus dem berüchtigten Gefängnis im nördlichen Vorort der Kreisstadt durch einen Sprung aus dem Fenster des zweiten Stockwerks der Folter entkommen. Die wussten, dass das Gefängnis ebenerdig war, weil sie davorgestanden hatten. Wer vor den Spezialisten bestehen will, muss eine gute Geschichte mitbringen. Gute Geschichten sind reich an Details und Einzelentscheider haben präzise Fragen. Tragen die Gefängniswärter Uniformen? Wie sehen die aus? Beschreiben Sie mal. Wohin fällt der Blick aus dem Gefängnisfenster? Auf Berge? Äcker? Oder Dächer? Einzelentscheider sind keine Richter, aber sie richten. Sie entscheiden über Lebensläufe. Wer bleiben darf und wer mit dem nächsten Flugzeug zurückgeschickt wird. Einige wissen sehr genau, dass eine Abschiebung höllisch gefährlich sein kann – andere stellen sich das lieber gar nicht erst vor. Eduardo hatte eine gute Geschichte. Sie brauchen mich dort nicht, hatte die Anwältin gesagt, das schaffen Sie alleine.

Herr Schamischad?

Im Türrahmen stand ein Mann in grauem Anzug. Er trug ein weißes Hemd und eine schmale Krawatte. Ein korrekt gekleideter Beamter, jung, die blonden Haare kurz geschnitten. Angenehm leise sagte er zu dem Mann mit dem Turban: Bitte, gehen Sie in den ersten Stock, ich komme nach. Der Mann erhob sich und machte sich bedächtig auf den Weg. Zuerst verschwand sein Kopf mit dem blauen Turban im Treppenhaus, dann die Schultern, die Hüfte, die weiten Hosen, dann stiegen nur noch die Stiefel in den ersten Stock.

Die Frau, der Jenny gegenübersaß, schabte noch immer in ihrem Handteller. Ihre Füße baumelten in der Luft wie bei einem Kind, das auf einen zu großen Stuhl gesetzt worden war. Sie starrte auf die Wand über Jennys Kopf. Da hing kein Bild, dennoch schien sie dort etwas zu sehen.

Wenn ihr Menschen begreifen wollt, sagt Jenny in Seminaren, dann versetzt euch in sie hinein. Verzichtet auf höfliche Fragen. Lebt in der Geschichte, die euch erzählt wird. Stellt euch vor, ihr seid die Person, die euch gegenübersitzt. Jetzt spielte sie das Spiel selber.

Sie starrte auf die Wand über dem Kopf der Frau. Illegal in einem Land, wie fühlt sich das an? Alle Lieben verlassen, wie schlimm ist das? Ich habe Deutschland verlassen. Ich habe von niemandem Abschied genommen, weil das gefährlich ist. Ich wohne seit vier Wochen in einer Baracke und teile das Zimmer mit Frauen, die ich nicht verstehe. Ich denke an zuhause. Ich kann nicht schlafen. Ich höre Geräusche, die man nur in der Nacht hören kann. Sie treten nacheinander auf, sie vermischen sich nicht. Ich höre Schritte. Ich höre ein Lied und eine knallende Tür. Immer weint irgendeiner in der Nacht.

Wie es mit mir weitergeht, entscheidet ein Fremder. Ich sitze in einem kahlen Raum. Das Land ist mir fremd. Sagen wir: Portugal. Ich verstehe die Sprache nicht, ich brauche einen Dolmetscher. Der fragt nach meinem Namen. Der fragt, warum ich mein Land verlassen habe und während ich antworte, werde ich misstrauisch, weil ich nicht weiß, ob er richtig übersetzt. Vielleicht verdreht er mir das Wort im Munde. Ich muss die Sprache lernen, sonst bin ich verloren. Ich kaufe ein Lehrbuch und stammle die ersten Worte. Queria – ich möchte. Qual é o caminho para...? Wo ist der Weg nach...? Ich lerne Tag und Nacht: In unbetonten Silben werden A und E abgeschwächt, O wird wie U gesprochen. Vokale mit Tilden bilden Nasallaute. Das G vor A, O, U ist wie das deutsche G in Gas, vor E und I aber wie das deutsche G in Etage. Ich verwechsle betonte mit unbetonten Silben. Man behandelt mich wie eine, die nicht bis drei zählen kann. Vielleicht verliebe ich mich und heirate. Wie Rose Frankfurter, eine der hunderttausend Flüchtlinge, die vor den Nazis nach Portugal flohen. Dann heiße ich Jennifer Branco und zermartere mir den Kopf, wie ich mein Kind nachholen kann. Der Nachzug von Kindern ist nicht erlaubt? Warum hat mir das niemand gesagt? Wozu gehört mehr Mut? Zum Flüchten oder zum Bleiben? Wenn sie weiterkratzt, wird ihr Handteller bluten. Von wem hat sich Eduardo verabschiedet, als er sein Land verließ?

Jenny legte ihre Hand auf seinen Arm.

Du hast es gut.

Als er sie fragend ansah, sagte sie: Du bist nicht allein. Du hast mich.

Sie sah zuerst die Turnschuhe auf der Treppe, dann kamen Jeans und Pullover, dann der Kopf. Der Mann sah Jenny an, dann Eduardo.

Herr de Sastre?

Eduardo stand auf. Schwämmlein, sagte der Mann, bitte kommen Sie in mein Büro. Als sie den beiden folgen wollte, hielt er sie zurück. Er wolle allein mit Eduardo reden. Keine Sorge, ihr Freund wird ein faires Verfahren bekommen.

Jenny sah den beiden nach, bis Eduardos Slipper und die Turnschuhe von Herrn Schwämmlein nicht mehr zu sehen waren. Der Mann war ihr sympathisch. Sie überlegte, ob das an der Kleidung lag. Vertraute sie dem Beamten in Jeans mehr als dem in Hemd und Krawatte? Warum sollte der Mann in Jeans Eduardo besser behandeln als der im Anzug? Sie hörte, wie sich hinter den beiden eine Tür schloss und ging auf den Hof.

Zehntausend Quadratmeter. Zweistöckige Häuser, die früher Kasernen waren. Zäune drum herum und Stacheldraht als Schutz gegen die von draußen, die Fremde nicht mögen. In dem Büro, in dem Eduardo jetzt Fragen beantwortete, wurde auch über ihr Leben entschieden. Vielleicht sollte sie umkehren, im ersten Stockwerk, Zimmer 105, die Tür aufreißen und sagen: Herr Schwämmlein, was immer Sie entscheiden, es geht auch um mich! Seine Abschiebung ist meine Abschiebung! Jenny erschrak. War das so? Würde sie mit Eduardo nach Guatemala gehen? Auswandern? Ohne Olli? Niemals. Mit Olli? Ihrem Vater das Kind wegnehmen? Unmöglich.

Eine Gruppe Afrikaner spielte Boule im Lager, zwei Asiaten saßen im Hauseingang und rauchten. Eine Frau trug barfuß einen Wäschekorb über den Hof. Warum wollte Eduardo hier auf keinen Fall einem Landsmann begegnen? Glaubte er etwa, südamerikanische Killer würden sich durch die deutsche Asylmühle drehen lassen, um Eduardo im Lager zu erschießen? Wenn er Angst hatte – warum dann nicht im Haus von Kroll oder im Keller von Gallina?

Jenny folgte Kinderstimmen und entdeckte einen Spielplatz mit Wippen und Schaukeln. Den Ball, der ihr vor die Füße rollte, kickte sie zurück. Die Mütter saßen auf Bänken und strickten bunte Mützen für den Winter. Jenny setzte sich dazu. Dreizehn Kinder stritten in dreizehn Sprachen um den Platz auf den Schaukeln. Die Jungen schubsten die Mädchen, die Mädchen warfen die Jungen mit Sand – und irgendwann hatten alle dreizehn Kinder einmal auf der Schaukel gesessen. Ob Schaukeln teuer sind? Hier standen eindeutig zu wenige. Jenny sah auf die Uhr. Wenn der Entscheider die gleichen Fragen stellte wie die Anwältin, war Eduardo mitten in seiner Geschichte. Und die war gut, hatte die Buss gesagt, auf die können Sie sich verlassen.

Ein schwarzer Junge und ein Mädchen mit blauen Augen spielten Federball im Hof. Das Mädchen trug ein rotes Kleid und eine weiße Schürze, die nackten Füße steckten in Turnschuhen mit Leuchtstreifen. Mit hoher Stimme zählte es die Schläge, bis der Ball zu Boden fiel. Fünfzehn, sechzehn, siebzehn. Wenn sie es bis dreißig schafft, dachte Jenny, bekommt er Asyl. Beim fünfundzwanzigsten Schlag stand sie auf und ging, ohne sich umzudrehen, über den Hof in Eduardos Zimmer.

Der Kurde lag auf dem Bauch und schlief. Jenny setzte sich auf Eduardos Bett. Die Männer, die in diesen Betten schliefen, schienen nicht von den Gesichtern ihrer Frauen zu träumen. Über die Wände zog sich ein langer Reigen aus Penissen. Dicke, dünne und zarte. Und brutale, die wie Knüppel aussahen. Gewaltige Brüste fielen wie Bomben vom Himmel. Alle zwei Jahre kommen Maler zum Streichen. Nur nütze das nichts, wurde Eduardo beim Einzug gesagt, weil jeder neue Bewohner auf die frisch gestrichene Wand die gleichen Bilder male.

Jenny ging in die Teestube. Sie stand noch in der Tür, als ein Mann mit buntem Käppi sie aufforderte, sich zu ihm ans Fenster zu setzen. Von hier aus konnte sie Eduardo sehen, sobald er das Gebäude mit dem großen C verließ. Der Mann stellte sich vor, sie verstand kein Wort. Seine Sprache war eine Kette dunkler Vokale, die an das Gurren von Tauben erinnerte. Er zog ein Kartenspiel aus der Tasche und gurrte. Ich kann nicht Skat spielen, sagte Jenny und er hängte viele Sätze aneinander, in denen sich ein einziges Wort wiederholte, das sie verstand. Mau-Mau.

Mau-Mau?

Er nickte, wedelte mit den Händen, lachte und vielleicht erzählte er, in welchem Winkel der Welt er dieses Spiel gelernt hatte und wer sein Lehrer war. Seine Mutter? Ein Missionar? Ein Söldner? Er hatte eine gute Methode gefunden, mit Jenny zu sprechen. Er redete und gestikulierte und Jenny machte es ihm nach. Jeder in seiner Sprache, so war es nie still zwischen ihnen. Mau-Mau, sagte sie, habe ich als Kind mit meiner Oma gespielt, die Regeln weiß ich nicht mehr. Er mischte die Karten, teilte aus, reckte sieben kräftige Finger in die Luft. Seine Hände sahen aus, als hätten sie sein Leben lang in Erde gewühlt, die Fingernägel waren braun wie Ackerkrumen.

O.k., sagte Jenny. Jeder bekommt sieben. Und weiter?

Er legte eine Karte offen in die Mitte des Tisches. Piek acht, daneben den großen Stapel. Die Karten, die er in der Hand hielt, warf er mit Schwung auf den Tisch und wedelte mit den leeren Händen. Aha. Der Spieler, der zuerst keine Karten mehr hat, ist Sieger. Sie erinnerte sich. Es ging ums Ablegen. Schwarz auf Schwarz, Zahl auf Zahl. Bei einer Acht musste sie aussetzen, bei einer sieben zwei Karten aufnehmen. Wer einen Buben hatte, bestimmte die Farbe. Nach jeder Runde holte er Tee. Seine gute Laune war ansteckend. Jenny vergaß ihre Sorge um Eduardo, der seit einer halben Stunde vor dem Einzelentscheider saß.

Herr Schwämmlein hatte die Aufnahmetaste des Diktaphons gedrückt und sagte: Beginn der Anhörung de Sastre. Punkt. Sie können jetzt sprechen. Punkt. Nennen Sie mir bitte Ihren Namen. Punkt, Absatz. Doppelpunkt.

Ich heiße Eduardo Otto Noak de Sastre.

Eduardo sah sich um. Aktenordner vom Boden bis zur Decke. Das Büro war ein Schlauch. Auf dem Schreibtisch stapelten sich Mappen mit Asylanträgen, dazwischen, fast überwuchert, ein Foto im Silberrahmen. Ein lachender Mann. Der junge Herr Schwämmlein, an ihn gelehnt eine Frau mit indianischen Gesichtszügen und drei Mädchen mit Schleifen in den Zöpfen.

Haben Sie Geschwister, Großeltern, Onkel oder Tanten, die außerhalb Ihres Heimatlandes leben?

Nein.

Frage, Antwort. Frage, Antwort. Was ist der Unterschied zwischen einem Verhör und einer Anhörung. Der Tonfall? Herr Schwämmlein fragte freundlich. Als hätte er Interesse an dem Mann, der vor ihm saß.

Welche Schulen oder Universitäten haben Sie besucht? Welchen Beruf haben Sie erlernt?

Eduardo lächelte. Polizist und Terrorist.

Bei welchem Arbeitgeber haben Sie zuletzt gearbeitet?

Eduardo lachte. Auf bürokratische Fragen bürokratisch zu antworten, war komisch. Er sagte:

Mein Arbeitgeber war die Befreiungsbewegung. Ich habe dort unentgeltlich gearbeitet.

Bitte schildern Sie Ihren Reiseweg nach Deutschland.

Ich habe ein Flugticket gekauft und bin direkt in diese Stadt geflogen.

Mit welcher Fluggesellschaft?

Mit einer guatemaltekischen Fluggesellschaft.

Wie heißt die?

Guatemala Airlines.

Wann sind Sie geflogen?

Ich habe mir ein Besuchervisum besorgt und bin dann ...

Das beantwortet nicht meine Frage, Herr de Sastre. Wann sind Sie abgeflogen und wann sind Sie in Deutschland angekommen? Können Sie das ungefähr eingrenzen?

Ich bin im Januar gekommen.

Bitte legen Sie mir Ihren Reisepass und Ihre Flugunterlagen vor. Wo haben Sie das Visum ausgestellt bekommen?

In der Deutschen Botschaft.

In welcher Abteilung?

In der Konsularabteilung.

Sagen Sie mir den Namen des Beamten, der Ihnen das Formular ausgestellt hat.

Es war eine Dame. Ihren Namen weiß ich nicht.

Mussten Sie für das Visum Gebühren bezahlen und wie viel war das? Sie zögern mit der Antwort?

Ich denke nach, sagte Eduardo. Umgerechnet fünfzig Euro, glaube ich.

Haben Sie sich von Menschen, die nicht zur Botschaft gehören, bei der Beschaffung des Visums helfen lassen?

Nein.

Auf manche Fragen sei er nicht vorbereitet gewesen, sagte Eduardo später. Zum Beispiel auf die

Frage nach der Art und Weise, wie er sich von seiner Mutter verabschiedet habe. Was sollte das? Hätte er sagen müssen: Ich habe geweint. Und wenn nicht? Ist einer, der nicht weint, unglaubwürdig?

Hatten Sie ein Einladungsschreiben für Deutschland?

Nein. Ich habe in Deutschland einen entfernten Verwandten gesucht und auch gefunden.

War das der Zweck der Visa-Erteilung, kann man das so sagen?

Ja, das kann man so sagen. Ich hatte Angst um mein Leben und wollte mich in Sicherheit bringen.

Können Sie diese Angst beschreiben?

Eduardo sah sich nach einem Aschenbecher um. Es gab keinen. Auf dem Schreibtisch stand eine Tasse mit kaltem Tee.

Sie wollten Ihre Angst beschreiben, Herr de Sastre.

Ja. Nur: Wo fange ich an?

Von vorne, wenn das geht.

Es begann mit einem Zettel am Auto, auf dem stand: Pass auf dich auf, de Sastre. Das klingt harmlos, ist es aber nicht, weil man weiß: Sie haben es auf dich abgesehen und das ist nur der Anfang. Man wartet: Wann melden sie sich wieder? Man fragt sich: Wo sind sie? Sehen sie dich? Eine Woche später lag eine Postkarte im Briefkasten, auf der stand: Wenn Du vor der Wahrheitskommission auspackst, musst du dir um die Zukunft keine Sorgen machen. Dann riefen sie an. Meistens nachts. Sie sagten: Wir wissen, wo deine Mutter wohnt. In einer anderen Nacht sagten sie: Hör gut zu, de Sastre, und feuerten neben der Telefonzelle einen Schuss ab. Wenn ich den Hörer nicht abnehme, lassen sie es stundenlang klingeln. Ich habe das Telefon in eine Decke gewickelt und in den Schrank gestellt. Zehn Tage später lag ein Foto vor meiner Tür. Ein Mann in einem Sarg. Danach ist die

Welt nicht mehr normal. Wenn es an der Haustür klingelt, denkt man: Jetzt sind sie da. Oder ist das nur der Nachbar? Wobei das auch der Auftragskiller sein kann. Man schaut aus dem Fenster und entdeckt an der Straßenecke einen Mann mit Sonnenbrille und Handy. Zufall? Man zerbricht sich den Kopf über eine Kerbe in der Haustür. War die schon immer da – oder ist das eine Markierung? Ich kenne das Spiel. Ich habe es gelernt und weiß, dass es funktioniert. Bei jedem Menschen. Die Frage, die einen wahnsinnig macht, ist: Wann packen sie zu? Was ist ihr Auftrag? Sollen sie dich foltern oder töten? Man wird verrückt vor Angst.

Haben Sie das in der Botschaft erzählt?

Nein.

Was haben Sie dort gesagt?

Ich habe gesagt, dass ich einen Verwandten sehen möchte, von dem viel die Rede gewesen ist in meiner Familie.

Warum war häufig die Rede von dem Verwandten?

Eduardo schwieg. Auf dem Schreibtisch tickte ein Wecker, der die Pausen im Gespräch endlos in die Länge zog. Irritierend war, dass Herr Schwämmlein nicht chronologisch fragte. Er ließ sich die Angst beschreiben, ohne zu fragen, wer die Verfolger sind und wer die Auftraggeber.

Ist es möglich, sich in Ihrem Lande der Gewalt zu entziehen?

Nein. Wenn man nicht das Opfer beider Seiten werden will, muss man sich entscheiden, auf welcher Seite man Gewalt ausüben will. Ich habe mich für die Guerilla entschieden.

Wie sah die Gewalt aus, die Sie ausübten?

Wir haben Polizeistationen in die Luft gesprengt. Wir haben Polizeioffiziere erschossen. Wir haben Banken überfallen und ausgeraubt. Wir haben Telefonterror gegen einzelne Militärs ausgeübt.

Er bat um ein Glas Wasser. Die Uhr tickte. Herr Schwämmlein nippte am kalten Tee.

Kennen Sie den Geburtsnamen Ihrer Mutter?

Elisabeta Maria de Sastre.

Er fragte nach dem Verwandten. Eduardo erzählte von Felix Schneider, von Mariska und dem ersten Treffen mit Jenny.

Wann haben Sie sich erstmals mit der Journalistin getroffen?

Im Frühling, glaube ich. Es war warm.

Wie heißt diese Journalistin?

Jennifer Stroemveld.

Für welches Medium ist sie tätig?

Das Magazin heißt ›background‹.

Die Journalistin hat sich also mit Ihnen getroffen. Geschah das mehrmals?

Ja.

Zu welchem Zweck fanden diese Treffen statt?

Sie hatte Kontakt zu einer Asylanwältin.

War das der einzige Grund Ihrer Treffen?

Zunächst ja. Dann haben wir uns verliebt.

Hatte Ihr Kampf eigentlich Rückhalt in der Bevölkerung?

Viele Indios haben uns unterstützt, obwohl sie wussten, dass das Militär dann ihre Dörfer überfällt. Journalisten waren auf unserer Seite, Professoren und Studenten, auch Leute von der Gewerkschaft.

Herr Schwämmlein ließ sich Einheiten und Einsätze erklären, fragte nach dem Material des Sprengstoffs, der Dauer nächtlicher Märsche, Strukturen der Untergrundorganisation.

Waren Sie Kommandeur?

Am Anfang war ich Laufbursche, später habe ich ein Kommando übernommen.

Hatte das einen Namen?

Wir nannten uns Los Invisibles, die Unsichtbaren.

Herr Schwämmlein schlug eine Pause von fünfzehn Minuten vor. Er zeigte Eduardo die Toilette und den Kaffeeautomaten auf dem Flur. Als Eduardo zurückkam, roch es im Zimmer nach Tabak. Herr Schwämmlein stellte das Aufnahmegerät an und sagte ohne Einleitung: Anhörung de Sastre, Teil zwei. Frage. Doppelpunkt.

Warum wurden Sie bedroht?

Ich kann gegen die Leute, die das Massaker von Rio Blanco zu verantworten haben, aussagen. Ich kenne den Polizeichef. Er ist heute Mitglied der Regierung. Diese Leute meinen ihre Drohungen ernst.

Woher wissen Sie, dass dieser Mann den Einsatz befohlen hat?

Von einem Informanten.

Geht das konkreter?

Nein. Das möchte ich nicht sagen.

Wie, sagten Sie, hieße der Ort des Massakers?

Rio Blanco.

Was haben Sie dort gesehen?

Wir näherten uns dem Dorf am späten Nachmittag.

Zufällig?

Ja, beziehungsweise: Nein. Wir wollten in dem Dorf übernachten und spürten, obwohl wir den Ort noch nicht erreicht hatten, dass hier irgendetwas nicht stimmte.

Können Sie das benennen?

Von dem Ort ging eine merkwürdige Stimmung aus. Es war stiller als still. Sepucral. Über dem Ort lag Totenstille.

Erzählen Sie weiter, ich kann Ihnen das nicht ersparen.

Es roch dumpf. Als wären Tiere geschlachtet worden. Als wir das Dorf betraten, sahen wir, was passiert war. Überall lagen Tote. Leichenteile hingen in Bäumen. Sie hatten Kindern die Füße abgeschnitten und man konnte an den Blutspuren erkennen, dass sie versucht hatten, derart verstümmelt zu fliehen. Alle trugen schöne Kleider, als wäre hier ein Fest gefeiert worden. Wir rührten uns nicht vom Fleck, die meisten übergaben sich. Ich weiß nicht, wie lange wir am Rande des Dorfplatzes standen. Plötzlich hörte ich einen Laut. Wie unterdrücktes Wimmern. Es kam aus einem Stall. Einem Mann war es gelungen, sich dort unter seinem Esel zu verstecken. Er schrie, als er uns sah, weil er dachte, die Mörder seien zurückgekommen. Er hatte alles durch die Ritzen der Stalltür beobachtet.

Was hat der Mann gesehen?

Zwei Jeeps mit sechs Uniformierten hielten auf dem Dorfplatz. Zunächst fragten sie nur, ob hier Partisanen gesehen worden seien. Die Leute sagten nein und gingen ihrer Arbeit nach. Die Männer wurden wütend, weil sie glaubten, sie wären belogen worden. Im Dorf befanden sich nur Frauen und Kinder. Wenn man erfährt, dass sich Uniformierte nähern, verlassen die Männer das Dorf, weil sie hoffen, dass man Wehrlosen nichts antut. Aber die Männer in dem Jeep waren Teufel. Sie trieben die Frauen und Kinder in ihre Hütten. Sie sollten die besten Kleider anziehen und sich schmücken – es würde ein Fest im Dorf geben. Dann haben sie mit den Frauen und kleinen Mädchen getanzt.

Herr Schwämmlein wurde blass, unterbrach die Anhörung aber nicht.

Wie alt waren Sie, als sie das erleben mussten?

Vierundzwanzig.

Wurden Sie bedroht, weil Sie das alles bezeugen können?

Ja. Der Indio, der sich verstecken konnte, hat mir den Wortführer beschrieben. Ich habe ihn nach der Beschreibung eindeutig erkannt.

Woher kannten Sie diesen Mann?

Wir sind zusammen ausgebildet worden.

Sie erinnern den Namen?

José Maria Montero.

Als Eduardo seine Geschichte zu Ende erzählt hatte, fragte der Entscheider, ob er etwas Persönliches fragen dürfe. Eduardo nickte.

Sie wussten, dass Sie Ihre Mutter in Gefahr bringen, wenn sie zur Guerilla gehen?

Ja.

Das haben Sie in Kauf genommen?

Sie ist nicht geschlagen worden. Sie hatte keine Ahnung, wo ich war, das hat man ihr geglaubt.

Woher wissen Sie das?

Eduardo schwieg. Sie zögern mit der Antwort?

Es gab alte Verbindungen.

Haben Sie sich von Ihrer Mutter verabschiedet, bevor Sie Ihr Land verließen?

Eduardo schwieg.

Sie müssen überlegen?

Nein. Ich dachte nur, wie schlimm es ist, dass ich mich nicht verabschieden konnte. Es war zu gefährlich.

Herr Schwämmlein hatte den Finger auf der Stopptaste, hob ihn für eine Frage, die für Eduardo keinen Sinn ergab, kurz noch einmal hoch.

Hatten Sie in Ihrem Land Kontakt zu deutschstämmigen Landsleuten?

Nein, diese Leute haben mich nie interessiert.

Herr Schwämmlein gab Eduardo die Hand. Danke, Herr de Sastre, Sie hören von uns.

Als im Bürogebäude die Tür aufging, wusste Jenny nicht, ob sie eine oder zwei Stunden Mau-Mau gespielt hatte. Eduardo stand in der Sonne. Er trug ein dunkelblaues Hemd, hatte die Ärmel hochgekrempelt, seine Haut schimmerte olivbraun. Sie wollte aufspringen, ihm entgegenlaufen und blieb sitzen, als hätte sie einen Sack Mehl auf dem Schoß. Er stellte seinen Rucksack ab und strich sich mit beiden Händen das Haar aus der Stirn. Er sah sich um, er suchte sie. Eduardo lächelte in den Himmel. Er stand vor dem Gebäude wie ein Sheriff. Ist es hinterhältig, einen Menschen zu beobachten, den man kennt? Es ist wie Lauschen, dachte Jenny, nur mit den Augen. Keine seiner Bewegungen war für sie bestimmt. Warum stand sie nicht auf?

Eduardo bückte sich. Er zog das Handy aus dem Rucksack. Jenny sah die Bewegungen seiner Finger. Einschalten, Code tippen, o.k. drücken, ihre Nummer im Verzeichnis suchen. Rasch nahm sie ihr Handy aus der Tasche und hielt es ans Ohr, aber es blieb stumm. Sie sah, wie er die Lippen bewegte. Er lächelte auf diese besonders innige Art, von der sie dachte, die gehöre ihr allein, die habe er für sie erfunden. Flüchtig tauchte das Gesicht von Gallina vor ihr auf – aber warum sollte er Gallina anrufen? Er wird mit Kroll sprechen. Jenny zeigte auf Eduardo und sagte zum Kartenspieler: Mir tut das Herz weh, wenn ich diesen Mann ansehe. Was glaubst du: Gibt es ein Lächeln, das nur für einen Menschen reserviert ist?

Eduardo wollte nicht spazieren gehen, nicht über die Anhörung reden. Er wollte kein erotisches Spiel. Er saß seit einer halben Stunde neben Jenny im Auto und schwieg. Er war kein Sieger mehr – aber was war er dann?

Was ist mit dir?

Er nahm ihre Hand und schwieg. Na gut, sagte Jenny, drehte mitten auf der Straße, fuhr ans andere Ende der Stadt und parkte vor dem Tor zum Antiquariat. Es war mehr ein Impuls als ein Gedanke. Sie brachte ihn zu Gallina.

Steig aus, Eduardo.

Er sah sie an. In seinen Augen war kein Strahlen mehr. Er wirkte erschöpft und sah traurig aus.

Komm mit, Jenny, bitte.

Gallina stand mit ausgebreiteten Armen im Hof, als hätte sie Eduardo erwartet. Die Art, wie sie ihn an sich drückte, faszinierte Jenny und stieß sie ab wie etwas Obszönes. Beide hatten die Augen geschlossen. Gallina murmelte monoton, als wiederhole sie ein Mantra: Baron, mein Baron, mein kleiner Baron, als fülle sie eine leere Batterie mit Energie auf. Was fühlten die beiden? Sahen sie Bilder aus der Vergangenheit? Welche? Nach einer Weile völliger Versunkenheit schob er Gallina beiseite. Wo immer er gewesen war, jetzt war er zurück. Er legte seinen Arm um Jenny und sagte zu Gallina: Meine Frau hat Hunger. Und ich auch. Noch nie hatte er sie seine Frau genannt.

Gallina brachte ein mit Mais gefülltes Huhn. Sie stellte heiße Bananen auf den Tisch, frisches Brot und Wein. Sie fragte vorsichtig, ob sie sich zu ihnen setzen dürfe, als gehöre Eduardo nun wieder Jenny. Jenny ließ spanische Sätze an sich vorbeirauschen, aß unmäßig, trank, rauchte und blieb hungrig. Wer war Gallina? Sie hatte dicke, weiße Zöpfe, glänzende Augen und einen üppigen Busen. Eine Frau, neben der sich

Jenny wie ein Strohhalm vorkam. Sie stellte sich Eduardo und Gallina als Liebespaar vor. Nackt in einem kleinen Zimmer, über dem Bett ein Ventilator, der ihnen Luft zufächert und ihren Schweiß trocknet. Gehörte Gallina zum Widerstand? Waren sie dort ein Liebespaar geworden? Sie zog sie mit den Augen aus. Sie machte sie jünger. Er neunzehn und sie dreißig – ein umwerfendes Paar. Jetzt nicht mehr, das spürte sie. In den Blicken war keine Erotik. Dennoch brauchten sie sich. Ihr war vor Eifersucht übel. Um sich abzulenken, betrachtete sie die Fotos an der Wand. Junge Männer vor der Kaserne wie Abiturienten vor der Schulpforte. Hütten mit Frauen und Kindern, Dorfplätze, Hütten mit Frauen und Kindern. Ein Mann mit Gewehr. Zwei Männer mit Gewehren, vier Männer mit Gewehren und immer lachen alle in die Kamera. Für wen wird da so viel gelacht? Für die Geliebte, die Ehefrau, die Mutter oder nur für den Fotografen? Vielleicht nur als Beweis dafür, dass man über alles lachen kann, auch im Bürgerkrieg. Immer wieder wurde ihr Blick von einem Foto angezogen. Auf einem Schreibtisch sitzen fünf Männer. Alle jung, Mitte zwanzig vielleicht. Jeder hat die Arme über die Schultern des anderen gelegt. Sie lachen in die Kamera. Jenny erkannte ihn sofort. Die Art, wie ihm die Haare ins Gesicht fallen, das scheue Lächeln. Rechts neben Eduardo sitzt Bailadoro, den sie Tänzer nennen. Links Lechuza, die Eule. Und Gesto, die Fratze, der Mann mit den zwei Gesichtern. Rechts außen Anguila, der Aal. Sie tragen schwarze Hosen und schwarze Hemden. Die Füße stecken in Stiefeln. In der Mitte, an die jungen Männer gelehnt, steht Gallina. Das Haar in der Mitte gescheitelt, zwei dicke, schwarze Zöpfe. Stolz, als wären die jungen Männer ihre erfolgreichen Schüler. An der Wand hängt das Porträt eines Mannes in Uniform. Der Präsident? Oder ein hoher Militär? Der Einzige, der nicht lacht.

Abends fragte Jenny Eduardo, ob seine Truppe gemeinsam desertiert sei.

Nein. Warum fragst du?

Ich weiß nicht. Ich habe dich auf einem Foto erkannt ... irgendetwas daran ist merkwürdig.

Schnappschüsse sind immer merkwürdig.

Er vergrub sein Gesicht in ihren Haaren, schlang den Arm um sie und schlief ein. Jenny lag mit geschlossenen Augen in seiner Wärme wie in einem Kokon. Weil sie zum Einschlafen Zeit brauchte, versuchte sie, den Tag zu rekonstruieren, aber schon der Gang vom Schlafzimmer in die Küche misslingt. Stattdessen taucht Eduardo vor ihr auf, wie er im Hof des Lagers das Gesicht in die Sonne hält und in sein Handy spricht. Sie versucht, dem Mau-Mau-Spieler in der Teestube zu begegnen und sieht, wie Eduardo an Gallina lehnt, als tanke er Kraft. Sie will sich in den Raum versetzen, in dem sie auf den Einzelentscheider gewartet hatten – stattdessen sitzt sie im Keller und betrachtet das Foto an der Wand. Über den ganzen Tag legen sich immer wieder drei Szenen: Eduardo, wie er mit diesem besonderen Lächeln in sein Handy spricht. Eduardo an Gallina gelehnt. Der Keller und das Foto, auf dem fünf junge Männer lachend auf einem Schreibtisch sitzen. War von dem langen Tag nichts weiter übrig geblieben als die Ausschnitte, die sie verstört hatten? Jenny öffnete die Augen. Sie verscheuchte die Bilder. Sie legte ihre Hand auf Eduardos Brust. Sein Herz schlug ruhig und zuverlässig.

Wer mag den Abstand der Stäbe errechnet haben? Ein skurriler Engländer? Vielleicht gab es einen deutschen Wissenschaftler, der nach jahrelanger Forschung herausgefunden hatte, wie groß der Abstand der Stäbe sein musste, damit sich auch nicht der magerste Mensch hindurchzwängen konnte. Was hat er vermessen? Menschenhüften? Schädel? An wem und wo in der Welt hat er Maß genommen, bevor er zu der Erkenntnis kam, dass der Kopf des Menschen breiter ist als die schmalste Stelle seiner Hüfte?

Im Hof ist es ruhig, auch in den Zellen. Die Nacht ist schwarz ohne Sterne. Bert steht am Fenster. Auch einer, der nachts nicht schlafen kann. Selbst wenn ich mich zum Gerippe hungere, dachte Jenny, wird der Ausbruch durch die Gitterstäbe am Umfang meines Kopfes scheitern. Es muss eine Norm geben. Fünfzehn Zentimeter von Stab zu Stab? Oder zwölf? Auf jeden Fall weniger als der Abstand zwischen Ohr und Ohr. Alle Nationalitäten pressen einmal am Tag ihre Schädel gegen die Gitterstäbe. Alle würden ausbrechen, wenn sie könnten. Jenny steht am Fenster wie das Urbild aller Gefangenen. Jede Hand greift einen Eisenstab, dazwischen steckt der Kopf bis zu den Schläfen. Mehr passt nicht durch.

Bert pfeift auf zwei Fingern, malt dreizehn Buchstaben in die Luft: Soll ich tanzen? Jenny schreibt: Ja. Zu mehr als zwei Buchstaben hat sie keine Kraft, weil sie nachdenken muss. Hätte sie Eduardo in dieser Nacht hartnäckiger nach den Männern auf dem

Schreibtisch fragen müssen? Aber wie formuliert man eine Frage, wenn da nicht mehr ist als ein diffuses Unbehagen?

Bert tauscht die Deckenlampe gegen eine rote Birne aus, die er irgendwo gestohlen hat. Er dreht den Flamenco auf brüllende Lautstärke und Jenny wartet auf die Flüche aus den Zellen: Blödmann, Arschloch, Wichser, aufhören! Kein Fluch. Manchmal ist der Innenhof tolerant. Dann akzeptiert er Heulattacken, irres Gelächter und auch Flamenco. Bert hebt die Arme über den Kopf, langsam, in Zeitlupe wie ein Torero. Die Hüfte bewegt er mit einem Schwung, als wolle er sie zu Jenny in die Zelle schleudern. Er zieht das T-Shirt über den Kopf, lässt die verbeulte Trainingshose rutschen, streichelt seine Hüften, seinen Bauch, seinen Schwanz. Dann löscht er das Licht und tanzt den Flamenco im Dunkeln weiter. Bert ist ein netter Kerl. Er will ihr mitten in einer schwarzen Nacht Gefühle schenken. Woher soll er wissen, dass die Frau am Fenster unerreichbar ist? Sie hat die Augen geschlossen und spürt im Nacken Eduardos ruhigen Atem.

Kroll fuhr, Eduardo saß neben ihm, Jenny auf dem Rücksitz. Kroll scheuchte seinen verbeulten Maserati durch den Verkehr, als wolle er einem Esel das Fliegen beibringen. Wer wie Sie fährt, sagte Jenny, findet das Leben öde, oder? Er lachte sie aus dem Rückspiegel an. Und Ihre Lebensfreude nährt sich vom Zauber der Schmetterlinge – oder? Dass er die Geschichte kannte, gefiel ihr nicht.

Am Morgen hatten sie gemeinsam Eduardos Unterkunft im Lager geräumt. Bis zur Entscheidung über sein Asylverfahren war ihm ein Platz in einem Übergangsquartier angeboten worden. Schnell hatte er Hemden und Hosen in die Reisetasche gestopft und Jeansjacke, Schlafanzug und Rasierapparat hinterhergeworfen. Ein paar Handgriffe, ein paar Schritte zwischen Bett und Spind und schon gab es hier keinen Eduardo mehr. Der Kurde schlief. Eduardo hatte ihm zum Abschied die Hand auf den Rücken gelegt.

Sie entdeckten die Siedlung, als sie auf der Schnellstraße von Langendorf nach Heustedt rasten. Kroll stieg auf die Bremse, riss den Wagen herum, schleuderte ihn in den nächsten Feldweg, stieg aus – und lachte. Seht es euch an, rief er, das Übergangsquartier! Ist das nicht putzig!

Auf einem Platz, der vorher Feld oder Weide war, standen dreieckige Häuschen aus Holz. Velveta, rief Kroll vergnügt, vierundzwanzig Käseecken von Velveta! Er hatte schnell gezählt. Vor ihnen standen wirklich vierundzwanzig Häuser.

Jenny fand die Siedlung hübsch. Wie Urlaub in Schweden – nur ohne Meer. Hinter den Häusern begann der Wald und wenn der Verkehr ein wenig nachließ, konnte man die Vögel hören. Sie stieß Kroll an: Ist doch nett hier. Was haben Sie erwartet? Ein Hotel mit fünf Sternen? Sie hakte sich bei Eduardo ein. Ein Holzhaus ist besser als ein Zelt im Urwald, oder? Kommt – sie zog die Männer hinter sich her – ich will das aus der Nähe sehen.

Eduardo sah mäßig interessiert aus, nicht wie einer, der sein neues Zuhause besichtigt.

Ein Dorf war das nicht, nicht mal ein Dörfchen, nur vierundzwanzig ordentlich aufgestellte, identische Bretterverschläge vom Fließband. Eines rechts vom großen Trampelpfad, eines links, zwölf Reihen hintereinander. Vor den Häusern lagen Dinge, die noch nicht auf den Müll gehörten und nicht mehr ins Haus. Ein Roller ohne Räder, ein Sessel mit aufgeschlitztem Sitz. In einem Farbeimer stand Regenwasser. Jenny sah eine ausrangierte Kinderkarre, in der ein Dackel schlief. Vor jeder Tür stand eine Bank, die meisten waren selbst gezimmert. Alle hier waren mobil. An den Wänden lehnten Fahrräder in allen Größen, vor den meisten Häusern standen Mofas oder Motorräder, etwas abseits im Schatten ein blank geputztes Taxi. An Wäscheleinen flatterten Betttücher. Sieht gemütlich aus, sagte Jenny. Eduardo hatte in seinem Leben schon schlechter gewohnt. Es roch nach Wiese, Wald und frischer Wäsche und in der Nähe der Unterkunft lagen zwei Dörfer, in die man laufen konnte.

Sehr gemütlich, lästerte Kroll. Abends sitzen alle vor den Hütten und zählen die Autos auf der Schnellstraße.

Auf den Fensterbänken standen Töpfe mit Thymian, Rosmarin und Minze. In winzigen Vorgärten wuchs Petersilie. Schwer zu schätzen, wie viele Menschen hier lebten. Von außen sah es aus, als könnten sich zwei Personen so ein Haus teilen. Ein großes Zimmer unten und ein kleines im Spitzdach.

Auf einem Karussell tobten Kinder. Drei Mädchen und zwei Jungen. Sie sahen zuerst Eduardo an. Wo kommst du her?

Aus Guatemala.

Wo ist das denn?

Wo Amerika ist, nur tiefer.

Amerika kannten sie. Das war da, wo die Coladosen herkamen und die Panzer mit den Soldaten.

Und woher kommt ihr?

Die Mädchen meldeten sich wie in der Schule. Afghanistan. Somalia. Sudan. Die Jungen sagten: Irak. Kurdistan.

Wie lange wohnt ihr hier schon, fragte Jenny.

Zehn Jahre. Vier Jahre. Sieben Jahre. Die Jungen nickten: Wir auch.

Ihr geht zur Schule?

Natürlich!

Die Kinder sprachen Deutsch ohne Akzent.

Wie viele Menschen leben in einem Haus, fragte Kroll.

Sie riefen durcheinander: Acht Menschen, sieben Menschen. Dahinten wohnen elf, sagte der Jungen aus dem Irak, aber die haben zwei Häuser.

Das Mädchen aus dem Sudan zeigte auf das letzte Haus und erklärte, dass dort nur ein Mensch eingezogen sei, ein großer Mann – sie hob die Hände über den Kopf – ganz schwarz, ein Neger. Das war das Haus, in dem es für Eduardo einen Platz gab.

Das Mädchen aus Afghanistan sah Jenny an: Und woher kommst du?

Aus Deutschland.

Das Mädchen lachte, als hätte Jenny einen Witz gemacht.

Aus Deutschland kann niemand kommen, sagte sie vorwurfsvoll, das ist doch hier!

Das Mädchen lief auf die Frau zu, die im Türrahmen stand und zeigte, noch immer lachend, auf Jenny: Mama, sie kommt aus Deutschland!

Jenny gab der Frau die Hand. Ich bin Jenny. Der mit der dunklen Haut ist mein Mann, Eduardo, er wird eine Weile hier wohnen. Und der weißhaarige Herr ist Dr. Kroll, sein Freund. Sie musste nicht fragen, ob sie einen Blick ins Haus werfen durfte, die Afghanin lud sie zum Kaffee ein.

Ein Wohn-Schlaf-Esszimmer im Erdgeschoss. Knapp fünfzehn Quadratmeter. Neben der Eingangstür ein winziges Bad. Eine Stiege zum Dach, schmal wie eine Hühnerleiter, sechs Quadratmeter zwischen steilen Schrägen, Schlafraum und Spielzimmer der Kinder.

Sie saßen zu dritt auf dem Sofa, die Afghanin hatte für sich einen Stuhl vom Stapel der Küchenstühle an den Tisch gerückt. Der Raum war gemütlich eingerichtet. Auf dem Boden ein bunter Teppich, auf der Kommode ein großer Fernsehapparat. Vasen mit künstlichen Blumen, viele Engel. Auf dem Fenstersims stand eine bunte Maria mit Kind. Weil man an schräge Wände keine Bilder hängen kann, hatten sie ein vergilbtes Plakat, das vor sehr langer Zeit für Ferien in ihrer Heimat warb, an die Holzlatten genagelt. Eine Landschaft, weit und einsam, verblichen wie ein alter Traum.

Wie lange leben Sie hier schon, fragte Jenny.

Die Afghanin winkte ihre Tochter ins Haus. Zarmina sprechen besser Deutsch, sagte sie.

Zarmina, seit wann seid ihr hier?

Seit zehn Jahren.

Und wie alt bist du?

Zwölf.

Warum habt ihr keine Wohnung in der Stadt, wo deine Schule ist?

Die Mutter antwortete, Zarmina übersetzte: Sie mögen uns nicht, weil wir so viele sind.

Deine Mutter, dein Vater und du – wer noch?

Zwei Schwestern, ein Bruder und meine Oma.

Auf dem Weg zum Auto sagte Kroll: Bald sind sie acht in ihrer putzigen Käseecke, die afghanische Dame ist schwanger. Acht! La vache qui rit. Er warf einen Blick zurück, schlug die flache Hand auf das Wagendach. Wenn sie gerade Wände hätten, sagte er, könnten sie wenigstens Bilder aufhängen. Damit war klar, dass Eduardo in die Hütte, in der es einen Platz für ihn gab, nicht einziehen würde.

Abends wusste sie noch immer nicht, ob Kroll sein Mitleid verstecken wollte oder zynisch war.

Bevor wir ins Auto stiegen, erzählte sie Paula am Telefon, sah er mich an. Mit diesem Blick, weißt du, bei dem man friert. Er sagte: Jetzt dürfen Sie Schicksal spielen, Jennifer Stroemveld. Wo suchen wir für Eduardo eine Bleibe? Rechts in Langendorf oder links in Heustedt? Für Kroll sind Menschen Billardkugeln, Paula. Er hat den Queue in der Hand, stößt zu und beobachtet, wohin die Kugel rollt. Es ist ihm egal, ob sie gegen die Wand knallt oder im Loch verschwindet. Er will nicht gewinnen, nur beobachten. Er ist ein Voyeur.

Da seid ihr euch nicht unähnlich.

Spinnst du! Du vergleichst mich mit Kroll?

War Spaß, erzähl weiter.

Wir standen oberhalb der Schnellstraße. Links siehst du den Kirchturm von Heustedt, rechts den Friedhof von Langendorf. Ich überlegte nicht lange und sagte ›rechts‹, einfach nur so, weil mich mein Gefühl nach rechts zog. Wir fuhren nach Langendorf, Kroll lud uns zum Essen ein und ...

... Eduardo wurde nicht gefragt?

Er wollte nicht gefragt werden. Ihm gefiel die Idee, dass ich über seine Zukunft entscheide.

Paula lachte. Hoffentlich bereut er das nicht.

Sie besichtigten das Städtchen wie Siedler. Langendorf ist eine alte Hugenottensiedlung. Es gibt Häuser, die vierhundert Jahre alt sind. Sie sind schmal und hoch wie Türme, weil früher jeder Meter, den das Haus von der Straße verbrauchte, Steuern kostete. Dafür werden sie zu den Innenhöfen hin mächtig breit und sehr lang.

Das Dorf gefiel ihnen. In einem windschiefen Gasthaus soll Goethe übernachtet haben und im alten Knabengymnasium hatte Johannes Keppler Mathematik und Astronomie unterrichtet. Kroll registrierte systematisch die Vorteile, die das Wohnen hier hätte. Keine zehn Minuten zur S-Bahn. Die Fahrt in die Stadt dauert siebenundzwanzig Minuten. Es gibt eine Post auf der Hauptstraße, drei Banken und einen Supermarkt. Kroll notierte eine griechische Taverne und zwei Kebab-Buden. Eduardo wäre hier nicht der einzige Fremde. Vor der italienischen Eisdiele saßen weiße und schwarze Schüler an einem Tisch. Ob hier Wohnungen leer standen? Jenny suchte mit den Augen nach Fenstern ohne Gardinen.

Zu Paula sagte sie am Abend: Ich wollte einen Witz machen, als ich den beiden vorschlug, Eduardo könne ja notfalls Kirchenasyl beantragen. Du hättest Kroll sehen müssen. Er nahm mich begeistert in den Arm und rief immer wieder: Jennifer Stroemveld, Sie sind genial! Er küsste mich – stell dir das mal vor – und seine Augen strahlten. Er sprang über die Straße wie ein ausgelassener Tänzer und ließ sich vom erstbesten Passanten den Weg zum Pfarrer der katholischen Kirche erklären. Wir gingen durch eine Siedlung mit frisch verputzten Reihenhäusern und entdeckten das Pfarrhaus neben dem Friedhof.

Und weiter?

Kroll ist hemmungsloser als ein ausgekochter Journalist. Der zögerte keine Sekunde, bevor er läutete. Keine Scheu, nichts. Wir hatten Glück, der Pfarrer war zuhause. Er bat uns in die Amtsstube und hörte sich Eduardos Geschichte an, von Kroll erzählt. Bescheiden ließ er den Namen seiner Bank fallen, sprach völlig unsentimental vom tiefen Glauben, in dem Eduardo aufgewachsen sei. Er erklärte dem Pfarrer das Asylverfahren, legte den Arm um Eduardo und sagte mit dieser leisen, aber bestimmenden Stimme, die du kennst: Ich will nicht, dass mein Freund bis zur Entscheidung in einem Übergangsheim wohnt. Die Szene war bühnenreif. Kroll stand langsam auf, ganz und gar vornehmer Herr und stellte sich ans Fenster. Er sah eine Weile in den Pfarrgarten und sagte dann verträumt: Wirklich, Herr Pfarrer, es ist hübsch bei Ihnen in Langendorf. Wenn wir hier eine Wohnung finden, für die ich selbstverständlich aufkomme, wäre das wunderbar. Und nun rate mal, Paula, was der Pfarrer sagte?

Er hat ein Zimmerchen im Glockenturm.

Fast. Im Ort steht die Wohnung der Gemeindeschwester leer. Die Dame ist seit drei Wochen in Rente und zu ihrer Tochter nach Bayern gezogen. Ersetzt wird sie nicht, weil es kein Geld in der Gemeindekasse gibt – und jetzt halt dich fest: Eduardo kann die Wohnung haben und der Pfarrer freut sich, wenn er ihn in die Gemeinde einführen darf. Ehrlich, Paula, wo Kroll ist, scheint die Sonne.

Paula sagte: Nur, wenn er dein Freund ist.

Jenny suchte im Autoradio Musik mit großen Gefühlen und fand ihren Lieblingsmoderator, Herrn Bartho, der über Mozarts todernste Verwendung von C-Dur in der Krönungsmesse sprach und eine dreißig Jahre alte Aufnahme mit Julia Hamari ankündigte. Wenn Sie das Agnus Dei hören, sagte er, dann schließen Sie die Augen und Sie werden einen Engel hören, glauben Sie mir: Sechs Minuten und zweiunddreißig Sekunden überirdische Musik.

Sie fuhr an der Mosel entlang zur Burg Reitzenstein, ein Tagungsort der Akademie, für die Jenny hin und wieder als Dozentin arbeitete. Vier Tage lang sollte sie Journalisten in das Handwerk des Porträtschreibens einführen. Weil es dabei auch um das Vermeiden von Klischees ging, überlegte sie beim Kyrie, beim Gloria, während des Credos, des Sanctus und Benedictus, also mehr als eine halbe Stunde, warum es, wenn der Gesang einzigartig ist, immer Engelsstimmen sein müssen. Agnus dei, qui tollis peccata mundi, Lamm Gottes, das Du hinwegnimmst die Sünden der Welt. Recht hatte er, der Mann im Radio, das war zum Weinen schön. Weil ihr auch keine Alternative zu einem überirdisch singenden Engel einfiel und die Musik zu groß für das kleine Auto war, ließ sie die Fenster herunter, damit sich die Musik zwischen den Weinreben ausbreiten konnte. Sie würde ihm von der Burg eine Karte schicken. Lieber Herr Moderator, warum weinen Menschen, wenn sie das Agnus Dei hören? Ist es die todernste Verwendung von C-Dur, der Gesang eines Engels oder sind Sie für solche Fragen nicht zuständig? Mit freundlichen Grüßen Jennifer Stroemveld.

Grau steht die Burg auf dem Felsen. Wuchtig und düster und mit drei Klischees in zwei Sätzen. Jenny mochte Klischees, aber vor allem taten sie ihr leid. Einstmals sprachliche Diamanten, von Poeten erfunden, hatten sie ihren Glanz durch Abnutzung verloren – dafür konnten sie nichts, die rohe Gewalt und die blanke Angst, die einem so gerne im Nacken sitzt. Klischees sind treue Freunde. Sie sind die Ersten, die sich melden, wenn nichts auf dem Papier steht. Kein Wunder also, dass man beim Anblick der Burg an Ritter denkt, die den tapferen Heldentod sterben. Wie sollen sie sonst umkommen? Hat man je gelesen, dass ein Knappe ›Mama hilf mir, mein Arm ist ab‹ geschrien hat? Auch Olli, als er von Jennys Fahrt auf die Burg hörte, sprach von Rüstungen und Schwertern und prophezeite, sie werde auf der Burg zwei Gespenstern begegnen. Wenn ich die Wette gewinne, hatte er gesagt, dann weiß ich, wo es für neunzig Euro ein Flugzeug gibt, das man fernsteuern kann.

Die Burg ist ein Luxushotel, in dem nur wenig an alte Zeiten erinnert. Die Zimmer haben Bodenheizung, die Rüstungen sind blankgeputzt und fleckenfrei, das Kanonenrohr zielt nur noch auf Weintrauben. Zehn Teilnehmer standen auf der Seminarliste, acht Frauen und zwei Männer, das übliche Verhältnis, wenn es um Fortbildung ging. Sie war einen Tag früher als die Teilnehmer gekommen, um die Computer zu überprüfen und den Seminarraum mit Tafeln, Flipcharts, Stiften und Papier auszurüsten. Vertrautheit mit den Räumen gibt ihr die Sicherheit, die sie braucht, um fremde Menschen zu unterrichten.

Natürlich wohnen Sie im schönsten Gemach, sagte Frau von Reitzenstein – und wenn Sie ausgeruht sind, kommen Sie zum Aperitif ins Kaminzimmer.

Jenny schrumpfte zwischen den sechs Meter hohen Wänden von einsfünfundsiebzig zum Zwerg. Im Himmelbett war Platz für zwei Paare. Beim Blick ins Tal wurde ihr schwindlig. Tief unten zog die Mosel vorbei, graublau, eine Schlange, die ihre Farbe dem Himmel anpasste.

Nach dem Abendessen setzte sie sich mit einer Flasche Wein an den alten Sekretär und überprüfte ihr Seminarkonzept. Begrüßung, Vorstellungsrunde, Einführungsvortrag. Zusammenfassung der Thesen: Wer Porträts schreibt, bildet keine Menschen nach, er entwirft sie neu mit seinem persönlichen Blick, seiner Lebenserfahrung. Porträtschreiben ist eine Gratwanderung zwischen Skrupel und Anmaßung. Ein Abenteuer für beide. Der Porträtierte weiß nicht, dass das Porträt mit dem eigenen Blick in den Spiegel nichts zu tun hat. Auch der Schreiber gibt sich preis. Was Peter über Paul sagt, verrät oft mehr über Peter als über Paul.

Sie packte den Koffer aus. Zwei Leinenhosen, ein langer Rock, ein paar knallige T-Shirts, zwei Jacketts, drei Paar Stiefel. Sie zog das neue, kurze Kleid an, die Stiefel mit den höchsten Absätzen und stellte sich vor die Spiegelwand. Mit offener Mähne wirkte sie flippig, mit straff aus dem Gesicht gekämmten Haaren streng. Sie beschloss, den Kurs mit strenger Frisur und Hosenanzug zu beginnen. Den Fehler vom letzten Jahr wird sie nicht wiederholen. Nie wieder wird sie sich von Teilnehmern porträtieren lassen. Wenn sie an das Ergebnis denkt, krampft ihr Magen. In einem Text waren ihre Augen spöttische Murmeln, im anderen ähnelten sie einer flinken Maus. Einer beschrieb ihren Mund so ausführlich, dass alle an das Riesenmaul eines Frosches dachten. In einem Text war ihre Kleidung graumäusig, im anderen burschikos. Nichts gegen die Vielfalt persönlicher Wahrnehmung, hatte Jenny damals kühl gesagt – aber was habt ihr eigentlich gesehen? Sie hatte in der Woche elegante Anzüge und freche Stiefel getragen. In einem Porträt war sie die rätselhafte Sphinx, im anderen die Frau, deren Lebenshaltung der Flirt ist. Das war gut beobachtet. Dann das Fazit: Ich möchte Jennifer Stroemveld nicht zur Feindin haben. Was nun, fragte sie. Bin ich die Grüblerin, die flirtende Sphinx, der Racheengel – oder alles zusammen?

Die Schreiberin hatte sich geschickt verteidigt. Montaigne, hatte sie gesagt, zweites Buch, erstes Kapitel, kennen Sie das nicht? Darf ich zitieren? Wir bestehen alle nur aus buntscheckigen Flecken, die so locker und lose aneinander hängen, dass jeder von ihnen jeden Augenblick flattert, wie er will. Daher gibt es ebenso viele Unterschiede zwischen uns und uns selbst wie zwischen uns und den anderen ... Es ist eine schwere Aufgabe, sich immer als der gleiche Mensch zu zeigen. Gutes Zitat, hatte Jenny anerkennend gesagt, werde ich mir merken.

Tief unter dem Fenster glitt ein Schlepper leise über die Mosel, als würde die Strömung ihn ziehen. Jenny zog die Schuhe aus, spürte die Kühle der Fliesen unter den Füßen. Einige waren dunkelrot, andere blass rosa, manche orange. Erst jetzt fiel ihr auf, wie still es in der Burg war. Sie hörte kein Geräusch aus den Nachbarräumen, obwohl es noch nicht einmal Mitternacht war. Sie öffnete die Zimmertür. Vor ihr lag ein schnurgerader Flur. Aus einer Nische schimmerte matt die Rüstung eines kleinen Ritters, der seine Augenhöhlen und den Speer direkt auf Jenny richtete. Von den Wänden blickten die Ahnen der Familie von Reitzenstein, deren Geschichte Jenny beim Aperitiv gelesen hatte. Die Frauen blicken geduldig in den Flur, ein finsterer Mann zückt seinen Säbel. Die Dielen knarren wie unter schweren Stiefeltritten.

Jenny schließt die Tür, bevor die Schritte ihr Zimmer erreichen.

Das Licht der Stehlampe fiel auf ein Rechteck aus grauen, groben Fliesen. Jenny zog die Schuhe aus und stellte sich auf die blassen Quadrate. Wenn die so alt waren wie sie aussahen, dann stand sie jetzt mit nackten Füßen im elften Jahrhundert. Damals hatte Kuno von Reitzenstein Krieg gegen die Bürger des Moseltals geführt, weil die sich weigerten, ihm den Zehnten ihrer Ernte abzutreten. Kuno hängte den Anführer auf, die Bürger zogen mit Kanonen zur Burg. Kuno ließ ihre Häuser zusammenschießen, seine Krieger über die Frauen herfallen und die Vorräte plündern. Die Bürger zündeten die Burg an. Wer wäre sie damals gewesen? Die Tochter des Despoten? Seine Frau? Eine Magd? Und Eduardo? Ein Ritter oder ein Knecht. Vielleicht der Minnesänger. Jenny schrieb den Satz, mit dem sie den Vortrag beenden wollte: Porträtschreiben ist wie Komponieren. Findet mit Worten die passende Melodie für den Menschen, den ihr beschreiben wollt.

Sie legte sich in die Mitte des Himmelbetts und plante den nächsten Tag. Zehn Menschen musste sie finden, die bereit waren, sich von den Teilnehmern porträtieren zu lassen. Sie wird die Köchin des Burghotels fragen, eine schlagfertige Person. Und den Rentner, der Touristen dreimal täglich durch den Kerker führt, schaurige Geschichten über Fußketten und Streckbetten weiß und nie zu sagen vergisst, dass es genug Folterorte auf der Welt gibt und dieser Kerker nur zufällig nicht mehr gebraucht wird. Frau von Reitzenstein kann sie fragen, die kapriziöse Besitzerin der Burg. Auch den Kellermeister, oder, wenn Olli Recht behält, die beiden Gespenster, die ihr hier begegnen werden.

Als das Handy piepste, stand sie noch einmal auf. Ein Gruß von Paula: Alles Gute für den Kurs. Freu mich auf zwei spannende Begegnungen. Erst Tronje, dann Kroll. Lass von Dir hören.

Jenny öffnete das Fenster. Das leise Rascheln der Reben würde ihr beim Einschlafen helfen.

Zuerst hörte sie den Schrei: Jenny! Dann sah sie den blonden Jungen quer durch den Frühstückssaal laufen. Sie breitete die Arme aus. Über Ollis Kopf hinweg sah sie in Eduardos Augen. Sein Lächeln war unsicher. War die Überraschung gelungen? Freute sie sich? Er stand auf, kam mit diesem Gang auf sie zu, an dem sie ihn unter Tausenden erkennen würde. Er nahm sie in den Arm, seine Haut roch nach Sonne, zwischen ihnen hüpfte das vor Freude überdrehte Kind. Jenny heulte vor Rührung. Ihr Vater hatte ihm Olli anvertraut. Er war Hunderte von Kilometern gefahren, um in ihrer Nähe zu sein. Woher wusste er, dass sie Überraschungen mehr liebte als jedes Geschenk? Im Saal war es still geworden. Die Hotelgäste klapperten erst wieder mit dem Besteck, als die drei sich voneinander lösten.

Wir haben ein eigenes Zimmer, sagte Eduardo. Wir stören nicht. Wir werden mit dem Schiff über die Mosel fahren, Burgen besichtigen, durch die Weinberge laufen und nur zum Frühstück und Abendbrot in deiner Nähe sein – gut so?

Am Nachmittag des ersten Seminartages schrieb sie die Namen der Personen an die Tafel, die bereit waren, sich porträtieren zu lassen. Zehn Männer und Frauen zwischen siebzehn und siebzig. Schnell war klar, wer sich für wen interessierte. Weil zwei Frauen die Besitzerin der Burg gemeinsam beschreiben wollten, standen zum Schluss zwei Namen an der Tafel für Ruben, der um Bedenkzeit bat. Übrig geblieben war die Tochter der Köchin, ein siebzehnjähriges Mädchen, das diesen Ort nie verlassen wollte. Und der greise Fährmann, der seit sechzig Jahren Menschen von einem Moselufer zum anderen brachte. Während Ruben nachdachte, erzählte Jenny von ihrer Arbeit mit der Asylanwältin Rebecca Buss. Eine absolute Ausnahmesituation, sagte Jenny. Kein Termindruck. Recherchieren, bis die Geschichte rund ist. Ich sitze neben ihr, wenn sie mit Mandanten redet, ich begleite sie in den Gerichtssaal, ich frage sie zu Recht und Gerechtigkeit aus, mich interessiert ihr Verhältnis zu Wahrheit und Lüge. Jenny lachte. So kann man nur selten arbeiten, sonst ist man am Ende des Jahres pleite.

Ein Seminar ist eine Ausnahmesituation, sagte Jenny, nicht zu vergleichen mit der Arbeit an einem echten Porträt. Ihr habt nur einen Tag, um die Person zu begleiten und einen Tag zum Schreiben. Macht das Beste draus. Sie sah Ruben an. Sie haben noch niemanden ausgewählt?

Ruben war der Stillste in der Runde. Ein bleicher, junger Mann mit schwarzer Hornbrille. Einer, dessen demonstratives Schweigen Jenny nicht mehr irritierte, weil es so einen in jedem Seminar gibt. Schweiger, die darauf spekulieren, für klüger gehalten zu werden als sie sind. Ruben hatte bei Jennys Vortrag, anders als die anderen, fast nichts notiert. Das Zitat von Paul Watzlavik ließ er sich wiederholen und schrieb es mit roter Tinte in seinen Block: Kommunikation zwischen Menschen besteht aus verbalem und nonverbalem Ausdruck – wobei der letzte den ersteren bestimmt. Dann schraubte er sorgfältig den Füller zu. Als Jenny sagte: Es kommt beim Porträt darauf an, eine Melodie für einen Menschen zu finden, die zu ihm passt, schraubte er den Füller wieder auf.

Na, was ist, Ruben? Für wen haben Sie sich entschieden?

Für niemanden von der Tafel, sagte er. Ich will über Ihren Mann schreiben.

Das kommt überhaupt nicht in Frage, wollte Jenny sagen und hörte stattdessen aus ihrem Mund ein zögerndes: Ja ... warum eigentlich nicht? Sie hätte sich ohrfeigen können. Warum sagte sie das Gegenteil dessen, was sie dachte? Sie musste ihr Nein nicht begründen. Es war ganz einfach, zu sagen: Tut mir leid, Ruben, der steht nicht zur Wahl. Am nächsten Tag sah sie Eduardo, Olli und Ruben ständig zusammen. Die drei schienen sich gut zu verstehen. Trotzdem war ihr nicht wohl bei dem Gedanken, dass der Schweiger über Eduardo schreiben würde.

Als sie am vorletzten Seminartag mit den Texten der Teilnehmer in ihrem Zimmer saß, fischte sie zuerst Rubens Porträt aus dem Stapel und dachte nach dem ersten Satz, sie habe ihm Unrecht getan und er sei lediglich schüchtern. Der Anfang des Manuskriptes gefiel ihr. Ruben hatte die Metapher vom Finden der Melodie für einen Menschen wörtlich genommen. Wenn es gilt, schrieb er, für Eduardo Otto Noak de Sastre eine Melodie zu finden, dann wäre das ein Walzer. Schön, dachte Jenny und las neugierig weiter. Ich denke nicht an einen Walzer, schrieb Ruben, weil der Mann heiter und beschwingt ist, sondern weil er sich im Laufe eines Tages so oft dreht, dass ich ihn aus den Augen verliere und nicht weiß, wer er ist. Verfolgter Asylant? Verliebter Mann? Ersatzvater eines kleinen Jungen? Che Guevara, auferstanden? Steter Wechsel im Dreivierteltakt.

Ihr wurde heiß vor Wut. Wie konnte dieses blasierte Jüngelchen es wagen, so über Eduardo zu schreiben. Sie sollte ihm das Manuskript um die Ohren hauen.

Mit einem guten Schluck Rescuetropfen nahm sie morgens im Plenum sein Manuskript kühl auseinander. Kein Satz ohne Klischee, sagte sie leise, das ist schade. Kein Gedanke, nur Behauptungen, das ist mager. Schauen Sie – Jenny versuchte, ruhig zu bleiben, während sie Ruben ansah – Sie beschreiben keinen Menschen in seiner Vielfalt, Sie beleidigen einen Mann, den Sie nicht kennen. Ruben grinste und Jenny konnte vor Wut nicht weitersprechen.

Sie sah aus dem Fenster. Die Mosel schimmerte grün wie Jade. Der alte Fährmann legte vom Ufer ab. Im Seminarraum war es still geworden. Was hatte Ruben entdeckt?

Die Eingänge der würdigen Patrizierhäuser führen nicht mehr zum Bäcker, zum Metzger oder Schmied, sondern zu Büchern, Bildern und Skulpturen. Paula liebt das Viertel, in dem ihre Galerie liegt. Der Konkurrent gegenüber hat sich durch vier Läden gefressen und handelt mit junger Kunst aus Afrika. Ihre Nachbarin verkauft antiken Schmuck. Nebenan hat sich eine junge Frau auf Reiseliteratur und alte Seekarten spezialisiert. Im Café wird beim Espresso über die Kollegen gelästert und der Friseur um die Ecke fädelt in Paulas schwarze Zotteln mal grüne und mal blaue Strähnen. Die Glocken des Doms gliedern ihren Tag, das Museum ist um die Ecke. Paulas Galerie ist die frechste im Viertel. Sie stellt verrückte Fotografen aus, lädt zu Abenden mit Videokunst und stellt im Herbst Tronjes Puppen aus.

Sie sah ihn lange, bevor er die Galerie betrat. Die Haare lang und offen. Eine weiße, weite Hose, ein weißes Hemd, ein cremefarbener Schlapphut, unter dem er sich eher verbergen wollte als mit ihm auffallen. Er stand auf der anderen Straßenseite, als warte er auf eine Stimme, die ihm riet, einzutreten oder umzukehren. Paula lächelte. So wie Tronje war sie an ihrem ersten Schultag auf das wuchtige Backsteingebäude zugegangen. Die Einschulung, hatte ihre Mutter auf dem Weg dorthin gesagt, sei das größte Ereignis im Leben eines Kindes. Für Paula war das Schultor ein riesiges Maul, das alle Kinder verschluckte, die sich ihm näherten. Aber eine Stimme in ihr sagte beim ersten Läuten, dass es Paola Alvarez, Tochter der Friseurmeisterin Clarissa Alvarez, hier gut haben wird. Eine nette Lehrerin versprach Spaß beim Malen und mittags stand Paula im Frisiersalon ihrer Mutter und verkündete feierlich, sie werde es morgen noch einmal versuchen. Die Kunden lachten und wiederholten noch Jahre später Paulas Satz über den ersten Schultag: Ich werde es morgen noch einmal probieren. Niemand hatte ihr gesagt, dass dem ersten Schultag bis zum Abitur ungefähr viertausend Schultage folgen werden.

Wenn es in Tronje keine Stimme gab, die ihm riet, sich zu nähern, musste sie ihn rufen. Paula öffnete die Tür der Galerie. Kommen Sie, Tronje, in meiner Nähe ist es ganz und gar ungefährlich!

Während sie Becher auf den Tisch stellte, ging er durch die Galerie, als habe er nie etwas anderes getan, als mit den Augen den Boden für seine ›Puppeninseln‹ auszumessen. Die Insel eleganter Damen auf der Chaiselongue. Die Gruppe der parlierenden Prinzen. Das Häuflein weißer, verrenkter Kinderglieder. Die Insel, an der er noch arbeitete, hieß ›Kinderabendmal‹, eine skurrile Tafelrunde. Tronje inspizierte dreihundert Quadratmeter grauen Betonboden und verteilte in Gedanken seine Puppen in Paulas Galerie. Versunken blieb er vor der Treppe zum Keller stehen. Unten ist der Videoraum, sagte sie, wenn Sie wollen, können Sie den auch bestücken.

Als Kontrast zu seinen durchsichtigen Kräutertees servierte sie ein Gebräu, das er nur mit Verachtung trinken würde. Dunkelbraunen Ostfriesentee, in den sie einen dicken Brocken braunen Kandis versenkte. Über den Rand des Bechers ließ sie langsam süße Sahne in den Tee gleiten und sah zu, wie eine weiße Haut die Oberfläche überzog. Als er zum Löffel griff, rief Paula: Nicht umrühren! Um Himmels willen! In dem Becher steckt ein komplettes Menü. Zuerst wird die zarte Sahnehaut geschlürft. Der bittere Tee ist die Hauptspeise und als Nachtisch wartet auf dem Boden des Bechers diese göttlich-süße Melange aus zerfallenem Kandis und warmer Sahne. Paula strahlte: Eines Tages müssen Sie mein Labskaus probieren! Wenn ich seine Galeristin werde, dachte sie, muss er das aushalten. Sie stieß ihren Becher an seinen: Auf den Erfolg unserer Ausstellung! Paula wusste schon jetzt, in welche Villen Tronjes Puppen passten.

Sie sah ihm nach, als er das Atelier verließ. So bescheiden wird er nicht bleiben, dachte sie, Erfolg verändert jeden Künstler und die meisten werden nicht sympathischer. Vielleicht war Tronje eine Ausnahme. Ein Träumer, vom Vater verachtet und mit Geld in ein luxuriöses Atelier abgeschoben. Kein Grund zum Mitleid – es gibt schlimmere Leben. Er hatte sie Paola genannt, nie Paula. Schade nur, dass sie als seine Galeristin nicht sagen konnte: Mal mich an, Tronje.

Paula rieb Gel in ihre schwarzen Haare, wählte ein dunkles Rot für die Lippen. Sie warf sich das schwarze Jackett über die Schulter, schob eine Zigarette zwischen die Lippen und schloss die Galerie ab. Langsam bummelte sie ins Bankenviertel. Kroll war ein Mann, den man warten lassen musste. Vor der Montreal Trade Bank warf sie einen Blick auf ihr Handy. Eine kurze Nachricht von der Mosel: Achtung beim Rendezvous mit dem gefrorenen See. Kuss Jenny.

Kroll hatte Kaffee und Kekse in den Konferenzraum bringen lassen. Er küsste Paula die Hand, hieß sie willkommen wie eine Freundin. Schnell fanden sie zum Ton ihrer ersten Begegnung zurück. Paula schnodderig, Kroll höflich, ironisch, ein väterlicher Gentleman, der sich freute, der aparten Galeristin die Neuerwerbung seiner Bank zu zeigen.

Soll ich raten, fragte Paula. Da Sie Kunst mit dem

Zaster der Bank kaufen, tippe ich auf einen neuen Funakoshi für Achtzig- bis Hunderttausend.

Kalt, sagte er, ganz kalt. Kommen Sie, ich bin gespannt auf Ihre Reaktion.

Er führte sie in eine Halle, deren Marmorboden glänzte, als wäre er gerade gewischt worden. Kein Staubkorn, kein Abdruck einer schmutzigen Sohle. Sie zählte acht Bäume in silbernen Kübeln mit perfekt geschnittenen Kronen, gleich groß, wie geklont. Die Blätter schimmerten, als habe sie jemand mit Öl abgerieben. Kühle Marmorwände, zwanzig Meter hoch. Vor den Fenstern schmale Balkone aus Glas. Paula hatte das Gefühl, auf dem Marktplatz einer surrealen Stadt zu stehen. Sie stellte sich Gesichter hinter den Fenstern vor – das sähe gespenstisch aus. Ihre Absätze hallten bei jedem Schritt. Blieb sie stehen, war es still wie in einem Tempel.

Kroll führte sie über Treppen, Flure, Gänge – Paula hatte längst die Orientierung verloren, als sie in den Fahrstuhl stiegen. Im neunten Stockwerk stiegen sie aus und hatten einen Flur vor sich, an dessen Ende Kroll sagte: Augen zu, Paula. Er nahm ihren Ellenbogen und führte sie um eine Ecke. Er öffnete eine Tür und sagte mit Stolz in der Stimme: Augen auf.

Paula stutzte, dann rief sie: Das ist Blasphemie!

Kroll hatte in den Wintergarten der Bank eine Skulptur des Holzschneiders Schumann gestellt. Die schlimmste aus der Serie der schaurigen Kolosse, den Kapuzenmann aus dem Foltergefängnis Abu Ghraib. Sieben Meter hoch. Klobige Hände, klobige Füße. Auf dem Körper der braune Sack. Das Gesicht verhängt. Nicht einmal die Drähte fehlten. Ein schutzloser Riese, den eine winzige Bewegung vom Stromtod trennte. Es gab keine Möglichkeit, der Skulptur auszuweichen. Sie spiegelte sich in den Glaswänden des Wintergartens, auch das Dach war aus Glas.

Sie sind verrückt! Schon das Foto war nicht auszuhalten ...

Setzen Sie sich, sagte Kroll, zufrieden mit ihrer Empörung.

Paula steckte sich eine Zigarette an. Nach ein paar Zügen sagte sie: Was haben Sie dafür bezahlt?

Nichts, sagte Kroll. Die Figur ist unverkäuflich. Ich habe sie versichert und ausgeliehen.

Schumann weiß, wo sie steht?

Ist ihm egal. Er will, dass sie gesehen wird.

Paula sagte spitz: Hier? Von wem denn? Von Bankern, die sich zu Tode erschrecken und nachts davon träumen, im Armenviertel von Bagdad eine Suppenküche aufzumachen?

Empört warf sie die Zigarette zwischen die weißen Kieselsteine. Kroll schien das nicht zu stören. Dies ist keine amerikanische, sondern eine kanadische Bank, erklärte er ruhig. Und die ist, soviel ich weiß, an keinem Krieg in der Welt beteiligt.

Paula schwieg. Sollte sie sagen, dass sie nicht daran glaubte, dass Banken ihr Geld sauber verdienen. Wozu. Sie ließ den Blick über die Teile der Figur gleiten, die nicht von dem brauen Sack verhüllt waren. Die groben Füße, die stämmigen Beine, die riesigen, geöffneten Hände – wie bittend um Gnade. Überall Spuren harter Arbeit. Der Bildhauer musste das Eichenholz wütend mit Hobel, Stecheisen und Kettensäge traktiert haben. Kroll war ihrem Blick gefolgt.

Hier gehen Tag für Tag Hunderte von Leuten vorbei, sagte er. Sie begegnen der Skulptur auf dem Weg zur Kantine. Sie sehen von oben auf sie herab. Viele gleiten mit dem Fahrstuhl an ihr vorbei. Wissen Sie, wo Woserin liegt?

Paula schüttelte den Kopf.

Ein Dörflein in Mecklenburg-Vorpommern.

Sie stellte sich Kroll auf dem Lande vor. Ein

schlendernder Herr im Maßanzug mit Weste und Fliege. Misstrauisch beäugt von den Bauern und den Kühen auf der Weide.

Was wollen Sie in Woserin?

Dort stand der Kapuzenmann aus Abu Ghraib im Garten des Künstlers und ärgerte fünf Nachbarn. Hier ärgert sich niemand, das schwöre ich Ihnen. Die Leute reagieren gerührt oder erschreckt.

Sie sind ein Spieler, Kroll! Es geht Ihnen nicht um den Holzschneider und seine Kunst. Sie machen hier keine Reklame für Menschenrechte – Sie haben Spaß an der Provokation, stimmt's? Wo stehen Sie, wenn ich das fragen darf?

Kroll lachte. Der Provokateur ist der Künstler. Die Provokation die Figur. Wo ich stehe? Mal hier, mal dort, meine liebe Paula. Am liebsten auf der Seite der Intelligenz.

Wo soll die sein? War die Polizeistation in Guatemala der Hort der Intelligenz?

Einen Moment lang war er irritiert. Wenn Sie so wollen, sagte er langsam, war das damals sehr wohl der Ort mit den intelligentesten Köpfen im Land.

Wie können Sie Köpfe intelligent nennen, die sich ausdenken, wie man junge Männer zu Spitzeln und Mördern ausbildet?

Die Jungen wurden ausgebildet, um das Land von sechsunddreißig Jahren Bürgerkrieg zu befreien. Kennen Sie die Bilanz? 160 000 Tote. 50 000 Menschen ohne Spur verschwunden. Am Ende des Krieges gab es vierhundert Dörfer weniger im Land.

Ihr Freund Eduardo hat das anders gesehen.

Kroll nickte. Wäre ich im Lande gewesen, hätte ich ihn von dieser Dummheit abgehalten.

Paula steckte sich eine Zigarette in den Mund, er gab ihr Feuer. Sie blies ihm den Rauch ins Gesicht.

Ach Kroll, hören wir auf. Diese Debatten führen zu gar nichts.

Es herrscht Frieden im Land, sagte er, ist das nichts?

Sie machen mich wütend, Kroll. Ihr Freund ist auf der Flucht vor Männern, die ihn umbringen wollen. Das kommt mir nicht sehr friedlich vor.

Kroll hob Paulas Kippen auf. Kommen Sie, sagte er aufgeräumt, als sei er mit dem Nachmittag zufrieden, ich kenne einen exzellenten Libanesen.

Sie stritten über Kunst, flirteten, er verteidigte die Malerei, sie die Foto- und Videokunst.

Kroll war charmant, witzig und über den Kunstmarkt bestens informiert. Er war ein spritziger Erzähler. Es dauerte lange, bis Paula merkte, dass er persönlichen Fragen geschickt auswich.

Sind Sie verheiratet, Kroll?

Nicht mehr.

Haben Sie Kinder?

Nicht, dass ich wüsste.

Was seine Tätigkeit als Psychologe anging, blieb er vage. Er hatte in Kunst und Psychologie promoviert und in Amerika in der Psychiatrie gearbeitet. Damals begann sein Interesse an Bildern von Patienten, von den Ausstellungen schwärmte er.

Wo in Amerika haben Sie gearbeitet? In welcher Stadt? In welcher Klinik?

Sie sind neugierig, verehrte Kollegin.

Die Neugierde, lieber Kollege, steht immer an erster Stelle des Problems, das gelöst werden will. Galileo Galilei.

Ich werde für ein paar Wochen nach Kanada gehen, sagte Kroll – danach möchte ich die amüsanten Gespräche mit Ihnen fortsetzen. Einverstanden?

Mit gefrorenen Seen hatte Jenny seine Augen verglichen. Stimmt, dachte Paula. Als habe ein Maler aus Blau und Grün ein kühles Türkis gemischt. In der Bar, in die er sie führte, dachte sie zum ersten Mal daran, amerikanische Kollegen nach Kroll zu fragen.

Lieber Olli, schreibt Jenny und schaut der Wolke nach, die durch die Glasplatte gleitet wie ein dickes Kaninchen. Dann reißt ihm der Wind Bauch und Beine ab und lässt nur den Kopf mit zwei langen Ohren am Himmel stehen. Komisch, schreibt sie, in Wolken entdecke ich nur Tiere, nie Blumen, Bäume oder Menschen. Gestern war es eine Horde Affen, die es eilig hatte.

Warum hat sie nicht in der Schule gelernt, wie ein Spiegel funktioniert? Weil eine Zelle aus fast nichts und viel Zeit besteht, hält sie das Gesicht über die Glasplatte und experimentiert mit ihrem Spiegelbild wie ein Kind, das die Welt entdeckt. Sie kneift sich in die rechte Wange. Erkenntnis Nummer eins: Ein Spiegel vertauscht nicht rechts und links. Aber wenn sie sich vorstellt, sie selbst sei das Gesicht im Spiegel, das ihr entgegenschaut, wird aus der rechten Wange die linke. Dass der Spiegel hinten und vorne vertauscht, ist schwer genug zu begreifen. Warum vertauscht er nicht auch oben und unten? Dann würde sie auf dem Kopf stehen. Das fehlt gerade noch. Erkenntnis Nummer zwei: Ihr Leben steht auch ohne Spiegel auf dem Kopf.

Lieber Olli, schreibt sie, ihr müsst mich nicht besuchen, ich bleibe nicht mehr lange hier. Mein Anwalt sagte, Deine Mutter sei eine unbescholtene Frau. Das bedeutet, dass ich bis zu dieser Tat von niemandem gescholten wurde.

Ruben hatte den Walzer als Melodie für Eduardo ausgedacht, ›weil er sich am Tag so oft dreht, dass ich ihn aus den Augen verliere und nicht mehr weiß, wer er ist‹. Wie lange braucht man, um einen solchen Satz zu vergessen? Eduardo hatte über ihre Wut gelacht. Eifersucht, hatte er gesagt, der hätte selber gerne eine Jenny.

Und wer bist du wirklich? hatte sie aus Spaß gefragt. Verfolger? Verfolgter? Verliebter? Ersatzvater eines kleinen Jungen? Seine Antwort war eine Liebeserklärung: Ich bin alles, was du willst. Merkwürdig, dass sie bei diesem Satz an das Foto in Gallinas Keller gedacht hatte. An die adretten Männer auf dem Schreibtisch. An die Irritation, die von dem Bild ausgegangen war. Auf dem Seminar beschloss Jenny, das Foto noch einmal ohne Eduardo zu betrachten.

Soll sie Olli schreiben, dass am Morgen ein fettes Kaninchen am Himmel entlanggesegelt sei? Interessiert er sich für Wolken? Eher für den Knast. Sperrt man dort auch Kinder in Zellen? Müssen die zur Schule gehen oder hat man im Gefängnis Ferien? Darf man bleiben, so lange man will? Ihm würde die Geschichte des Mannes gefallen, den sie hier König der Ausbrecher nennen. Der darf nicht im Hof spazieren gehen, sondern nur in einem extra für ihn gebauten, großen Käfig. Wie ein Raubtier.

Fragt Olli nach Eduardo? Sicher, er vermisst ihn ja. Und was erzählt ihr Vater? Die wahre Geschichte? Unmöglich. Aber wie erzählt man einem Kind die halbe Wahrheit, ohne zu lügen? Wahrscheinlich macht ihr Vater das besser, als sie denkt.

In der Teeküche lernt Jenny ihre Zellennachbarin Albertine kennen. Sie hat einen kräftigen Händedruck. Ihre Haare sind schulterlang und silberweiß. Albertine hat ihren Mann erstochen.

Notwehr, fragt Jenny.

Hass, sagt Albertine.

Sie umgibt sich mit Operettenmelodien, weil die

am besten wirken. Wenn ich eine Operette höre, sagt Albertine, wird es in dem Loch, in dem ich sitze, ganz hell. Operetten sind wie Sonnenschein. Egal, wie tief die Mundwinkel hängen, sie ziehen sie nach oben. Ich weiß nicht, warum das so ist – weißt du das?

Vielleicht träumst du von einem rauschenden Fest, einem aufregenden Ballkleid und einem tollen Mann?

Albertine grunzt. Sie weiß nicht, wie ein Ballkleid aussieht, kann sich an tolle Männer nicht erinnern – und wer sollte sie zu einem rauschenden Fest einladen?

Die Buss raste vom Flughafen über die Autobahn, als wolle sie das Gebäude, in dem sie die letzten drei Stunden mit, wie das sperrig hieß, ›asylrechtskundiger Beratung‹ zugebracht hatte, so schnell wie möglich hinter sich lassen. Seitdem sie im Auto saßen, schwiegen sie. Jenny dachte an Türen, von denen sie sich angesaugt fühlte und die sich mit einem leichten Schmatzen hinter ihnen geschlossen hatten. Die Anwältin hatte im Transitbereich des Flughafens Menschen beraten, die aus irgendeinem Winkel der Welt gekommen waren, in den sie nicht zurückwollten.

Und, fragte die Buss und bretterte an einem LKW vorbei, wie fühlst du dich?

Wieder in der Wirklichkeit.

Ach!

Die Anwältin, noch immer mit hundertsechzig auf der Überholspur, zeigte hinter sich: Dort, wo wir herkommen – das war wohl keine Wirklichkeit?

Das war Spuk. Wenn wir zurückfahren, werden wir dort nichts mehr finden.

Sie hatten den Vormittag in einem Raum verbracht, in dem Jenny nach wenigen Minuten das Gefühl für Zeit verlor. Sie war von einem kränklichen Beige umgeben und kam sich vor, als säße sie in einem Ei. Ein karger Raum. Ein großer und ein kleiner Tisch, vier Stühle, ein Regal mit Akten. Rauchen verboten, stand an der Tür, aber die Buss rauchte keine Zigarette weniger als in ihrem Büro. Am kleinen Tisch saß Jenny. Am großen Tisch saßen die Buss, der

Dolmetscher und eine Frau aus Sambia, deren rotes Tuch auf ihrem Kopf wie eine Flamme loderte. Sie hieß Rosemary Mulumo, war so alt wie Jenny und stammte aus einem Dorf im Nordwesten ihres Landes. Die Buss erklärte ihre Funktion: Ich bin nicht von der Polizei, auch nicht von einer Behörde. Ich bin eine unabhängige Anwältin, auf deren Beratung Sie ein Recht haben. Verstehen Sie das? Der Dolmetscher übersetzte, Frau Mulumo nickte.

Ihre Geschichte war bizarr. Sie war zum Wasser holen auf den Dorfplatz gegangen, als sich eine johlende Menschenmenge auf ihr Dorf zubewegte. Im Nachbarort war ein Mann gestorben und nun suchte der Sarg mit der Leiche den Schuldigen. Frau Mulumo kannte den Brauch, hatte aber noch nie gesehen, wie er praktiziert wurde. Der Sarg wurde von sechs Männern getragen, er taumelte und schwankte über ihren Köpfen. Mal schoss er nach rechts, mal nach links, dann wieder wie ein Pfeil geradeaus.

Frau Mulumo drehte sich nach ihrem Mann um, den sie noch vor wenigen Minuten auf dem Feld gesehen hatte. Da sah sie, wie sich der Sarg in Richtung Feld bewegte und einen Menschen jagte, der schreiend versuchte, der Meute zu entkommen. Ihr Mann hatte am Morgen sein blaues Hemd angezogen, auch der Verfolgte trug ein blaues Hemd. Der Sarg holte ihn ein und rammte mehrmals seinen Kopf. Er blutet, riefen die Nachbarn, das ist das Zeichen seiner Schuld. Frau Mulumo rannte in die Richtung, in die der Mann floh und sah mit Entsetzen, dass er in ihrer Hütte Schutz suchte. Sie wollte ihrem Mann zu Hilfe kommen, aber die Menge stieß sie beiseite und die Sargträger aus dem Nachbardorf jubelten: Der Sarg hat den Schuldigen gefunden, der Sarg wird den Hexer töten.

Frau Mulumo konnte ihrem Mann nicht helfen. Er lag erschlagen in der Hütte. Sie floh in den Wald und traute sich nicht mehr in ihr Dorf zurück. So viel verstand sie von dem Brauch. Wenn der Sarg mit seinem Opfer nicht zufrieden war, sagte Frau Mulumo, kommt er zurück und sucht sich ein neues Opfer. Das, sagte sie, wäre dann ich gewesen.

Die Buss sah den Dolmetscher an.

Sie sind doch aus Zambia, glauben Sie an witchcraft?

Der Mann schlug die Augen nieder, als schäme er sich. Unsicher sagte er: Ich kenne den Brauch, meine Großeltern haben auf dem Lande gelebt.

Danach habe ich nicht gefragt, sagte die Buss, mich interessiert, ob Sie persönlich an den Hokuspokus glauben?

Er zog die Schultern hoch. Wer kann schon wissen, ob es nicht tatsächlich für alles einen Schuldigen gibt? Die Anwältin stöhnte. Sie sah Frau Mulumo an: Und was glauben Sie?

Rosemary Mulumo flüsterte: Ich kann es nicht mehr glauben. Ich weiß ja, dass mein Mann nichts Böses getan hat. Trotzdem ist er von dem Sarg getötet worden.

Wie lange verfolgt der Sarg jemanden, fragte die Buss.

Bis er ihn findet.

Schlepper aus der Hauptstadt Lusaka hatten Rosemary Mulumo Papiere besorgt und schleusten sie über Tansania, Kenia, Äthiopien und die Arabischen Emirate durch die Türkei nach Deutschland, wo sie um Asyl bat. Teure Reise, sagte die Buss. Aber ohne Schlepper kommt hier eh keiner mehr rein.

Frau Mulumo tat ihr leid, das Mandat lehnte sie ab. Sie konnte sich keinen Richter vorstellen, der ernsthaft über die Gefahr verhandeln würde, die von einem fliegenden Sarg ausgeht.

Was passiert mit Frau Mulumo? fragte Jenny.

Zurück nach Sambia. Was sonst?

Sie fuhr Jenny nach Hause. Und, fragte sie, zufrieden mit dem Tag?

Jenny hatte noch immer die entsetzte Stimme der Anwältin im Ohr, die am Schluss des Gesprächs fassungslos gesagt hatte: Da verlässt eine Frau ihr Land, weil sie von einem Sarg verfolgt wird – irrer geht es nicht! Jenny sagte: Ein Tag mit einer scheußlichen Geschichte ist ein guter Tag für eine Journalistin.

Eine schmale Toreinfahrt und im Hof altes Kopfsteinpflaster. Eine Holzstiege führt außen am Haus ins erste Stockwerk. Butzenfenster mit Spitzengardinen – idyllischer kann man nicht wohnen. Auch nicht unpassender. Eduardo bezog zwei putzige Zimmer mit Dielen und Holzdecken und ließ sich zwischen den zurückgelassenen Dingen der pensionierten Gemeindeschwester nieder. Im Wohnzimmer standen zwei Cocktailsessel und ein abgewetztes Sofa. Davor ein Couchtisch mit drei Beinen und an der Wand eine Anrichte mit Schubladen, die man an bunten Plastikkugeln aufzog. Im Schlafzimmer stand ein viel zu großer Kleiderschrank. Der Pfarrer brachte zum Einzug Geschirr und Besteck aus dem Nachlass verstorbener Gemeindemitglieder. Jenny ließ die Geschenke im Müll verschwinden und kaufte Teller und Gläser, die sie nicht an den Tod erinnerten. Von Kroll bekam Eduardo einen Fernsehapparat, Gallina schickte Bettwäsche. Jenny stellte neben die abgegriffene Bibel ein paar Bücher ins Regal.

In der ersten Woche fuhr sie jeden Tag nach Langendorf. In der zweiten Woche musste sie für eine Recherche verreisen und als sie Eduardo in der dritten Woche besuchte, war er in Langendorf kein Fremder mehr. Man grüßte ihn auf der Straße, als gehörte er zum Dorf. Alte Frauen klagten über Gicht und Rheuma am liebsten bei ihm. Der Pfarrer hatte Eduardo, wie versprochen, in die Gemeinde eingeführt, vor allem in die Arbeit, für die es kein Personal gab. Er kochte Kaffee für das Sonntagskränzchen, schob Menschen in Rollstühlen durch den Park und sprang überall willig ein, wo, wie der Pfarrer das nannte, zwei helfende Hände fehlten.

Er hatte keine drei Wochen gebraucht, um sich beliebt zu machen. Er küsste den Damen die Hand, was sie entzückte, vor alten Männern verneigte er sich. Alle liebten seine altmodische Höflichkeit. Er machte die Arbeit mit Würde, fast feierlich. Eduardo war kein fröhlicher Helfer – aber einer, der Bedürfnisse wahrnahm, bevor sie geäußert wurden. Dienerte er sich an? Dienern ist ein hässliches Wort, dachte Jenny. Ein dienernder Eduardo hätte ihr nicht gefallen. Wachsamkeit traf es besser. Schließlich überlebt niemand den Untergrund ohne sechsten Sinn für Gefahr. Wer Gefahren spürt, bevor sie auftauchen, nimmt auch unausgesprochene Wünsche wahr. Wenn er sich durch Langendorf bewegte, ging etwas Ernstes und Einsames von ihm aus. In diesen Eduardo hatte sich Jenny an Mariskas Grab verliebt. Niemand kannte seine Geschichte. Das machte ihn geheimnisvoll.

Besondere Zuneigung verband ihn mit einem Mann im Pflegeheim, der sein Großvater hätte sein können. Papa Petermann war neunzig Jahre alt, hielt sich gerade wie ein Lineal und ging nie ohne Anzug, Hemd und Weste aus. Herr Petermann lebte in einer Welt, in der es normal war, mit einem Krokodil durch das Dorf zu spazieren. Eduardo erklärte Jenny, man könne an Papa Petermanns Arm erkennen, ob das Tier neben oder hinter ihm ging. Hing der Arm schlaff herunter, gingen sie auf gleicher Höhe, spreizte er ihn leicht nach hinten ab, zog er das Krokodil an der Leine hinter sich her. Nachts schlief das Tier unter seinem Bett, im Speisesaal saß es neben ihm, immer an der linken Seite. Es hieß, Herr Petermann habe ein schweres Schicksal, aber niemand wusste etwas Genaues, weil er mit niemandem sprach. Vielleicht war er stumm, vielleicht tat er nur so. Eduardo behandelte ihn mit Respekt und Bewunderung.

Was magst du an ihm, fragte Jenny.

Er ist ein Einsiedler, sagte Eduardo. Er ist nicht stumm, er spricht nur nicht. Vielleicht hasst er Fragen, wer weiß. Oder es gab ein Drama in seinem Leben, das ihn stumm gemacht hat. Jenny lachte. Ein Drama mit einem Krokodil?

Warum nicht?

Wenn dich im Leben etwas stumm gemacht hätte – was würdest du hinter dir herziehen?

Eine Katze, sagte Eduardo.

Er wollte es in Langendorf nicht gemütlich haben. Alles sollte bleiben, wie es war. Zwei Zimmer wie Hasenställe. Häkelgardinen vor den Fenstern, die schäbigen Sesseln und das Eichenbett, das aussah, als sei in ihm schon oft gestorben worden. In der Wohnung roch es nur gut, wenn Jenny kochte und bei ihm blieb. Eduardo wartete ungeduldig auf eine Nachricht von der Buss. Er ging fest davon aus, dass sein Antrag auf Asyl bewilligt würde. Dann denken wir über ein neues Leben nach, sagte er. Im schönsten Traum sah er sich als Verwalter auf einem Weingut an der Mosel. Er dachte sich Jenny und Olli dazu. Auch Kroll und Gallina.

Vier Wochen später bekam die Anwältin das Protokoll der Anhörung. Sie bestellte Eduardo ins Büro. Als Jenny ihn nach der Besprechung abholte, referierte die Buss kurz und unterkühlt den Stand der Dinge. Der Einzelentscheider hatte Eduardos Antrag auf Asyl mit der Begründung abgelehnt, er habe sich in der Zeit bei der Guerilla an menschenrechtswidrigen Aktionen beteiligt. Die Genfer Konvention schließe bei Zugehörigkeit zu einer terroristischen Vereinigung einerseits Asyl aus, sagte die Buss, andererseits gewähre sie ein Bleiberecht bei Gefahr für Leib und Leben.

Sei beruhigt, sagte die Anwältin, als sie Jennys enttäuschtes Gesicht sah. Man wird ihn nicht abschieben. Allerdings überprüft die Ausländerbehörde alle sechs Monate, ob er in seinem Land noch gefährdet ist. Die Ablehnung ist Unsinn, natürlich werde ich gegen die Entscheidung klagen – und jetzt entschuldigt mich.

Sie warf Eduardo einen merkwürdig kurzen Blick zu, gab weder ihm noch Jenny die Hand und schloss die Bürotür hinter sich.

Warum ist sie so kalt, fragte Jenny. Was ist passiert?

Sie ärgert sich über den Bescheid vom Bundesamt, sagte Eduardo, das ist alles.

Das war nicht alles. Das wusste Jenny in diesem Augenblick ganz genau.

Langsam geht sie am Strand entlang. Die Wellen schäumen, wenn sie aufs Ufer schlagen, sind aber stumm. Am Ende der Bucht bilden Leute einen Halbkreis um etwas, das am Boden liegt. Sie stellt sich zu ihnen. Gemeinsam betrachten sie den Mann im Sand. Seine Augen sind offen. Sie sind dunkelblau, fast schwarz. Die Haare glänzen in der Sonne wie schwarze Algen. Der Mann sieht erschöpft aus, als wäre er lange geschwommen. Er schläft, sagen die Leute – was sollen wir machen? Lasst ihn liegen, sagt sie, der schläft für immer.

Die Lampe des Wachturms taucht den Hof in träges Dämmerlicht. Jenny steht auf. Sie spritzt sich kaltes Wasser ins Gesicht. Es ist drei Uhr in der Nacht. Sie öffnet das Fenster, steckt die Arme durch die Gitterstäbe und fängt die ersten weißen Flocken des Winters auf. Warum sagt man, Schneeflocken tanzen? Sie tanzen nicht. Sie taumeln, sie sind unentschieden. Wie ich, denkt Jenny. Kein Ziel vor Augen oder das Ziel aus den Augen verloren. Ein paar Flocken scheinen den Weg zurück in den Himmel zu suchen. Die meisten schweben zögerlich über der Anstalt, als überlegten sie, ob sie tatsächlich zwischen Frauen-U-Haft und Männerknast landen sollten.

Niemand schreit in dieser Nacht, niemand weint, keiner tobt. Im Hof ist es still, als habe der Schnee alle schlechten Träume erstickt. Sich einschneien lassen muss ein geruhsames Ende sein. Schlafen unter einer weißen Decke, die leise und zärtlich Gegenwart, Vergangenheit und Zukunft unter sich begräbt.

Jenny schlenderte durch die Straßen, ohne Eile, das Ziel ihres Spaziergangs stieß sie genauso stark ab wie es sie anzog. Am liebsten wäre sie zwei Schritte vorwärts und zwei zurück gegangen. Neben dem Uhrtürmchen blieb sie stehen, als hätte jemand plötzlich ›Halt‹ gerufen. Das Tor zum Hof vor Gallinas Keller stand offen. Im Antiquariat blätterten Kunden in alten Büchern. In Gallinas Küche brannte Licht. Wenn sie dort gleich ans Fenster klopfte – wird Gallina spüren, dass Jenny nicht ohne Absicht kommt? Warum sollte sie misstrauisch sein – es gab keinen Grund. Sie wird Jenny – schön, dich zu sehen – in den Arm nehmen und wie eine liebe Verwandte an sich drücken. Dann wird sie – Gallina, ich sag schnell mal guten Tag – die Stufen von der Küche in den Keller hinuntergehen, Eduardos Freunde begrüßen, interessiert und unauffällig die Fotos an der Wand betrachten, um dieses eine zu finden, das sie in der Nacht nicht hatte schlafen lassen.

War das Verrat? Sie hatte nicht gelogen, als sie Eduardo am Nachmittag sagte, sie hätte Lust, am Abend auf einen Sprung bei Gallina vorbeizuschauen.

Wie viel Zeit zwischen ihrem ersten Rendezvous und diesem Abend lag! Eine Ewigkeit, dachte Jenny, an diesem Tag kam die Liebe in mein Leben. Damals hatte sie dort, wo sie jetzt stand, unter dem Uhrtürmchen gesessen und auf den Mann aus Guatemala gewartet. Um nicht dauernd auf die Uhr zu gucken, hatte sie die Ameisen in den Ritzen der Steine gezählt. Es war ein heißer Sommer gewesen. Die Fenster standen offen und Jenny wurde auf ihrem Weg hierher vom abendlichen Fernsehkrimi begleitet. Die Sätze haben sich ihr eingeprägt. Sie liegt noch immer im Koma, Leo. Bleib cool, Liebes, alles wird gut. ›Liebes‹ ist ein schönes Wort.

Der Sommer war vorbei. Auf dem Marktplatz war es zugig und kalt. Sie drehte sich abrupt um, ging ins Café gegenüber und bestellte heiße Schokolade mit Espresso und Sahne. Vom Fenster hatte sie einen guten Blick auf die Toreinfahrt. Sie sah Bailadoro kommen, den Tänzer. Er grüßte die Buchhändlerin, die um halb sieben ihren Laden abschloss. Sie gab ihm die Hand, dann ging sie auf den Mann zu, der genau dort wartete, wo Jenny vor ein paar Minuten gestanden hatte. Sie küssten sich wie frisch Verliebte. Jenny schlürfte die Sahnehaube von der Schokolade. Soll der Zufall entscheiden, dachte sie. Wenn in den nächsten fünf Minuten niemand den Hof betritt, vergesse ich das Foto im Keller und schlafe am Abend mit dem guten Gefühl ein, dass in meiner Liebesgeschichte nichts Heimliches stattgefunden hatte. Sie sah auf die Uhr. Es war zehn nach sieben. Auf dem Marktplatz wurde es leer.

Mit eiligen Schritten näherte sich ein Mann dem Café. Er drückte kurz sein Gesicht gegen die Scheibe. Freie Stühle gab es genug, er schien nach einem freien Tisch zu suchen. Wenn sie ihre Hand von innen gegen die Scheibe gedrückt hätte, dorthin, wo sein Gesicht war, hätte er sie erkannt und sich zu ihr gesetzt. So aber zuckte Herr Tronje ärgerlich mit den Schultern und schob seinen Kugelbauch eilig Richtung Innenstadt.

Es war dreizehn Minuten nach sieben. In zwei Minuten wird sie wissen, wie dieser Abend weitergeht. Als sie den Blick auf das Hoftor richtete, sah sie

Lechuza, die Eule, und Gesto, den Mann mit den zwei Gesichtern. Sie gingen zu Galina. Dummes Spiel, dachte sie. Wenn ich Herrn Tronje zum Kaffee eingeladen hätte, wären mir die beiden nicht aufgefallen. Sie stand auf, legte drei Euro auf den Tisch, ging, ohne zu zögern, in den Hinterhof und klopfte an Gallinas Küchentür.

Drei Stunden später stand Jenny auf dem dunklen Marktplatz und sah in ihrer weißen Teddyjacke wie eine einsame Schneeflocke aus. Sie hatte bei Gallina das feinste Coque au vin ihres Lebens gegessen, mit Eduardos Freunden zu viel Wein getrunken und immer wieder einen Blick auf das Foto geworfen. Es gehörte zu einem Teppich bunter Bilder und niemandem fiel auf, dass es Jenny nur auf dieses eine ankam, das Gruppenbild. Fünf junge Männer auf einem Schreibtisch. Bailodoro neben Eduardo. Lechuza neben Gesto. Dahinter Anguila, der Aal. Vor dem Schreibtisch, stehend gegen die Beine der Männer gelehnt, eine lächelnde Gallina. Dann entdeckte sie, was sie damals irritiert hatte. Das Foto trug am unteren rechten Rand ein eingestanztes Datum. Fünfter Mai 1987. Das Porträt des uniformierten Mannes, das hinter der Gruppe an der Wand hing, ließ darauf schließen, dass das Foto auf einem Polizeirevier geschossen worden war. Jenny stutzte. Am fünfter Mai 1987? Wie war das möglich? 1987 war Eduardo seit sieben Jahren im Untergrund. Im Café hatte sie sich gefragt, warum sie beim Betrachten des Fotos nicht beobachtet werden wollte. Jetzt wusste sie es. Das Foto erzählte eine andere Geschichte als Eduardo.

Als Jenny merkte, dass Gallina seit einer Weile neben ihr stand, sagte sie schnell: Diese Wand kann tausend Geschichten erzählen, erzählst du mir deine? Sie hatten sich an den Tisch gesetzt, eine Karaffe Wein getrunken – aber Jenny verstand von Gallinas deutsch-spanischem Kauderwelsch nur, dass ihr hellhäutiger Vater bei der Armee gearbeitet hatte und ihre Mutter Indianerin war. Die Großeltern hatten sich auf Bananen- und Kaffeeplantagen zu Tode geschuftet. Zwei Brüder starben an einer Krankheit, die Gallina ›großes Blutspucken‹ nannte. Sie durfte ein paar Jahre zur Schule gehen, dann verschaffte der Vater seiner Tochter einen Job in der Küche der Armee, später bei der Polizei. Zweimal erwähnte sie Eduardo. Von der Innigkeit, mit der sie ihn ›meinen kleinen Baron‹ nannte, wurde Jenny übel.

Keine Daten, keine Namen, keine Orte. Gallinas Geschichte war wie aus dem Bilderbuch abgeschrieben. Mehr würde sie von dieser Frau nicht erfahren. Wieso saß Eduardo am 5. Mai 1987 auf dem Schreibtisch eines Polizeireviers? Sie hatte sich nicht getraut, diese Frage Gallina zu stellen.

Jenny blieb auf dem Weg in ihr Stadtviertel immer wieder stehen und musste sich schließlich mit Magenschmerzen an eine Häuserwand lehnen. Immer, wenn die Kneipentür auf der anderen Straßenseite aufging, fiel eine tieftraurige Männerstimme in die Nacht. Buenas tardes amigo, hola my good friend. Sie schob die Hände unter die Jacke und legte sie auf ihren Magen. Sie atmete gegen die Übelkeit an. Als der Mann, der eilig an ihr vorbeiging, die Tür zur Kneipe aufriss, sang die traurige Stimme noch immer. Cinco de mayo on Tuesday and I hope we see each other again.

Jenny stieß sich von der Wand ab. Was sang der Typ? Dieses Datum? 5. Mai? Wird ein Lied komponiert, damit es eines Abends jemanden wie eine Keule trifft? Sie betrat die Kneipe, stellte sich an den Tresen und bestellte einen höllisch brennenden Kräuterschnaps. Guten Tag, mein Freund. Buenas tardes, amigo. 5. Mai 1987. Es gab zwei Möglichkeiten. Eduardo hatte gelogen oder sich geirrt.

Noch einen Kräuterschnaps, sagte Jenny, und bat den Wirt um einen Bierdeckel und einen Kugelschreiber. Die Zahlen, die in ihrem Kopf durcheinanderwirbelten, ließen sich nur auf dem Papier ordnen. Wenn er mit 22 Jahren in den Untergrund gegangen war, dann war er 1987 ... so ging das nicht. Was wollte sie eigentlich rechnen? Sie strich die Zahlen durch. Noch mal von vorne: Geburtsjahr 1958. Ab 1980 war er im Untergrund, das hatte sie sich gemerkt. Damals war er zweiundzwanzig Jahre alt. 5. Mai 87. Sie fuhr auf einem Datum Karussell, das sich immer schneller drehte. Wie kann er am 5. Mai 1987, sieben Jahre nach dem Wechsel in den Untergrund, mit den Genossen auf dem Schreibtisch in einem Polizeirevier gesessen haben? So adrett. So sauber. Die Haare ordentlich geschnitten. Jenny stellte sich Rebellen wilder vor, auch schmutziger. Sind sie zurück zur Polizei gegangen? Unmöglich. Und was machte Gallina auf dem Bild? Ein Abschiedsfoto? Oder ist er erst sieben Jahre später untergetaucht? Dann hätte er bei der Buss sagen müssen, dass er mit neunundzwanzig die Polizei verließ. Und wenn er am 5. Mai 1987 erst zweiundzwanzig Jahre alt gewesen wäre? Dann wäre sein Geburtsjahr 1965. Der Anwältin hatte er erzählt, Kroll hätte ihn 1970 zur Polizei gebracht. Ein fünf Jahre altes Kind?

Noch ein Schnäpschen? fragte der Wirt. Jenny nickte und als der Schnaps vor ihr stand, ließ sie ihn stehen.

Sie achtete beim Aufschließen der Wohnung nicht darauf, ob die Puppe auf der Wendeltreppe rote oder grüne Haare hatte. Sie rannte zu Tronje hoch, riss den Wandteppich beiseite und sagte atemlos: Er lügt.

Tronje kniete am Boden und schnitt mit der Schere schweren Filz auseinander. Er sah sie an.

Du frierst, kleine Schwester. Möchtest du dich umziehen?

Er stand auf, ging zum Kleiderständer, sah Jenny über die Schulter kurz noch einmal an und gab ihr ein weites Cape aus Kaschmir mit einer großen Kapuze.

Zieh das an, Jennifer. Das ist weich und warm. Gute Stoffe beruhigen die Seele, wusstest du das?

Sie sah in dem Cape wie eine geheimnisvolle venezianische Schönheit im Karneval aus. Sie ließ sich auf das Sofa fallen, nippte an einem von Tronjes duftenden Tees. Dabei hörte sie dem Geräusch der Schere zu, die sich mit dumpfem Reißen durch den Stoff biss. Tronje arbeitete an seinem ›Kinderabendmal‹ für Paulas Galerie. Noch saßen die Puppen nackt am Tisch.

Warum lügt man sieben Jahre seines Lebens weg? fragte Jenny.

Vielleicht, weil sie stören.

Wen, Tronje? Ihn? Mich?

Jenny zählte dreizehn Kinderpuppenköpfe auf erwachsenen Körpern. Dreizehn weiße Gespenster.

Sie sehen eklig aus, Tronje – erkläre mir, warum.

Die Worte sind deine Kunst, kleine Schwester.

Meine Kunst ist am Ende, Tronje. Ich habe keine Worte mehr. Ich bin zu betrunken, um nach Langendorf zu fahren. Aber morgen früh wird mir dieser Mann sieben Jahre seines Lebens erklären müssen. Jenny stand auf und stieg, verkleidet wie sie war, die Wendeltreppe zu ihrer Wohnung hinab. Mitten in der Nacht rief sie alle Telefonnummern an, die sie von Paula hatte. Sie erreichte die Freundin in einem Hotel in Madrid.

Das Brummen im Raum ist laut, fast böse. Dann hört es auf, danach ist es zart wie ein Flehen. Jenny lauscht mit geschlossenen Augen. Brummen. Stille. Brummen. Mal ist es zehn Sekunden still, dann eine Minute, als hätte das, was da brummt, seine Tätigkeit endgültig eingestellt.

Sie steht auf und entdeckt den Brummer auf der Schreibtischplatte. Eine Fliege im Winter, wo kommt die denn her? Dick und schwarz. Sie liegt still auf dem Rücken, die Beine in die Luft gestreckt, als müsse sie ausruhen. Plötzlich strampelt sie wie aufgezogen und dreht sich durch den Schwung der Beine wie ein Kreisel. Du kleine Fliege, haben sie als Kinder gesungen, wenn ich dich kriege, dann reiß ich dir das linke Beinchen aus. Dann musst du hinken, auf einem Schinken. Soweit sie sich erinnert, ist die Geschichte gut ausgegangen. Die Fliege kam ins Krankenhaus zum Doktor Hampelmann, der klebt das Bein mit Spucke an. Jenny schiebt ein Blatt Papier unter den Brummer, hebt es an und lässt ihn auf den Schreibtisch purzeln, so dass er auf den Füßen landet. Er taumelt. Bei dem Versuch, sich in die Luft zu schwingen, fällt er wieder auf den Rücken. Wenn sie ihn durch das Gitter in den Hof wirft, wird er erfrieren. Auf dem Schreibtisch stirbt er im Warmen. Seine Vorderbeine liegen gekreuzt übereinander wie betende Hände. Vorbei der Kampf. Aber plötzlich schüttelt es ihn heftig und das Brummen klingt empört. Dann streckt er die Beine mit einem Ruck in die Luft. Dort bleiben sie stehen.

Jenny öffnet das Fenster und wirft den Brummer in den Hof.

Am späten Nachmittag bringt man den Brief. Ein Umschlag mit sympathischer Schrift. Auf der Rückseite steht: Schneider, Felix, Parkallee 7. Post von Mariskas Vater. Der Umschlag riecht nach Knast und nicht mehr nach den Händen, die ihn draußen geschrieben, frankiert und in den Postkasten gesteckt haben. Sie legt ihn ungeöffnet beiseite. Ihre Lust auf Sätze über Mitschuld und Mitleid hält sich in Grenzen. Auf gute Wünsche kann sie verzichten, auch auf Trost und Hilfe. Felix Schneider hat Eduardo an sie abgegeben, das ist richtig – aber mit ihrer Liebe, das muss er sich nicht einbilden, hat er nichts zu tun.

Spät am Abend nimmt sie den Umschlag noch einmal in die Hand. Er ist schwerer als ein normaler Brief. Vielleicht eine Postkarte mit einem klugen Spruch, das hätte ihr gerade noch gefehlt. Vorne ein Blumenstrauß und hinten so etwas Bedeutendes wie die Bonhoeffer-Frage: Bin ich das wirklich, was andere von mir sagen? Oder bin ich nur das, was ich selbst von mir weiß? Wenn ich die Frage am Ende des Lebens beantwortet habe, denkt Jenny, habe ich meine Aufgabe auf der Erde erledigt. Sie reißt den Brief auf. Keine Postkarte. Kein kluger Spruch. Ein kleines Foto von einem Mädchen mit dünnen, blonden Zöpfen und einem pfiffigen Lächeln. Er hat ihr ein Bild von Mariska geschickt mit einer zarten Bleistiftschrift auf der Rückseite. Was wäre zwischen uns dreien entstanden, wenn sie bei uns geblieben wäre? Eine Frage, wie geflüstert. Und ein P.S. Es tut mir unendlich leid, dass Sie in U-Haft sitzen müssen. Kann ich helfen? Kann er nicht. Tronje gießt die Pflanzen und leert den Briefkasten, Paula schickt Geld für den Einkauf im Knast und packt Päckchen wie das nur eine Freundin kann. Mit Seife, die nach arabischem Basar duftet. Mit Jennys Lieblingsparfüm. Paula schickt Töpfe mit teuren

Cremes, die wenigstens die Haut entspannen. Mehr kann niemand tun.

Die wichtigste Frage muss sie alleine beantworten. Wo hätte sie misstrauisch werden müssen? Als Eduardo seine Geschichte auf dem Friedhof erzählte und sie der Tonfall an ein gut vorbereitetes Referat erinnerte? In Gallinas Keller? Waren seine Freunde verdächtig? Und Kroll? Über den Mann konnte man sich ärgern – aber warum ihm misstrauen? Eduardos Liebesspiele? Ein bisschen ausgefallen – aber doch kein Grund zum Grübeln. Als sie das Foto in Gallinas Keller entdeckte, war es zu spät.

Kann man aus der eigenen Geschichte aussteigen? Je länger sie darüber nachdenkt, desto sinnloser kommt ihr die Frage vor. Selbst wenn sie herausfindet, wo sie diese Liebe hätte beenden müssen – wäre sie dann heute eine andere? Klüger? Vorsichtiger? Oder wird sie immer Jenny bleiben? Erzogen, das Steuer selbst in die Hand zu nehmen: Was du will, das kannst du auch. Aber auch schutzlos, wenn sie einer Liebe traut.

Warum konnte sie nicht in den Winterschlaf gleiten wie ein Bär? Im Frühjahr aufwachen und ausgeschlafen das neue Jahr beginnen, ohne Erinnerung, ohne Fragen, nur hungrig und neugierig. Jenny schob ihr Gesicht in den Sonnenstrahl, der auf dem Kissen lag. Sie hatte den Tag, den sie sich vorgenommen hatte, zuerst geträumt, dann im Halbschlaf immer wieder durchgespielt. Sie wollte dem Mann, der ihr die Tür öffnen wird, nur einen Satz sagen: Du hast gelogen, Eduardo. Sie stellte sich sein Gesicht entsetzt vor. Oder fassungslos. Oder es wurde vor Schreck ganz leer.

Aber dann stand er in dem Bademantel aus blauer Seide vor ihr, den sie ihm zum Geburtstag geschenkt hatte. Er zog sie mit beiden Händen in die Wohnung. Wie siehst du aus, Jenny, fragte er. Was ist passiert? Er nahm sie in den Arm und mit seiner Wärme schmolz der Panzer, mit dem sie in die Auseinandersetzung gehen wollte. Wo waren die harschen Sätze geblieben? Sie hatte sie auf der Fahrt nach Langendorf geübt. Ich kann vieles tolerieren, mein lieber Eduardo: Verschwiegenheit und Schweigen. Zu spät kommen und Verabredungen vergessen. Ich kann Gallina aushalten. Was ich nicht ertrage, sind Lüge und Betrug. Und Lüge ist Betrug. Warum hast du sieben Jahre aus deinem Leben gestrichen?

Nun sah sie hilflos den Tränen zu, die auf seinem Bademantel aussahen wie Regentropfen. Rede mit mir, sagte sie und fand die Wut nicht wieder, die im Auto noch in ihrer Stimme war. Ich weiß zu wenig,

Eduardo. Statt der Anklage eine zittrige Bitte: Sprich mit mir. Sie beschrieb das Foto in Gallinas Keller. Was tust du am 5. Mai 1987 auf dem Schreibtisch eines Polizeireviers?

Eduardo war weder fassungslos noch schienen ihn die Daten seiner Lebensgeschichte zu irritieren. Er sagte: Ich erzähle dir alles, schöne Jenny, nur weine nicht meinetwegen.

Er ging in die Küche und begann beim Kaffeekochen und Tischdecken so beiläufig zu reden, als sei das, was er zu sagen hatte, nicht wichtig. Vielleicht, weil sie ihn beim Sprechen nicht sah, hörte sie den eifrigen Schülerton in der Stimme, der ihr zum ersten Mal auf dem Friedhof aufgefallen war. Damals hatte er die Ellenbogen auf die Knie gestützt und den Kopf in die Hände. Auch damals konnte sie sein Gesicht nicht sehen.

5. Mai 1987? fragte die Stimme aus der Küche. Was soll das für ein Datum sein? Wenn es auf dem Foto steht, wird es stimmen. Dass wir auf einem Schreibtisch sitzen, ist nichts Besonderes. Es gibt viele Bilder dieser Art. Nach jedem Überfall auf eine Polizeistation haben wir solche Bilder gemacht.

Jenny stand im Wohnzimmer vor der Anrichte mit den vielen Schubladen und den lustigen Knöpfen. Du warst 1987 also nicht mehr bei der Polizei?

Natürlich nicht, das weißt du doch!

Ihr habt Polizeistationen überfallen?

Sooft es ging.

Er kam mit zwei Bechern und einer Kanne Kaffee aus der Küche, stellte Zucker und Cognac auf den Tisch und als er sich zu Jenny auf das Sofa setzen wollte, sagte sie: Nimm den Sessel, Eduardo, ich will dein Gesicht sehen.

Ich erkläre es dir, du kannst es nicht wissen. Wir brauchten Waffen und Uniformen. Mit Uniformen waren Aktionen möglich, die völlig legal aussahen.

Wir beschlagnahmten Polizeiautos und konnten uns in der Stadt bewegen, ohne aufzufallen. Auch dort, wo man nach uns fahndete.

Was passierte mit den Polizisten bei solchen Überfällen?

Je nachdem.

Was heißt das?

Wenn sie sich ergaben, haben wir ihnen Uniformen und Waffen abgenommen und sie in irgendeine Kammer eingesperrt. Meistens in das Dorfgefängnis.

Und wenn sie sich nicht ergaben?

Schießen ist besser als erschossen werden.

Was war am 5. Mai 1987?

Ein Toter bei uns, zwei bei ihnen.

Du erinnerst dich also doch an dieses Datum? Warum?

Lass mich überlegen, Jenny. Das ist lange her. Ich glaube, das war der Tag, an dem es Alfredo erwischte. Er war sechzehn, fast noch ein Kind. Er hatte sich uns angeschlossen, nachdem sein Vater verschleppt worden war.

Jenny rührte Zucker in den Kaffee und goss Cognac dazu. Sie sprach leise, wie zu sich selbst.

Zwei Tote bei ihnen und der kleine Alfredo bei euch. Und ihr sitzt auf dem Schreibtisch und lacht in die Kamera? Wozu so ein Foto? Seid ihr Angeber oder Monster?

Beides, wenn es um Krieg und Politik geht. Wir haben die Fotos an Zeitungen geschickt – sollten darauf weinende Rebellen zu sehen sein?

Warum nicht?

Die Fotos waren der Beweis, verstehst du? Es gibt uns, sagten die Fotos. Wir geben nicht auf. Wir sind bewaffnet. Wir überfallen Polizeistationen, der Kampf geht weiter.

Wurden die Fotos veröffentlicht?

Natürlich nicht. Darauf kam es nicht an. Die

Journalisten sahen die Bilder, sie erzählten davon. Wenn sie mit uns sympathisierten, kopierten sie die Fotos und gaben sie heimlich weiter. Das trug zur Verunsicherung der Polizei bei. Selbst Gegner der Guerilla wollten, dass der Bürgerkrieg aufhörte. Sie wollten ihre Kinder ohne Angst zur Schule schicken. Das Gemetzel in den Dörfern widerte sie an. Die Menschen wünschten sich Zeitungen ohne Zensur, Parteien und Gewerkschaften und alles, was es in anderen Ländern auch gab. Wir wollten alle das Gleiche und jeder tat auf seiner Seite, was er konnte.

Eduardo goss sich Cognac in den Becher und vergaß den Kaffee.

März 82, sagte er. Oktober 84. Der 5. Mai 1987 – es gab viele Fotos dieser Art und sie alle sollten beweisen: Wir geben nicht auf. Wir sind nicht besiegt. Du glaubst mir doch, Jenny?

Er stand auf und zog sie aus dem Sessel hoch. Kommen Sie, schöne Frau, sagte er, wir machen einen Tag mit zwölf Stunden Liebe. Spiel das Spiel ...

Bevor Sie von Liebe reden, Herr de Sastre, erklären Sie mir bitte eines: Was hat Gallina auf diesem Foto zu suchen?

Eduardo öffnete den Bademantel und zog Jenny an sich.

Invierno

Ich glaube kein Wort, sagte Paula am Telefon, du hast dich einwickeln lassen.

Die Geschichte ist logisch, entgegnete Jenny scharf – was daran ist unglaubwürdig?

Paula war aus Madrid zurück, übermüdet wie immer nach internationalen Ausstellungen und hungrig nach Bewegung.

Vorschlag, Jenny. Wir fahren irgendwohin und reden in Ruhe.

Zu Olli? Ans Meer?

Wir fahren nicht zum Schmusen mit kleinen Söhnen, meine Liebe, wir fahren in die Wohnung von Freunden im Spessart, laufen drei Stunden die Hügel rauf und wieder runter, essen in irgendeinem Dorf Wildschwein mit Rotkohl und reden über alles.

Was ist alles?

Das Datum, das Foto. Ich kenne Krolls Lebenslauf.

Und?

Paula wollte am Telefon nicht reden. Paula wusste, wann Zeit zum Reden war. Jetzt wollte sie zuerst die Wohnung im Spessart, den Blick übers Tal, den offenen Kamin, den Waldspaziergang und den besten Whisky, der sich auftreiben ließ. Das war Paula. Großer Auftritt. Wenn die Bilder hängen, die Skulpturen stehen, die Videos im Projektor stecken und die Gäste mit einem Glas Sekt in der Hand warten, dann hält Paula eine Rede. Es hatte keinen Sinn, ihr Informationen zu entlocken, bevor der Rahmen nicht stimmte. Was habe ich davon, wenn ich Krolls Geschichte kenne, fragte Jenny gereizt.

Den Schlüssel zu Eduardo.

Jenny warf den Hörer hin und ging in den nächsten Stunden nicht ans Telefon, obwohl es alle zehn Minuten klingelte. Dass Paula ihr den Schlüssel zu Eduardo anbot, verschlug ihr die Sprache.

Am Nachmittag stand Paula vor der Tür. Mein Koffer ist im Auto, sagte sie, er wartet auf deinen. Bevor Jenny die Tür zuschlagen konnte, sagte sie schnell: Schau, Jenny, in Wahrheit bist du nicht sicher, ob Eduardos Geschichte stimmt. Du grübelst und grübelst. Aber Grübeln ist wie Karussell fahren. Du drehst dich im Kreis, bis dir schlecht wird und kommst keinen Schritt weiter.

Sie wechselten im Auto ein paar Sätze über Paulas Aufenthalt in Madrid, ein paar Sätze über Jennys Arbeit. Das Porträt über die Buss war noch immer nicht fertig, Jenny erzählte lustlos vom Seminar auf der Burg. Paula fragte nach Olli und Jenny nach der Ausstellung mit Tronjes Puppen. Die meiste Zeit schwiegen sie, als hätte die aufgesparte Krollgeschichte die Lust am Reden erstickt.

Im Supermarkt der Kreisstadt kauften sie einen schottischen Malt, sechzehn Jahre alt, das war Paula wichtig, und das bisschen, was zwei Menschen für ein Wochenende brauchen: Eier und Speck. Kaffee und Milch. Räucherlachs und Zigaretten. Sie packten die Koffer aus. Paula wollte noch immer nicht über Kroll reden. Sie zogen Stiefel an und marschierten los. Nach neunzig Minuten waren sie kalt wie Eiszapfen. Jetzt heiß duschen, sagte Paula, Kamin anmachen und Lachs essen. Während Jenny zunächst der Freundin hinterhertrottete wie ein Schaf, begann Paulas Programm zu wirken. Ihr Kopf wurde klar, ihr Körper fühlte sich warm und lebendig an. Sie saßen am

Kamin und nippten am Whisky. Jenny verzog das Gesicht. Schmeckt wie Leiche im Moor.

Der Wind pfiff ums Haus. Das trockene Holz knackte im Feuer. Paula zog am Joint. Stimmt jetzt alles, was du zum Erzählen brauchst, fragte Jenny.

Er heißt Diethelm Moritz Kroll.

Jenny stellte das Glas mit einem Knall auf den Tisch. Und dafür sind wir in diesen kalten, struppigen Wald gefahren?

Hör zu, sagte Paula. Diethelm Moritz Kroll stammt aus einer alten hanseatischen Familie. Import-Export. Tee, Kaffee, Gewürze. Reiche Pfeffersäcke, wie man in Hamburg sagt. Diethelm Moritz war ein hübsches, begabtes Kerlchen. Querflöte und Klavier stelle ich mir vor.

Du denkst dir den Lebenslauf aus – oder?

Ist doch egal! Jedenfalls bekam der Spross eine Erziehung, bei der es auf Geld nicht ankam. Die besten Lehrer, die besten Internate. Abitur in der Schweiz. Studium in England und Amerika – und dennoch aus der Art geschlagen. Der Knabe stieg nicht in das Geschäft seiner Ahnen ein, sondern studierte Psychologie und Kunstgeschichte. Promotion in beiden Fächern mit summa cum laude. Dann verliert sich die Spur bis zur Anstellung als Psychologe in der renommiertesten New Yorker Psychiatrie. Sein Spezialgebiet war die Arbeit mit hirngeschädigten Jugendlichen. Er ließ sie Bilder malen und wertete sie aus. Meine Informanten sagten, er habe auf dem Gebiet einen ausgezeichneten Ruf gehabt.

Darf ich fragen, wer die Informanten sind?

Kollegen. Kollegen von Kollegen. Bei großen Ausstellungen kommen sie aus aller Welt und bald kennst du jeden, der mit Kunst zu tun hat. Kroll hat mit den Bildern seiner Patienten viel beachtete Ausstellungen gemacht. Er war ein richtiger Crack, nicht nur in Amerika. Irgendwann hat er den Arbeitgeber gewechselt, ließ er sich von der Armee anheuern und arbeitete mit traumatisierten Soldaten.

Wie alt ist Kroll?

Ende sechzig, vielleicht siebzig. Schätze, er hatte zunächst mit Vietnam-Veteranen zu tun, später auch mit Leuten, die von sonstwo komplett verdreht zurückkamen. Auch sie ließ er Albträume und Erinnerungen malen, das war die Basis seiner Therapie. Auch diese Bilder stellte er aus und hielt dazu Vorträge. Mein Kollege aus den USA war beeindruckt von Krolls Kompetenz. Zu den Ausstellungen kamen Künstler, Galeristen und Psychiater.

Paula reichte Jenny den Joint. Willst du ziehen?

Nein. Erzähl weiter.

Dann verliert sich seine Spur für ein, zwei Jahre – bis er als Experte für Rekruten auftauchte, die ihren Einsatz irgendwo in der Welt noch vor sich hatten. Krieg, Bürgerkrieg, weiß der Teufel. Er schulte die Ausbilder.

Jenny nippte am Whisky. Sie dachte an die Unterhaltung mit Kroll in der Bank. Sie sind ein neugieriger Mensch, hatte er gesagt, als sie im 31. Stockwerk vor dem Funakoshi saßen. Wen haben Sie zuletzt zum Reden gebracht? Und: Mich würde die Methode interessieren, mit der Sie Menschen verhören. Lauter merkwürdige Sätze. Als wäre sie bei der Kripo.

Ich dachte, du magst Kroll, sagte Jenny. Warum spionierst du ihm nach? Für wen tust du das? Für dich oder für mich? Oder gegen uns?

Mögen? Weiß nicht. Er fasziniert mich. Aber jede Zelle in meinem videoverstopften Hirn sagt mir, dass irgendetwas mit dem Typ nicht stimmt.

Das heißt?

In Madrid erinnerte sich ein Kollege, dass Kroll ein gefragter Mann war. Von Eduardo wissen wir, dass Kroll sich in Guatemala auch wieder um Kunst und die Seelen der Rekruten kümmerte. Komische

Mischung – oder? Hat Eduardo erzählt, was Krolls Funktion dort war?

Er nannte ihn Lehrer. Oder Ausbilder. Meistens Freund.

Für einen Freund ist der Altersunterschied ziemlich groß – findest du nicht?

Väterlicher Freund – warum nicht? Eduardos Vater ist früh gestorben. Kroll als Ersatz? Auf jeden Fall: Chapeau, saubere Recherche. Eine Frage noch: Wo ist der Schlüssel zu Eduardo?

Der Schlüssel ist Kroll.

Das ist nicht dein Ernst. Ich soll...?

Du sollst nicht Eduardo überprüfen. Du gehst nur den offenen Fragen nach. Was machte Kroll in Guatemala? Was hatte er mit Eduardo zu tun? Was hat er ihm beigebracht? Die Geschichte mit dem Foto stimmt nicht, Jenny – die glaubst du doch selber nicht. Fünf junge Männer lachen nicht in die Kamera, wenn einer von der Truppe gerade erschossen worden ist.

Nach dem Gespräch machten sie einen Nachtspaziergang durch das Dorf. Hinter einem Fenster entdeckten sie das bläulich zuckende Licht eines Fernsehapparats. Der Kneipenwirt schloss die Tür hinter drei schwankenden Männern ab. Aus dem Stall, an dem sie vorbeigingen, drang schweres Schnaufen. Hier träumen sogar die Kühe schlecht, sagte Paula. Im Ehebett der Ferienwohnung rückten sie zusammen wie früher, als sie kleine Mädchen waren.

Paula? flüsterte Jenny.

Hm?

Ich kenne einen Mann, der weiß, was Leute wie Kroll tun.

Prima, murmelte Paula. Frag ihn aus.

Zu Paulas ruhigen Atemzügen dachte Jenny über den Namen dieses Mannes nach. Dr. Erich ... der Nachname fiel ihr nicht ein. Sie probierte das Alphabet durch. Er fing nicht mit A an und auch nicht B. Mit C schon gar nicht. D, E, F. Als sie bei H angekommen war, gab ihr Kopf den Namen frei. Hellerhut hieß der Mann. Dr. Erich Hellerhut. Arzt und Psychologe. Mitglied einer Arbeitsgruppe von amnesty. Ein Spezialist, der alles über die Methoden wusste, mit denen man Menschen abrichten kann. Sie hatte im Radio einen Vortrag von ihm gehört und sich den Namen aufgeschrieben.

Paula?

Paula schlief. Jenny stand auf und trank in der Küche heiße Milch. Sie schob einen Stuhl ans Fenster und sah in die neblige Mondnacht hinaus. Die Sterne sahen ernster aus als in der Stadt und Kroll wurde wieder kleiner. Am Hang lag ein dickes Wollknäuel, aus dem es ab und zu mähte. Es waren Schafe, die sich aneinander wärmten. Ich rufe Hellerhut nicht an, flüsterte Jenny. Ich sage Paula, Hellerhut sei verreist. Oder krank.

Sie wollte keinen Schlüssel zu Eduardo.

Alles ist weiß. Die Büsche im Hof, die kahlen Kastanienbäume. Sogar der Vogel, der auf dem Ast sitzt und sich nicht bewegt. Wenn es zwölf Monate lang schneien würde, wären die Gefängniszellen die friedlichsten Orte der Welt. Feierliche Stille draußen und drinnen. Albertine summt Operettenmelodien. Ihre Zellennachbarinnen, die sich einmal am Tag anschreien, reden freundlich miteinander. Die Gespräche in der Teeküche kreisen ohne die üblichen Zoten um Männer, denen man den Knast-Schlamassel zu verdanken hat. Der Schnee hat aus der Wut eine sachliche Bestandsaufnahme gemacht. Drogenhandel und Mord, schwere Körperverletzung und Diebstahl – alles wegen der Kerle. Aus Liebe, aus Rache, Hass und Eifersucht. Warum sitzt du eigentlich hier, fragt Albertine Jenny. Aha, also auch. Albertine sagt, ihr wurde von der geballten Macht der Gefühle die Kraft verliehen, ihren Mann zu erstechen. Jahrelang musste sie zusehen, wie er Sex mit seiner Geliebten hatte. Einmal zu viel, sagt sie und singt: Blicken dich zwei Augen an, spricht aus ihnen Liebe, ist's um den Verstand getan, ändern kannst du nichts daran. Jenny ertappt sich beim Mitsingen, hält sich den Mund zu und hört die Stimme ihrer Großmutter ›Na, was hören wir denn da? – und die muntere Antwort: Carl Millöcker, Oma. Die Dubarry.

Schlaflosigkeit in der Zelle ist etwas anderes als in der eigenen Wohnung. Ihr nächtliches Spiel funktioniert hier nicht. In der Zelle lässt sich nachts der

Tag nicht wiederholen, weil der Gefängnisalltag aus Löchern besteht. Das erste Loch klafft zwischen Frühstück und Mittag, das zweite zwischen Mittagessen und Abendbrot und das gewaltigste Loch entsteht danach bis zum Schlaf. Was soll sie sich einprägen, wenn nichts passiert oder sich alles wiederholt? Tee kochen und Radio hören. Aus dem Fenster starren und Buchstaben in die Luft schreiben. Lesen. Wie soll sie einen Tag rekonstruieren, der aus Löchern besteht?

Jenny erfindet ein neues Spiel. Sie legt sich auf das Bett, schließt die Augen und denkt sich Leben zu den Geräuschen aus, die zu ihr dringen. Sie lauscht den festen Schritte der Modrow und geht ihr in Gedanken nach. Die Aufseherin verlässt den Dienstraum, schließt die Tür am Ende des Flures auf und wieder zu, hat Feierabend. Jenny hört keine Schritte mehr, aber das stört sie nicht. Wie in einem Stummfilm lässt sie die Modrow zum Parkplatz gehen. Warum zum Parkplatz? Vielleicht hat sie kein Auto. Also zur Straßenbahn. Sie zieht kein Ticket, sie fährt mit Monatskarte. Die Bahn ist voll. Es riecht nach nassen Jacken und Mänteln. Die meisten Menschen fahren mit mürrischen Gesichtern in den Feierabend. Frau Modrow trägt ihr optimistisches Knastgesicht und das sagt allen, die darin lesen können, dass auf Regen Sonnenschein folgt. Jenny lässt sie in einem Stadtteil aussteigen, in denen die Blocks vier Stockwerke haben. Dazwischen stehen Rutschbahnen und Schaukeln, auf denen Schnee liegt. Sie geht in den kleinen Supermarkt und kauft Kartoffelsalat, ein Schnitzel und zwei Flaschen Bier. Kinder? Sind aus dem Haus, die Modrow ist weit über fünfzig. Öffnet ihr ein Mann die Wohnungstür? Die Modrow sieht geschieden aus. Sie stellt die Einkaufstüten in die Küche und geht zum Telefon. Am Ende der Leitung hebt ein Mann den Hörer ab, das heimliche Verhältnis ist seit vielen Jahren stabil. Er ist so alt wie sie, etwas dicklich, seine Haare grau. Sie telefonieren heimlich, der Mann ist verheiratet. Er lässt sich nicht scheiden und der Modrow reicht die Zeit, die er von seinen ehelichen Verpflichtungen abzweigt. Sie haben sich vor fünf Jahren auf einer Fortbildung für Bedienstete kennen gelernt. Selbstmord im Knast, Ursache und Prävention. Während des Gesprächs verliert sie ihr auf-Regen-folgt-Sonnenschein-Gesicht und sieht zufrieden aus.

Aber die einsam lebende Modrow gefällt Jenny nicht. Sie dreht den Film zurück. Die Modrow verlässt den Knast. Sie fährt mit dem Auto nach Hause. Sie betritt ein Hochhaus und fährt mit dem Fahrstuhl in den zwölften Stock. Sie klingelt. Ein freundlicher, kahlköpfiger Mann öffnet die Tür und nimmt sie in den Arm. Er ist kleiner als sie und sieht jünger aus. Sie sind seit zwanzig Jahren verheiratet. In der Wohnung riecht es nach Gulasch und Sauerkraut. Nach dem Essen sitzen sie am Tisch und erzählen vom Alltag. Herr Modrow ist Feuerwehrmann. Sie hört gerne, wie er Brände löscht und er findet nichts aufregender als Geschichten von Frauen, die für Raubüberfälle und Morde verurteilt worden sind.

Aber vielleicht ist die Modrow in der nächsten schlaflosen Nacht Witwe und lebt mit vier adoptierten Kindern und drei Jagdhunden in einem Forsthaus im Spessart.

Leben ausdenken. Leben umschreiben. Wenn das mit dem eigenen Leben doch auch so ginge, denkt Jenny. Dann schläft sie ein.

Hellerhut betonte seinen Namen auf der zweiten Silbe, das klang nach einem luftigen Sommerhut. Seine Stimme war angenehm leise. Guatemala? sagte er, interessant. Das erste Land in Mittelamerika, das ich nach dem Studium bereist habe.

Er war nicht krank und würde in den nächsten Monaten auch nicht verreisen. Zeit ist tatsächlich ein Problem, sagte er, aber wenn Sie am Samstag kommen, bin ich nur mit Kochen für Freunde beschäftigt. Gut, sagte Jenny matt. Ich komme gerne, das ist nett von Ihnen.

Er faxte ihr die Wegbeschreibung in sein bayerisches Dorf. Es gab kein Zurück. Am Samstagmorgen saß Jenny um neun Uhr im Auto und hatte alles gelesen, was es über ihn zu lesen gab. Er war Ende vierzig und gehörte zu den Gründern des Instituts ›Missbrauch der Psychologie‹. Er hatte Südamerika, China und viele afrikanische Staaten bereist und galt als Kapazität auf seinem Gebiet.

Hellerhut wohnte am Rande eines schmucken Dorfes in einem restaurierten Bauernhaus. Jenny hatte sich nach dem Telefonat einen schmalen Mann mit melancholischen Augen vorgestellt. Als sie auf den Hof fuhr, stand er in Jeans und Holzfällerhemd vor der Tür. Hellerhut war ein Bär. Seine Augen waren tatsächlich melancholisch, aber von tiefen Lachfalten eingerahmt. Im Lebenslauf stand, er habe über Musik zu seinem Lebensthema gefunden. Ethnomusik, die Geschichte der Indianer, der Afrikaner und die Entdeckung, dass eine leidvolle Geschichte nicht davor schützt, grausame Spezialeinheiten zu bilden. Hellerhut erforschte die Standorte von Folterschulen, die zu den bestgehüteten Geheimnissen der Länder gehören.

Jenny stellte ihren Mini unter eine Birke im Hof. Hellerhof reichte ihr beim Aussteigen die Hand. Er war ein Mann, den man nicht erst kennen lernen musste, um ihn zu mögen. Sie sah das Schild neben der Hoftür – psychoanalytischer Therapeut – und fragte verwundert: Wohnen in dieser Idylle Ihre Patienten?

Er lachte und sagte, er leide nicht unter Patientenmangel. Wenn er wollte, könnte er vierundzwanzig Stunden am Tag arbeiten. Oder glauben Sie – er zeigte auf das Dorf und die Nachbarorte der Umgebung – dass es unter diesen Dächern so hübsch aussieht wie in den Gärten?

Sein Wohnzimmer war ein Saal mit altem Eichenparkett. Holzbalken gliederten den Raum. Eine breite Treppe führte zu den Praxisräumen im ersten Stock. Wir gehen in die Küche, sagte er und erzählte Jenny von Drogensucht auf dem Lande, depressiven Bäuerinnen und neulich – setzen Sie sich zu mir an den Küchentisch – hat ein Knecht seine Großeltern erschlagen und dann den Hof in Brand gesteckt. Der junge Mann ist in der Psychiatrie, die Eltern und Geschwister sind meine Patienten. Keine Sorge, Arbeit wächst hier wie Unkraut.

Er schenkte sich und Jenny ein Glas Weißwein ein. Erzählen Sie, sagte er, fragen Sie, was Sie wissen wollen und lassen Sie sich von mir nicht stören. Er legte eine Zeitungsseite auf den Tisch, holte ein Messer aus dem Schrank und aus der Vorratskammer Kartoffeln und Bohnen. Jenny erzählte von Eduardo und von Kroll, von Gallinas Keller und Paulas Misstrauen. Hellerhut hörte konzentriert zu, fragte selten nach und sah Jenny, obwohl er angefangen hatte, Kartoffeln zu schälen, oft in die Augen. Die Frage ist, sagte sie, was macht ein Psychologe bei der Polizei?

Hellerhut schälte Kartoffeln wie ihre Großmutter. Er begann mit einem kleinen Kreis und schälte die Kartoffel, ohne abzusetzen, rundherum ab, bis an dem Messer eine lange, erdige Spirale hing.

Ich kenne Herrn Kroll nicht, sagte er. Aber Menschen wie er haben bei der Ausbildung von Rekruten in diesen Ländern spezielle Aufgaben. Sie bringen Ausbildern bei, wie man junge Männer zerstört, damit sie später in Sondereinheiten funktionieren. Um es deutlich zu sagen: Sie werden zum Töten abgerichtet. Für mich war es am Anfang meiner Forschungen ungeheuer wichtig, zu erfahren, dass Menschen nicht von sich aus in der Lage sind, anderen Menschen schreckliche Grausamkeiten anzutun. Es klingt merkwürdig – aber ich war erleichtert, als ich begriff, dass dafür eine spezielle und ausgeklügelte Ausbildung nötig ist. Erst bildet man die Vorgesetzten aus und dann geben sie weiter, was sie gelernt haben.

Jenny stellte sich Eduardo vor. Angeekelt vom Dienern bei den Reichen war die Polizei seine Chance. Wie, fragte sie Hellerhut, muss ich mir einen jungen Mann in der Rekrutenausbildung vorstellen?

Ich will Ihnen ein Beispiel aus einer ehemaligen Diktatur erzählen. Die Jungen wurden mit Lastwagen aus ihren Dörfern geholt und zur Ausbildungseinheit transportiert. Sie müssen sich das vorstellen: Die Wagen rollen durch das Tor und das Erste, was passiert: Die Jungs werden fürchterlich verprügelt. Und zwar nicht von den Ausbildern, sondern von den Rekruten, die schon ein halbes Jahr Ausbildung hinter sich hatten und auf dieselbe Weise empfangen worden sind. Nach der Prügel werden den jungen Männern alle persönlichen Dinge abgenommen. Halsketten, Ringe und Familienfotos. Man schert ihnen die

Haare. Die Methode heißt: Entehren, Demütigen, Schmerzen zufügen, wehrlos machen, einen Teil der Identität zerschlagen. Dann geht es mit enormen körperlichen Belastungen weiter. Man lässt sie nach Gewaltmärschen nicht schlafen. Man weckt sie alle Stunde. Man zwingt sie zu Leistungen, die nicht zu schaffen sind. Hundert Klimmzüge. Wer versagt, wird beschimpft und verhöhnt. Der Höhepunkt der Grausamkeit ist die Tötung des lieb gewonnenen Maskottchens der Einheit. Das kann ein Hase sein, ein Hund, eine Katze. Das Tier wird lebendig zerrissen.

Und das lässt man sich so einfach gefallen?

Nicht einfach. Parallel zu den Schikanen läuft immer die Begründung, dass alles, was geschieht, notwendig ist, damit der Feind besiegt werden kann. Der Feind hat viele Namen. Kommunismus, Imperialismus, Guerilla, Staatsfeinde aller Art. Die Absicht ist perfide und raffiniert. Wut und Hass, die als Reaktion auf körperliche und seelische Schmerzen entstehen, dürfen sich nicht gegen die Ausbilder richten. Sie werden auf den Feind umgelenkt.

Und das funktioniert? Die Jungen werden hart und gefühllos?

Hellerhut nahm sich die Bohnen vor. Diese Ausbildung, sagte er, zerstört wichtige seelische Strukturen. Es kommt zu einer Regression.

Wie muss ich mir das vorstellen?

Das bedeutet, dass sich die seelischen Strukturen rückwärts entwickeln. Die jungen Männer werden zu Kindern gemacht, sie werden fast wieder Babys, völlig abhängig von ihrer Bezugsperson.

Jenny dachte an Eduardos Liebe zu Kroll und Gallina. Bleibt die Abhängigkeit, fragte Jenny.

Hellerhut nickte. Die Ausbildung fällt ja nicht zufällig in die Adoleszenz – in eine Zeit also, in der die Jungen zwischen sechzehn und zweiundzwanzig sind und noch kein stabiles seelisches Gleichgewicht haben. Genau zu diesem Zeitpunkt wird ihre Seele zerschlagen und zwar mit Absicht. Das Zerschlagen der Seele ist eine der schlimmsten Situationen, die ein Mensch erleben kann. Er will heil werden. Er möchte wieder zusammenwachsen zu einer Person. Die kann er aber nur werden, wenn er bedingungslos erfüllt, was verlangt wird. Dann bekommt er Lob und Anerkennung. Es wird den Rekruten regelrecht eingebläut: Wenn ihr alles hinter euch habt, wenn ihr schlimmstenfalls in der Lage seid, eure Eltern umzubringen, dann seid ihr die Helden der Nation. Das Muster ist dies: Man zerschlägt die alte Person mit all ihren alten Werten und schafft eine neue Person mit neuen Werten.

Mir wird schlecht, sagte Jenny und sah Hellerhut an.

Ja, das ist schwer auszuhalten. Trinken Sie noch ein Glas Wein mit mir. Er stellte frisches Weißbrot und Salami auf den Tisch. Er legte ihr die Hand auf die Schulter: Man muss es sich nicht schlecht gehen lassen, weil es anderen schlecht geht. Sie werden Kraft brauchen, wenn dieser – wie hieß er? Kroll? – wirklich so ein Ausbilder war.

Das alles klingt unheimlich methodisch – ist es das?

Hinter der Ausbildung steckt ein ausgeklügeltes und intelligentes System. Ausbilder und Psychologen sind Leute, die ihr Handwerk gründlich gelernt haben.

Funktioniert die Ausbildung unabhängig vom Alter der Jungs?

Eines weiß man inzwischen ganz sicher. Je früher die Ausbildung und der Einsatz in der Praxis, im Krieg oder Bürgerkrieg, umso unmöglicher wird die Therapie. Unter dem Regime von Somoza wurden Waisen- und Straßenkinder aufgegriffen, die im Alter von sechs, sieben, acht Jahren von der Nationalgarde in Nicaragua dazu ausgebildet wurden, Oppositionelle zu foltern. Die Kinder haben den Gefangenen bei lebendigem Leibe die Augen aus den Augenhöhlen gerissen – um nur mal eine der Grausamkeiten zu nennen. Aber die Gegenwart ist auch nicht arm an solchen Geschichten. Denken Sie an die afrikanischen Kindersoldaten im Kongo, in Ruanda, in Uganda. Die Jungs und Mädchen werden vom Marktplatz weggefangen oder aus ihren Hütten gerissen. Wer versucht, wegzulaufen, wird erschossen oder vor aller Augen erschlagen. Die Kinder berichten von unerhörten Gräueltaten, die sie ansehen und ausführen müssen. Sie begehen ihre ersten Morde mit neun Jahren und wenn sie sechzehn sind, haben sie längst aufgehört, die Toten zu zählen.

Darf ich rauchen?

Hellerhut holte einen Aschenbecher und gab ihr Feuer. Sie zittern, sagte er. Jenny schluckte den Rauch runter, als könne sie mit ihm das Chaos ihrer Gefühle ausräuchern. Hellerhut sagte: Es ist ja nicht gesagt, dass Herr Kroll eine solche Funktion hatte. Auch nicht, dass Ihr Freund eine solche Ausbildung durchlaufen hat.

Was wird aus solchen Menschen im Frieden?

Sie scheinen nicht wieder heil zu werden. Untersuchungen sagen, es bliebe eine Gefühlsleere zurück, als hätten sie keine Seele mehr. Das Schicksal anderer Menschen ist ihnen gleichgültig. Sie sind sich selber gleichgültig. Sie können nicht lieben, weil sie sich selber nicht lieben.

Glauben Sie, dass man jeden Menschen abrichten kann?

Hellerhut spickte eine gewaltige Lammkeule mit Knoblauch und Speck. Kommt drauf an, sagte er, mit welchen Werten und mit welchem Selbstwertgefühl man aufgewachsen ist. Es ist makaber, aber logisch: Schon um Geld zu sparen, wird man für Spezialeinheiten Rekruten auswählen, die gewisse Auffälligkeiten aufweisen. Es sind junge Männer ohne Ausbildung. Es sind Rekruten, die besonders eifrig und ehrgeizig sind. Die auf Teufel komm raus – der Ausdruck passt hier – Karriere machen wollen. Die Ausbilder haben für solche Jungs einen guten Blick.

Es duftete köstlich, als Hellerhut Jenny zum Auto begleitete. Sie hatte die Einladung, mit ihm und seinen Freunden zu Abend zu essen, ausgeschlagen. Sie wollte nach Hause. Sie musste nachdenken. Was bedeutete das alles? Für sie, für Eduardo? Für ihre Liebe, ihre Zukunft? War sie nach dem Besuch klüger als vorher? Ist Kroll so ein Ausbilder gewesen? War Eduardo ein geschundener Rekrut? Vielleicht. Aber doch kein abgerichteter Killer. Zum Glück hatte er rechtzeitig die Seite gewechselt.

Jenny umarmte Hellerhut, bevor sie ins Auto stieg. Sie musste sich irgendwo anlehnen und sei es nur kurz.

Rufen Sie an, wenn Sie Fragen haben, sagte er. Und seien Sie vorsichtig. Diese Leute lassen sich nicht gerne in die Karten gucken.

Würden Sie so einen zerbrochenen Menschen als Patienten annehmen?

Darüber, sagte Hellerhut, habe er Gott sei Dank noch nie nachdenken müssen.

Die Landschaft sah nach dem Besuch bei Hellerhut unnatürlich friedlich aus. Im Dorf läuteten die Glocken für ein Hochzeitspaar. Hinter der Scheibe eines Cafés schoben sich Menschen Sahnetorten in den Mund. Warum sollen wir es uns schlecht gehen lassen, nur weil es anderen schlecht geht, hatte Hellerhut gesagt. Jenny drehte die Heizung im Auto hoch, hörte, wie ihre Zähne aufeinander schlugen. In einer Raststätte aß sie Suppe, die nach Dose schmeckte, aber wenigstens heiß war. Wie konnte Hellerhut solche Geschichten erzählen und dabei lustvoll eine Lammkeule spicken?

Sie fuhr nicht nach Hause, was sollte sie da? Die alte Frau im Hof um ihren ereignislosen Alltag beneiden? Arbeiten? Sich ablenken? Schlaftabletten schlucken und abtauchen in ein paar Stunden ohne Bewusstsein? Ihr Mini fuhr, wie ferngesteuert, nach Langendorf. Dort parkte sie so, dass Eduardo sie vom Fenster aus nicht sehen konnte. Gedanken schossen ihr durch den Kopf wie aufgescheuchte Mäuse. Niemals ist Eduardo dermaßen gequält worden, dachte Jenny – oder doch? Er war ein ruhiger Mann, aber nicht apathisch. Er interessierte sich nicht besonders für ihre Freunde – aber er liebte ihren Sohn. Er brauchte Spiele für die Liebe – warum nicht? Er war ein normaler Mann mit ein paar Ticks – wer hat die nicht? Sie suchte in der Handtasche nach Zigaretten, bis ihr einfiel, dass die Packung bei Hellerhut auf dem Küchentisch lag.

Bei wirren Gedanken, pflegte Paula zu sagen, laut mit sich selber sprechen. Jenny lehnte den Kopf gegen die Nackenstütze und sagte langsam: Aussteigen oder Umkehren – mehr Möglichkeiten gibt es nicht. Aussteigen heißt: Reden mit Eduardo. Fragen stellen. Antworten hören, wer weiß, welche. Umkehren bedeutet ... ja, was bedeutet Umkehren? Hellerhuts Geschichten vergessen. Paulas Misstrauen vergessen. Weiterleben, als wäre nichts geschehen. An nicht gestellten Fragen kann man auch ersticken.

Sie stieg aus. Damals, als ihre Mutter mit dem Taxi davonfuhr und nicht wiederkam, tat das innen weh, als hätte sie heiße Kohlen verschluckt. Dann hatte sie eine Methode entdeckt, den Schmerz zu besiegen. Sie nahm ihn ernst. Sie gab ihm einen Namen: Schmerz. Sie lebte mit ihm, als wäre ›Schmerz‹ ein Untermieter, der irgendwann auch wieder ausziehen würde. Sich mit ›Schmerz‹ zu beschäftigen, war ihr leichter erschienen als mit einer Mutter, die ihre Koffer in ein Taxi warf.

Jenny zog Zigaretten aus dem Automaten, dann ging sie über den Hinterhof auf das Fachwerkhaus zu. In Eduardos Wohnung brannte Licht, das sah gemütlich aus. Sie klingelte. Er stellte den Fernsehton leiser. Sie hörte seine Schritte hinter der Tür. Vielleicht wartete in der Wohnung auch ein Schmerz. Aber Schmerzen kann man besiegen, das hatte sie nicht vergessen.

Eduardo breitete die Arme aus, um Jenny an sich zu drücken und ließ sie langsam, wie in Zeitlupe, wieder sinken, als spüre er die Bedeutung dieses Besuches. Zum ersten Mal sah sie den Mann, der noch immer in der Tür stand, mit anderen Augen. Eduardo sah aus, als wäre er zwischen der schäbigen Einrichtung grauer geworden. Sie kam sich wie die Buss vor, als sie harsch und ohne Begrüßung ›erzähl von Kroll‹ sagte.

Er zog sie in die Wohnung. Jenny hängte ihre Felljacke an die Garderobe.

Ich habe etwas gesagt, Eduardo.

Statt zu antworten, bot er ihr Kaffee an. Hast du Hunger, fragte er, soll ich dir ein Steak braten? Du siehst blass aus. Möchtest du ausruhen? Scharf sagte sie: Rede, Eduardo! Sie wollte das Gespräch so schnell wie möglich hinter sich bringen.

Er fragte nicht: Was ist geschehen? Woher kommst du? Mit wem hast du gesprochen? Als hätte er gemerkt, dass hier etwas kaputtgehen konnte, begann er, wenn auch stockend, zu erzählen.

Als mich Kroll zur Polizei brachte ... wusste ich nicht, was einen Anfänger dort erwartete. Die Ausbildung war ... nicht einfach. Einige brachen zusammen. Es gab niemanden ... der nicht wenigstens einmal weinte wie ein kleines Kind. Viele wollten davonlaufen ... ich auch. Einfach zurück. In mein Dorf, in den Slum ... egal ... auch auf die Straßen, auf denen ich Geld verdient hatte. Nur eines wollte ich nie wieder: Diener sein bei reichen Leuten.

Sie saßen sich im Wohnzimmer gegenüber wie damals, als Jenny Eduardo gezwungen hatte, das Foto in Gallinas Keller zu erklären. Diesmal saß er auf der Couch und Jenny in dem abgewetzten Sessel.

Möchtest du jetzt einen Kaffee?

Es klang wie eine Bitte. Er sah sie an, als hoffe er, nicht weiterreden zu müssen.

Du wolltest von der Ausbildung erzählen, Eduardo. Kaffee trinken wir später.

Wer schlapp machte ...

Ja?

... wurde zu Kroll in die Sprechstunde geschickt.

Es fiel ihr nicht schwer, sich Eduardo als hilflos weinenden Rekruten vorzustellen. Sie verscheuchte das Bild. Wenn sie jetzt an ein verängstigtes Jungengesicht dachte, müsste sie ihn trösten und umarmen.

Wann genau ging man zu Kroll in die Sprechstunde?

Immer, wenn...

Wenn ... was? Ich muss wissen, was mit dir passiert ist, Eduardo, verstehst du das! Wenn nur in meiner Vorstellung existiert, was dir angetan wurde, ist das schlimmer, als wenn ich es weiß. Also rede.

Ich weiß nicht, ob du das wissen musst, Jenny.

Geh davon aus!

Er stand auf, ging in die Küche und kam mit einer Kanne Kaffee zurück. Er schenkte zwei Tassen ein und schaufelte in beide viel zu viel Zucker.

Cognac?

Er ging zur Anrichte und zog die Schublade auf, in der die Cognacflasche stand. Mechanisch begann Jenny, die bunten Bälle zu zählen, an denen man die Schubladen aufziehen konnte. Es waren zwölf. Fünf mit roten Bällen, drei mit grünen und vier mit gelben. Bei ihr wäre jede der zwölf Schubladen bis oben hin mit Krimskrams voll.

Sprich weiter, Eduardo.

Er richtete sich auf. Seine Augen waren klar, seine Stimme klang wieder sicher. Als säße Kroll hinter ihm und sagte: Nicht schlapp machen, Junge.

Ich war keine zwei Wochen dort, als sie uns den Lehrfilm zeigten. Es ging um ein Dorf, in dem das Militär ein Versteck der Guerilla vermutete. Es sollte ein Exempel statuiert werden als Warnung für alle, die mit der Guerilla zusammenarbeiteten. Wir saßen in einem abgedunkelten Raum und waren arglos, begierig, etwas zu lernen. Der Film begann mit der Fahrt eines Jeeps über die Piste, die zu einem Dorf führte. Auf dem Marktplatz hielt der Jeep in einer Wolke aus gelbem Staub. Wir sahen sechs Männer aus dem Auto springen und auf dem Platz schien jeder Bewohner vor Angst das Atmen zu vergessen. Wie erstarrt. Die Männer aus dem Jeep zerrten Kinder, alte und junge

Frauen aus den Hütten. Sie trieben alle auf dem Marktplatz zusammen. Dann verhörten sie den Dorfältesten. Er war zu diesem Zeitpunkt der einzige Mann im Dorf. Er sagte immer dasselbe. Nein, sie hätten mit der Guerilla nichts zu tun, bei ihnen habe sich noch nie jemand versteckt. Sie wären arme Bauern, sie könnten keinen Fremden mit Nahrung versorgen. Plötzlich, so schnell, dass niemand weggucken konnte, hob einer der Männer das Gewehr und erschoss den Dorfältesten. Er war dünn und klein und fiel um wie eine Puppe. Es gab ein fürchterliches Geschrei im Dorf. Dann erschossen sie eine Frau, die besonders hysterisch schrie und ein kreischendes Kind. Danach war es gespenstisch still. Nach einer Weile zielten sie, wie zum Spaß, auf Hühner, die wie verrückt geworden über den Marktplatz rannten. Ich habe die Augen zugekniffen und nur noch dieses Flügelschlagen gehört. Es klang trocken, als würde Bettwäsche im Wind flattern. Ein paar von uns rannten raus und übergaben sich im Waschraum. Ich konnte mich nicht übergeben, weil ich zu sehr zitterte.

Wie alt wart ihr damals?

Zwischen fünfzehn und zwanzig.

Und dann?

Danach ging ich zum ersten Mal zu Kroll.

Und?

Er ließ mich weinen. Dann sagte er, dass junge Männer, die einen Bürgerkrieg gegen Kommunisten beenden wollen, hart werden müssen. Wer in Frieden leben will, muss für den Frieden kämpfen.

Jenny stand auf, ging ein paar Schritte auf und ab. Dann blieb sie hinter Eduardo stehen und legte ihm die Hände auf die Schultern.

Hat er dich überzeugt?

Mitgehangen, mitgefangen – sagt man so?

So ähnlich. Erzähl weiter.

Kroll hatte mich gern. Wir unterhielten uns wie

Erwachsene, die sich Sorgen um ihr Land machen. Einmal fragte er, ob es ein Fehler gewesen sei, mich zur Polizei geholt zu haben. Nein, sagte ich, natürlich nicht. Damit ich das, was wir im Film gesehen hatten, nicht auch tun musste, versprach er mir eine Ausbildung, durch die ich Vorgesetzter werden könnte.

Jenny trank den Cognac ohne Kaffee. Sie legte ihr Kinn auf seinen Kopf.

Warum hast du mir das nicht gleich erzählt, fragte sie. Warum muss ich mit dir reden wie eine Staatsanwältin? Ich liebe dich, Eduardo – traust du mir nicht?

Nie habe ich jemandem mehr getraut als dir, Jenny.

Dann sprich mit mir. Wie warst du im Untergrund? Wer warst du da? Warum schweigst du über diese Jahre? Und wieso hast du den Kontakt zu Kroll nie verloren? Er verschwand, ohne dich in eine Ausbildung zu vermitteln. Er hat dich belogen und verlassen.

Er hat mich besucht.

Wo? Im Untergrund?

Nachdem die Guerilla mit der Regierung den Friedensvertrag ausgehandelt hatte, stand er eines Tages auf der Farm, auf der ich Verwalter geworden war.

Wie hat er dich gefunden?

Über meine Mutter. Er wusste, wo sie wohnte.

Er hat dich gesucht? Was wollte er? Sein schlechtes Gewissen beruhigen?

Kroll hatte kein schlechtes Gewissen.

Du bist sein Opfer.

Nein, er liebt mich wie einen Sohn. Ich habe ihm viel zu verdanken.

Was zum Beispiel?

Als ich vor der Wahrheitskommission aussagen sollte, war Kroll klar, dass der Auftritt mein Todesurteil sein wird. Er hat mir geholfen, hierher zu kommen.

Wie?

Kontakte. Geld.

Jenny fiel an diesem Abend wie ein Stein in Eduardos Bett. Sie hörte ihn noch ein paar Minuten Gläser und Tassen spülen, dann schlief sie ein. Es muss gegen vier Uhr morgens gewesen sein, als sie von Schritten im Hof wach wurde. Sie schlich ans Fenster und sah einen Schatten, der sich durch das Hoftor entfernte, vielleicht ein heimlicher Geliebter. Eine Katze sprang vom Balkon. Der Himmel über Langendorf war klar und voller Sterne. Jenny trank in der Küche ein Glas Wasser und ging ins Schlafzimmer zurück. Die Straßenlaterne warf ein fahles Licht auf das Bett. Sie zog Eduardo die Decke vom Gesicht. Armer Junge. Armer Mann. Sein Atem war ruhig. Er sah friedlich aus. Sie legte ihre Lippen auf seine Stirn, küsste seine Augen, seine Wangen und öffnete mit der Zunge vorsichtig seine Lippen. Sie verführte ihn, ohne dass er richtig wach wurde. Es war das erste Mal, dass er sie ohne Rollenspiel liebte. Sie prägte sich sein Gesicht ein, als müsse sie es später zeichnen. Er hatte lange Wimpern und die Haut über den Schläfen war anrührend zart. Sein Mund war leicht geöffnet, als vermisse er ihre Lippen. Ihre Tränen liefen über seine geschlossenen Augen, als seien es seine Tränen.

Jenny stand auf. Bevor sie die Wohnungstür hinter sich zuzog, hörte sie ein ganz leises ›Jenny‹? So verzweifelt und zärtlich hatte noch nie jemand ihren Namen ausgesprochen.

Guatamula. Muategala. Gatamalu.

Immer neue Versuche, das Wort Guatemala zu schreiben. Die Finger, die sonst sicher und blind über die Tasten flogen, tippten daneben, als seien sie gelähmt. Jenny wollte aufstehen, die Wohnung verlassen und blieb vor dem Computer sitzen und starrte auf den Bildschirm. Nichts befreite sie mehr von der fixen Idee, eine Spur von Eduardo im Internet zu finden. Dort, irgendwo in dem Wust von Daten und Namen, musste es einen Menschen geben, der Eduardos Geschichte kannte.

Mausklick: Guatemala. Geschichte. Bevölkerung. Politik. Wirtschaft und Kultur. Alles bekannt, längst nachgeschaut. Vorsichtig anschleichen. Wie zur Verabredung mit einem Fremden, den man braucht und den man fürchtet. Erst einmal Umwege machen. Mausklick: Der Präsident im Bild. Óskar Berger Perdomo. Politische Verfassung. Krieg und Bürgerkrieg. Mausklick: Miguel Angel Asturias. Literaturnobelpreisträger. Ein Zitat: Guatemala ist ein surrealistisches Land. Menschen, Landschaften und Dinge, alles schwebt in einem Klima von Wahnsinn ...

Den Kreis enger ziehen. Sicherheitshinweise: Keine Überlandbusse in der Nacht benutzen. Überfälle. Vergewaltigungen der Fahrgäste. Warnung. In Touristenzentren nicht im Dunkeln auf die Straße gehen. Jugendbanden, Raubüberfälle. Keinen Widerstand leisten. Niedrige Hemmschwelle beim Waffengebrauch. Mausklick: Deutsche Botschaft. Deutsches

Kulturinstitut. Größte deutsche Kolonie Zentralamerikas. Kontakt: Carlos Maria Schuster. E-Mail-Adresse, Telefonnummer, Anschrift.

Das war der Draht, den sie suchte. Guten Morgen, schrieb sie – aber das war falsch. In Mittelamerika war es sieben Stunden früher. Also schrieb sie, weil es sich nah an der Wahrheit am besten lügt: Buenas tardes, Señor Schuster, ich bin Journalistin. Ich schreibe ein Buch über das Leben deutscher Auswandererfamilien und wurde von einem Freund, Herrn Felix Schneider, auf den Namen de Sastre aufmerksam gemacht, entfernte Verwandte des Herrn Schneider. Deren Geschichte würde ich gerne kennen lernen. Ist Ihnen der Name de Sastre schon einmal begegnet? Können Sie helfen? Mit freundlichen Grüßen Jennifer Stroemveld aus Deutschland.

Dann wählte sie spontan die Telefonnummer von Mariskas Vater. Felix Schneider klang verschlafen, schien sich über Jennys Anruf aber zu freuen. Nein, an die Gespräche mit Eduardo konnte er sich nicht erinnern. Lauter wirres Zeug. Täte ihm leid, er habe dem Mann nicht einmal zugehört. Gibt es Probleme? fragte er, kann ich helfen?

Nein, nein, sagte Jenny schnell, keine Sorge. Alles in Ordnung.

Carlos Maria Schuster antwortete prompt. Er selbst konnte nicht helfen, weil er die Familie de Sastre aus den Augen verloren hatte. Aber es gab in der deutschen Kolonie den Ahnenforscher Balthasar Peters, Leiter der Redaktion des Mitteilungsblattes ›Heimatstimme‹. Es folgten, mit herzlichen Grüßen und guten Wünschen für das interessante Buch, eine private und eine dienstliche Telefonnummer und eine E-Mail-Adresse.

Mittags bot sich Paula als Dolmetscherin an.

Nicht nötig, sagte Jenny, im Moment reden wir deutsch.

Der Chefredakteur der ›Heimatstimme‹ schwäbelte. Er habe die de Sastres in den Unterlagen, sagte er. Eingewandert 1913 unter dem Namen Schneider. Der Mann kehrte nach Deutschland zurück, die Frau heiratete einen Indio und nannte sich de Sastre. Aus der Ehe ... Jenny hörte ihn blättern ... ging eine Tochter hervor, die ... Jenny sah graue Ordner und vergilbtes Papier ... die einen Amerikaner heiratete und ... er blätterte ... einen Sohn hatte. Sie sollen im Slum gelebt haben. Der Vater wurde erschossen. Von dem Jungen heißt es, er sei bei einer gut situierten Familie untergekommen. Ob er Jenny ein paar Ausgaben der ›Heimatstimme‹ faxen dürfe, er berichte darin regelmäßig über Jubiläen, Geburtstage und Taufen deutschstämmiger Bürger. Noch ein Tipp, sagte er, Pater Manuel Morales kennt jeden in der Stadt, der katholisch ist. Möchten Sie die Telefonnummer haben?

Gerne, sagte Jenny, auch die ›Heimatstimme‹.

Sie rief Paula in der Galerie an. Kannst du kommen? Jetzt brauche ich dein Spanisch.

Pater Morales hatte die Familie de Sastre im Slum kennen gelernt. Er erinnerte sich. Die Mutter Schneiderin, sagte er, eine fleißige Frau, der Junge ist zur Polizei gegangen und hat dort, soweit man hört, Karriere gemacht. Ich habe ihn aus den Augen verloren, sagte Pater Morales. In seiner Stimme war ein Lächeln. Die Polizei ist nicht mein Klientel. Warten Sie ... Er schien mit dem Telefon in ein anderes Zimmer zu gehen. Dort knarrten seine Schritte wie auf altem Parkett.

Ich suche die Adresse von Señora Valencia Avila vom ›Verein für Aufklärung und Mut‹, sagte er. Señora Valencia kennt jeden, der eine Uniform trägt oder getragen hat. Das Archiv des Vereins fürchten alle, die Dreck am Stecken haben. Nach mehreren Einbrüchen wird das Büro rund um die Uhr von Bodyguards bewacht.

Nach dem Gespräch hatte Paula einen neuen Namen und eine Telefonnummer.

Bei Valencia Avila stieß Paula auf Misstrauen. Sie gäbe grundsätzlich keine Auskunft am Telefon, sagte sie streng, Paula möge sich, wenn sie jemanden von der Armee oder Polizei suche, an die amnesty-Gruppe in Bielefeld wenden, dort säße eine Guatemalaexpertin mit langen Listen von Opfern und Tätern.

Jenny sah Paula an. Die Freundin war mit einem Eifer dabei, als mache ihr das Recherchieren Spaß. Ich habe weiche Knie, sagte Jenny. Hier läuft etwas grundsätzlich schief. Mir ist flau, Paula. Wir sind auf der falschen Schiene. Wir suchen keinen Täter, verstehst du? Wir suchen auch kein Opfer. Ich suche nur einen Menschen, der Eduardo kennt.

Ruf trotzdem in Bielefeld an, sagte Paula. Schaden kann das nicht.

Die Frau am Ende der Leitung meldete sich mit Vornamen. Gisela, sagte sie schroff, woher haben Sie meine Telefonnummer? Worum geht es?

Jenny begann erst stockend zu erzählen, redete dann viel zu schnell und je länger sie zu der unsichtbaren Gisela sprach, desto wirrer kam ihr alles vor. Der Unfall. Die Begegnung mit Eduardo an Mariskas Grab. Seine Freunde und Gallina. Kroll. Die Buss und das Asylverfahren. Die Anhörung. Als sie von ihrer Liebe erzählte, verlor sie die Fassung. Sie weinte einer fremden Frau ins Ohr, die sie für verrückt halten musste mit der Geschichte vom erschlagenen Schmetterling, der Katze auf dem Markusplatz und einem Lehrfilm für Rekruten, der eine Anleitung zum Töten war. Sie warf die Zeiten durcheinander. Ich bin völlig verrückt mit meiner Suche nach .. ich weiß nicht einmal, was ich suche, stammelte Jenny. Es ist nur ... ich kann keinen Mann lieben, der ... wie soll ich das sagen ... Liebe und Misstrauen ... das geht nicht. Entschuldigung, ich hätte nicht anrufen dürfen.

Kein Grund, sich zu entschuldigen, sagte Gisela und klang so zugewandt, als hätte sie ihre Stimme zwischendurch ausgetauscht. Ich hole meine Tochter aus dem Kindergarten und rufe in einer Stunde zurück.

Jenny starrte auf das Telefon. Sie rauchte drei Zigaretten hintereinander. Im Zimmer ihrer Großmutter hing ein Gemälde, das eine Frau von hinten zeigte. Die hatte lange Haare, trug ein weißes Kleid und weiße Schuhe. Vor ihr lag ein dunkler Weg, der in den Wald führte. Jenny hatte immer wieder die gleichen Fragen gestellt.

Hat die Frau Angst, Oma?

Natürlich hat sie Angst.

Warum kehrt sie nicht um?

Gespannt wartete sie auf die geheimnisvolle Antwort der Großmutter und hoffte, sie würde sie eines Tages verstehen.

Weil der Weg sie ruft.

Jenny ging ins Badezimmer. Sie duschte, wusch die Haare und schminkte sich wie für eine Verabredung. Etwas in ihr hatte einen Entschluss gefasst, an dem sie, so kam es ihr vor, nicht beteiligt gewesen war. Rufende Wege – so ein Unsinn. Niemand muss einen Weg gehen, den er nicht gehen will. Jenny rief Eduardo an.

Die Arbeit hat mich aus deinem Bett getrieben, sagte sie, ich bin nicht mit bösen Gedanken gegangen. Es ist alles in Ordnung.

Wann kommst du? fragte er, ich sehne mich so.

Am Wochenende.

Eduardo sagte, die Anwältin habe ihn zu einem Gespräch in die Kanzlei bestellt.

Wann?

Morgen früh um zehn. Holst du mich ab? Ich brauche dich, Jenny.

Geht nicht, Eduardo, ich muss zum Interview.

Ich liebe dich.

Ich liebe dich auch, Eduardo.

Jenny wusste genau, wo sie am nächsten Morgen sein würde.

In der U-Haft weiß jede Frau über Bert Bescheid. Wer neu dazukommt, wird schnell aufgeklärt. Bert ist 41 Jahre alt und hat zwei Berufe: Heiratsschwindler und Konditor. Sieben Damen haben jahrelang für ihn ihre Konten geplündert. Zwei in Erfurt, eine in Osnabrück, eine in Ulm, zwei in Berlin, eine in Oberursel. Mit jeder wollte er die feinste Konditorei Wiens eröffnen. Keine der Frauen hat vor Gericht schlecht über ihn gesprochen. Ein Glück auf Zeit war besser als gar kein Glück. Sein Charme ließ sie schmelzen, unternehmerische Qualitäten glaubten sie ihm blind. Die Zärtlichkeiten, mit denen er nicht geizte, nahmen die Damen, alle weit über fünfzig, dankbar an. Bert war für sie die lang ersehnte, späte Liebe. Er schenkte der einen vom Geld der anderen fünfzig weiße Lilien. Die sieben betrogenen Damen sind nach dem Prozess zu einem Kränzchen von Freundinnen zusammengewachsen. Allen zusammen hat er hunderttausend Euro abgenommen. Mit jedem Tag, den die Geschichte durch die Zellen wandert, wird die Summe höher.

Bert steht am Fenster und schreibt für Jenny und alle Frauen, die am Fenster stehen, Buchstaben in die Luft.

LUST AUF PRALINEN?

JA.

Jennys Zellennachbarinnen spotten über die Frauen, die auf Bert reingefallen sind. Wie kann man nur so blöde sein! Was der für einer ist, das merkt doch jede dumme Gans in der ersten Minute, sagen sie und schauen fasziniert zu, wenn er für sie tanzt und sich auszieht. Und sein Pralinenspiel gefällt ihnen auch.

Bert ist ein Meister der Gesten. Jenny versteht den imaginären Einkauf der Zutaten mühelos. Er besorgt zartbittere Schokolade, Butter und Puderzucker, Eier und Sherry. Bert ist ein Betrüger, keine Frage. Er hat die Frauen, die ihm jahrelang ihr Erspartes gaben, benutzt und sie dennoch, auf seine Weise, geliebt. So wie Eduardo Jenny auf die einzige Weise liebte, die ihm möglich war. Er brauchte sie nicht, um den fremden, deutschen Alltag zu organisieren. Er wollte kein Zimmer in ihrer Wohnung und kein Geld, dafür hatte er Kroll. Seine Liebe war einfach und total. Jenny war der Teil seines Lebens, den er verloren hatte. Sie war seine Seele.

Berts Finger zerbröckeln die Schokolade. Er schreibt TOPF in die Luft und rührt kräftig in der Masse herum. Die Eier schlägt er an den Gitterstäben auf. Dann schreibt er KALTSTELLEN, malt eine vier in die Luft und nun weiß Jenny und alle, die ihm zugesehen haben, dass Bert in vier Stunden kühle Schokoladentrüffel vom Männerknast über den Hof in die Zellen der Frauen fliegen lassen wird.

Das Café Brunner in Langendorf war genau richtig. Im Schaufenster hingen Gardinen. Es war von außen nicht einsehbar. Von hier aus konnte sie beobachten, wann er die Wohnung verließ und zum Bahnhof ging. Wenn er pünktlich bei der Buss sein wollte, musste er in der nächsten halben Stunde auf der Straße stehen. Haben Sie etwas gegen Magenschmerzen, fragte Jenny die Bedienung und bekam Tee mit Rum.

Kinder mit bunten Rucksäcken trödelten der Schule entgegen. Der Metzger zog die Rollläden hoch, die Apothekerin stand vor der Tür und gähnte. Ein Eichhörnchen rutschte am Baumstamm entlang zur Erde, scharrte im Boden, raste in den Wipfel zurück, sobald sich ein Auto näherte und glitt hinunter, wenn der Wagen am Baum vorbeigefahren war. Hin und her, rauf und runter wie ein kleiner, brauner Fahrstuhl.

Jenny sah auf die Uhr. Viertel vor neun. Eduardo würde jetzt seine letzte Tasse Kaffee trinken, schwarz, ohne Zucker und den weichen Mantel anziehen, den sie in Venedig gekauft hatten. Um neun stand er auf der Straße. Sein Zug fuhr um neun Uhr fünfunddreißig. Eine alte Dame nickte ihm zu, die Apothekerin gab ihm die Hand. Er warf einen kurzen Blick auf das Café, dann entfernte er sich mit diesem Gang, an dem sie ihn unter tausend Männern erkennen würde. Um zehn stand sie auf, zahlte und ging in Eduardos Wohnung. Gegen das üble Gefühl, etwas Verbotenes zu tun, hatte auch Tee mit Rum nicht geholfen.

Die Wohnung war wie blank geputzte Traurigkeit. Das Linoleum, der Spiegel im Flur, der mickrige Herd in der Küche, alles glänzte. Der Küchentisch war wie für einen Gast gedeckt. Eine Schale mit Keksen, eine sauber gespülte Tasse und eine Thermoskanne mit heißem Kaffee. Als hätte er gewusst, dass sie kommen würde. Das Sofa im Wohnzimmer war durchgesessen, als hätten hier Generationen von Gemeindeschwestern auf die Pensionierung gewartet.

Dann stand Jenny vor der Anrichte. Zwölf Schubladen. Vorsichtig zog sie an einem der fünf roten Knöpfe, es war die Schublade mit der Cognacflasche. Aufziehen und schließen, aufziehen und schließen, ungeduldig zog sie an den Griffen. Die Schubladen klemmten und quietschten, als wollten sie sich gegen die Schnüfflerin wehren. Einigen entströmte ein starker Geruch noch Holz. Alle waren leer.

Im Schlafzimmer stand sie unschlüssig vor dem Kleiderschrank. Diese Gisela von amnesty hatte einzelne Wörter ihrer Fragen so merkwürdig betont. Er hat aus *Angst* sein Land verlassen? Angst vor *wem*? Er war *Zeuge*? Das Dorf hieß Rio Blanco – sind Sie *sicher*? Sie hatte um Eduardos vollständigen Namen gebeten und dann schnell gesagt, sie hoffe inständig, dass der Verdacht, den sie habe, nicht stimme.

Im Kleiderschrank roch es so intensiv nach Eduardo, als stünde er neben ihr. Er hatte T-Shirts, Hemden und Jacketts auf Bügel gehängt. Es gab ein Fach mit Socken und eines mit ordentlich gefalteter Unterwäsche. Wonach suchte sie eigentlich? Sie hätte es nicht sagen können. Sie wusste nur, dass sie in dieser Wohnung etwas finden wollte, was alles wieder in Ordnung brachte und sie von den Bildern befreite, die wie giftige Kletten in ihrem Kopf saßen. Alles sollte sich auflösen, was wie Nebel über ihrer Liebe lag. Sie schloss die Schranktüren und entdeckte den Koffer unter dem Kleiderschrank. Sie zog ihn hervor, legte ihn auf Eduardos Bett und setzte sich daneben. Mit diesem Koffer war er bei Mariskas Vater ausgezogen. Ein Koffer ohne Beulen und Risse. Der sah nicht aus, als sei er im Überlandbus durch Guatemala gereist. Sie strich über das hellbraune Leder. Es war weich und roch neu.

Wie eklig das war. Wie widerlich, Eduardo bis in den Koffer hinein nachzuschnüffeln. Sie nahm den Koffer vom Bett und war gerade dabei, ihn wieder unter den Schrank zu schieben, als mit dem feinen Ledergeruch das Gesicht von Kroll vor ihr aufstieg und damit der Gedanke, Kroll könnte Eduardo den Koffer geschenkt haben. Wenn das stimmte, wenn der Koffer ein Geschenk war, war er nicht mehr unantastbar.

Sie hob ihn auf das Bett und öffnete die Schlösser. Er war leer. Bis auf einen braunen Umschlag, der im Seitenfach steckte. Eine vergilbte Zeitungsseite mit Anzeigen. Ein Foto von einer Frau, die wie Eduardo lächelte. Vielleicht seine Mutter. Hastig, als könne sie sich die Finger verbrennen, blätterte sie in den Papieren. Ein Pass. Eduardo Otto Noak de Sastre. Geboren am 11. Mai 1958 in Guatemala-Ciudad. Eine Liste mit Namen und Telefonnummern. Quittungen. Eine Todesanzeige und ein Dokument, das wie ein Zeugnis aussah. Sie faltete es auseinander. Da stand in prunkvoller Schnörkelschrift: Documento de nombramiento. Ernennungsurkunde. Sie las den Namen: Eduardo Otto Noak de Sastre. Ernennung zum Comisario im ersten Polizeirevier. Ihre Hände begannen zu zittern. Sie las das Datum: 5. Mai 1987. Er hatte die Polizei nie verlassen. Der Comisario Eduardo Otto Noak de Sastre war nie bei den Partisanen gewesen. Sie hatten seine Beförderung gefeiert und ein Foto gemacht.

Warum fällt man in solchen Augenblicken nicht einfach tot um?

Jenny fotografierte die Urkunde mit dem Handy. Die Dokumente steckte sie in den Umschlag zurück. Den Koffer schob sie unter den Schrank.

Recherche im Internet. Recherche am Telefon. Ein Anfall von Fieber, nur kalt. Sie stellte eine Liste mit Telefonnummern von Organisationen zusammen. Sie sammelte Namen von Leuten, die Leute kannten. Sie aß nichts und schlief nicht, sie wartete auf Rückrufe und E-Mails. Sie rauchte, als wolle sie sich vergiften. Wenn Jenny mit Deutsch und Englisch nicht weiterkam, bat sie Paula um Hilfe.

Der Verein ›Aufklärung und Mut‹ verwies an die nationale Witwenorganisation, die stellten Kontakt zum ›Zentrum zur Verfolgung von Straftaten‹ her. Nicht jede Kontaktperson wusste alles, aber alle zusammen zeichneten ein immer genaueres Bild des Massakers vom 13. März 1982 in dem Dorf Rio Blanco. Dennoch kam sie ihrem Ziel nicht näher. Sie fand niemanden, der Eduardo kannte. Sie bekam die private Telefonnummer eines deutsch sprechenden Anthropologen, der damals die Ausgrabung leitete: Fernando Schmitt hatte in Deutschland studiert, sein Urgroßvater kam aus Köln. Die Stimme, die ihr die Hölle von Rio Blanco beschrieb, war jung.

Rio Blanco, sagte Jenny, ich muss wissen, was dort passiert ist.

Mein schlimmster Einsatz bisher, sagte Fernando – aber wer weiß, was noch kommt. Niemand hat auch nur die leiseste Ahnung, wann wir unsere Arbeit beenden können. Wir vermuten noch vierzigtausend Menschen in geheimen Gräbern. In Rio Blanco haben wir zweihundertneun Tote ausgegraben. Weil wir nur wenige komplette Skelette fanden, mussten wir jeden Knochen einzeln identifizieren, nummerieren und zählen.

Ich kann mir das nicht vorstellen, sagte Jenny.

Sachlich gesehen ist das nur eine Rechenaufgabe. Der Knochentyp, der am häufigsten auftaucht – Schädel, Becken, Arme oder Füße – gibt uns die Mindestzahl von Personen an, die getötet wurden. Wir wussten sehr bald, dass in dem Massengrab nur Frauen und Kinder lagen. Wir haben Greisinnen gefunden und Babys, die erst wenige Wochen alt waren. Und junge Mädchen von zwölf, dreizehn Jahren. In dem Grab lagen schwangere Frauen und einzelne Föten.

Konnten Sie herausfinden, auf welche Weise die Menschen getötet worden sind?

Ja, sehr genau sogar. Wir haben drei Todesarten festgestellt. Die Menschen sind erhängt oder erschossen worden. Und dann muss es jemanden in der Truppe gegeben haben, der seine Opfer erstochen hat. Wir haben Messerstiche in Kinderschädeln gefunden. Es war ein Abschlachten, ein anderes Wort gibt es dafür nicht.

Wie haben Sie von Rio Blanco erfahren?

Wie üblich. Angehörige und Überlebende stellen bei einer Menschenrechtsorganisation oder der Kirche einen Antrag auf Verfolgung einer Straftat. Der Antrag wird einem Anwalt übergeben und vor Gericht gebracht. Dann wird unser Institut gefragt, ob wir die Arbeit erledigen können.

Die Arbeit?

Graben. Knochen säubern. Skelette identifizieren.

Nehmen Sie alle Anfragen an?

Natürlich. Wir haben das anthropologische Institut ja gegründet, um den Albtraum der Hinterbliebenen zu beenden. Ihre Toten wurden in Gärten, Hinterhöfen, auf Äckern und sonstwo verscharrt. Wir sind die einzige Organisation, die Leichen fachmännisch identifizieren kann.

Wenn Sie dort ankommen, was geschieht dann?

Wir lassen uns von den Angehörigen alle Daten geben, die sie über die Vermissten haben. Das Alter und die Körpergröße. Die Kleidung und den Schmuck, den sie trugen. Wir fragen nach alten Verletzungen. Zahnlücken, Narben und Muttermalen. Dann beginnen wir vorsichtig mit der Abtragung der ersten Erdschicht.

Wie? Im Beisein der Angehörigen?

Wir fragen, ob sie das ertragen wollen. Ob sie es auch können, ist ein anderes Thema. Aber wir bitten sie, zu bleiben. Für uns sind die Angehörigen sehr wertvoll, weil sie ihre Toten schneller identifizieren können als wir.

Das klingt grauenvoll.

Das ist es auch – aber nicht nur. Die ganze Prozedur ist ein feierliches Ritual. Wir essen und beten gemeinsam, dann geht jeder seiner Arbeit nach. Die Frauen kümmern sich um die Kinder und die Vorräte, die Männer arbeiten auf den Feldern. In Rio Blanco haben wir wochenlang wie eine verschworene Gemeinde gelebt – anders lassen sich Schmerz und Entsetzen nicht ertragen. Vielleicht ist das schwer zu verstehen, aber wir sind überall im Lande willkommen. Alle wollen, dass die Ermordeten identifiziert werden, weil erst nach der Beerdigung das Trauern beginnen kann.

Die wichtigste Frage brannte Jenny wie Feuer auf der Zunge.

Die Täter ... sind die bekannt?

Die meisten bleiben unentdeckt. Wer soll gegen diese Männer aussagen? Welcher Zeuge hat den Mut, zu erzählen, was er gesehen hat? Zeugen werden bedroht. Sie werden ermordet. Sie leben in ständiger Angst um ihr Leben.

Ich meine die Täter von Rio Blanco.

Fernando schwieg.

Fernando?

Rufen Sie die Vorsitzende des ›Zentrums zur Vorbereitung politischer Prozesse‹ an. Ich bin nicht befugt, Namen zu nennen. Fragen Sie nach Elvira.

Wie alt waren Sie, als Sie mit dieser Arbeit begannen?

Vierundzwanzig.

So jung!

Eigentlich, sagte Fernando, bin ich Anthropologe geworden, um nach alten Schätzen zu graben.

Das Gespräch mit Elvira übernahm Paula. Sie ging am nächsten Morgen um sieben in die Galerie. In Guatemala war früher Nachmittag. Das Büro des ›Zentrums zur Vorbereitung politischer Prozesse‹ lag offenbar an der Hauptstraße, denn durch Paulas Kopf wälzten sich Autoschlangen und knatternde Mofas, dazwischen hörte sie die tiefe Stimme von Elvira. Paula erzählte von Jenny und Eduardo. Elvira sagte nie mehr als: Si, entiendo. Ich verstehe. Si, escucho, ich höre. Sie nannte Paula den Namen des Mannes, der in Verbindung mit dem Massaker von Rio Blanco häufig genannt wird. Comisario Eduardo Otto Noak de Sastre. Spitzname: Baron. Zur Tatzeit vierundzwanzig Jahre alt. Deutschstämmig. Seit einem Jahr versteckt oder geflüchtet. Gesucht von der ›Vereinigung für juristische Verfolgung‹, der ›Organisation der Angehörigen der Opfer von Rio Blanco‹ und vom ›Verein für Aufklärung und Mut‹. Paula war froh, dass Jenny nicht neben ihr stand.

Was bedeutet es, fragte Paula, wenn einer im Zusammenhang mit einem Massaker genannt wird? Ist das ein Beweis?

Ein Verdacht, kein Beweis. Um die Verantwortlichen mit Sicherheit benennen zu können, müssten wir sie befragen. Im Falle de Sastre sind viele Fragen offen: War er dabei? Saß er zur fraglichen Zeit am Schreibtisch? Er war der Vorgesetzte der Männer, die das anrichteten, soviel wissen wir. Wir wissen nicht, ob der Trupp in Rio Blanco ohne Befehl ausgerastet ist. Und falls de Sastre dabei gewesen sein sollte: Hat er die Männer gewähren lassen oder war er beteiligt?

Woher wissen Sie über Herrn de Sastre Bescheid?

Nach dem Friedensabkommen meldete sich ein Mann bei uns, der sich Manuel Torres nannte. Er sagte, er habe seine Ausbildung bei der Polizei 1975 begonnen und sich fünf Jahre später in den Untergrund abgesetzt. Wir haben die Geschichte überprüft, sie stimmt.

Dann war er der Augenzeuge?

Nicht unmittelbar. Als Torres mit seinen Genossen nach Rio Blanco kam, waren die, die das Massaker angerichtet hatten, bereits verschwunden. Es gab einen einzigen Überlebenden. Ein alter Mann. Er hatte sich unter seinem Esel versteckt, als der Polizeitrupp das Dorf überfiel. Torres und seine Leute ließen sich von ihm die Täter beschreiben. Er hatte nicht alle erkannt – konnte aber einige sehr genau beschreiben. Danach stand für Torres fest, dass es de Sastres Leute waren. Die Männer galten als besonders grausam.

Gab es eine Beschreibung, die auf Eduardo passte?

Einer von denen hätte de Sastre sein können, sicher ist das nicht.

Das klingt, als würde Manuel Torres Herrn de Sastre kennen.

Er kennt ihn. Sehr gut sogar. Die beiden waren während der Ausbildung enge Freunde. Torres sagte, er habe immer gehofft, Eduardo würde mit ihm desertieren, schließlich habe er von allen Rekruten am meisten gelitten. Er sprach liebevoll von ihm. Wie von einem Bruder.

Traute er ihm eine solche Tat zu?

Die traute er jedem zu, der bei der Polizei war.

Wissen Sie, wo dieser Manuel jetzt ist? fragte Paula.

Er wollte nach Mexiko gehen. Später hörte ich, er habe in Chile, irgendwo am Stadtrand von Santiago, ein Restaurant aufgemacht.

Kann ich ihn finden?

Sie nicht, sagte Elvira. Wenn es wichtig ist, treibe ich ihn auf. Ist es wichtig?

Ja.

Paula schloss die Galerie ab und lief den Vormittag durch die Stadt. Sie frühstückte in einem plüschigen Kaffee. Zwischen Häkeldecken und Sessel aus dem Biedermeier konnte sie sich wenigstens vorübergehend einbilden, hier sei die Welt in Ordnung. Die Menschen aus diesen Ländern, dachte Paula, hängen aneinander wie Glieder einer endlosen Kette. Mächtige und ohnmächtige. Täter und Opfer. Verfolgte und Verfolger. Feiglinge und Helden. Aufklärer und Vertuscher. Wenn man an der Kette zieht, holt man sie aus jedem Winkel des Landes hervor. Im Café erreichte sie der Anruf von Elvira. Sie hatte Manuel Torres gefunden. Es war einfacher gewesen, als sie gedacht hatte.

Mittags rief Paula ihn an. Bevor sie ihm die erste Frage stellte, sagte er: Er hat gewusst, dass ich mich absetzen wollte und hat mich nicht verpfiffen.

Erzählen Sie von Eduardo. Meine Freundin muss wissen, wie er als junger Mann war.

Er war ein süßer Junge. Vielleicht waren wir das alle, als wir anfingen. Er war scheu und hatte besonders schöne Augen. Nicht braun oder schwarz wie wir, sondern ein ganz dunkles Blau. Er konnte lächeln, dass alle dahinschmolzen. Vor allem Gallina.

Sie kennen Gallina?

Wir alle kannten sie. Wenn wir es nicht mehr aushielten, wurden wir zu Gallina geschickt. Dass der Mensch sich an alles gewöhnt, ist ein dummer Spruch. Wenn er nicht mehr reagiert, heißt das nur, dass er zerstört worden ist. Wir sahen Filme, deren

Bilder ich niemals vergessen werden. Eduardo zitterte und schrie wie am Spieß. Ich weiß, dass der Psychologe ...

Kroll?

Richtig, so hieß er ... dass sich Kroll rührend um ihn kümmerte. Er war es, der ihn zu Gallina schickte. Er schickte uns alle zu Gallina, aber Eduardo war ihr Liebling. Mein kleiner Baron nannte sie ihn. Er durfte länger bleiben als wir, manchmal ein ganzes Wochenende. Ich glaube, sie liebte ihn.

Alle Rekruten schliefen mit Gallina? War sie die Nutte der Kompanie?

Ich weiß nicht, ob man das so nennen sollte. Sie war die Frau, zu der man ging, wenn man im Ausnahmezustand war. Wenn das Gespräch mit Kroll nicht half. Bei ihr im Bett durfte man zusammenbrechen und ihr Trost war Liebe.

Bei Gallina sein half?

Ja. Bei ihr konnte man eine Zeitlang vergessen, was man erlebt hatte. Einmal war ich bei einem Einsatz, bei dem eine junge Frau von der Straße weg ins Auto gezerrt wurde. Man fuhr sie an den Stadtrand. Auf einem leeren Platz fielen drei Männer über sie her, dann erschossen sie die Frau in der Minute, in der die Sonne unterging. Das Licht, das auf die tote Frau fiel, war so unwirklich schön, dass ich wie von Sinnen war. Danach konnte ich nicht mehr denken und stotterte lauter wirres Zeug. Ich wurde zu Gallina geschickt und Gallina wühlte mich noch einmal auf. So wie man Feuer mit Feuer bekämpft. Es half, bei Gallina zu sein – aber närrisch war sie nur nach Eduardo. Ich weiß nicht, was ihr an dem Jungen lag. Er war verstörter als wir. Er weinte öfter. Als wir zusehen mussten, wie unser Maskottchen gesteinigt wurde, schrie Eduardo, als habe man ihn gesteinigt und nicht die kleine Katze.

Warum ist er nicht mit Ihnen zur Guerilla gegangen?

Er wollte. Er schaffte es nicht. Eduardo hing an Kroll und Gallina. Man lässt seine Eltern nicht im Stich, wenn man von ihnen abhängig ist. Außerdem hat Kroll immer wieder durchblicken lassen, dass die Alternative zur Polizei die Arbeit als Dienstbote sei. Ehrgeize Menschen kann man verbiegen. Eduardo war ehrgeizig, sehr sogar.

Sie haben sich nicht verbiegen lassen.

Nicht so wie er. Anders. Glauben Sie mir, der Untergrund ist nicht das Paradies.

Sagen Ihnen die Namen Bailadoro, Lechuza oder Anguila etwas? Haben die eine Bedeutung? Meine Freundin sagt, das seien Kose- oder Decknamen.

Das muss Ihre Freundin nicht wissen, sagte Manuel.

Aber ich.

Kosenamen, na ja. Es sind Decknamen. Anguila nannten sie bei der Polizei Aal, weil er sich zu jeder Frau in jede Hütte schlängelte. Er hatte keine Hemmungen, Frauen zu vergewaltigen. Lechuza konnte in der Nacht sehen wie eine Eule und auch so rufen, wenn er Feinde witterte. Bailadora wurde ›Tänzer‹ genannt, weil er den Tanz mit getöteten Frauen und Mädchen erfunden hatte. Das war lange vor dem Massaker in Rio Blanco.

Sie haben Recht, sagte Paula und steckte sich eine Zigarette an, Kosenamen sind das nicht. Eine letzte Frage, Manuel: Eduardo erzählt Ihre Geschichte. Woher kennt er die?

Von mir. Wir sind uns nach dem Friedensabkommen in der Hauptstadt begegnet, als ich meine Schwester besuchte.

Dann hat Eduardo Ihre Geschichte gestohlen!

Ach, sagte Manuel, wenn es nur darum ginge. Das Traurigste ist: Es hätte genauso gut auch seine Geschichte werden können.

Das Geräusch muss lange da gewesen sein, ehe er es wirklich hörte. Es schien von der Straße zu kommen. Er hielt es für das anfallartig wiederkehrende Jaulen eines Hundes. Tronje kniete am Boden und schnitt Kleidungsstücke für das ›Kinderabendmal‹ zu. Die Ausstellung war in drei Wochen, er dachte an nichts anderes. Als dann Geschirr splitterte wie beim Polterabend, lief er die Wendeltreppe hinunter und rief besorgt: Jennifer? Bist du zuhause?

Überall lagen Scherben zerschmetterter Teller und Tassen. In der Diele, der Küche, im Arbeitszimmer.

Jennifer? Wo bist du?

Er fand sie im Schlafzimmer. Sie stand mitten im Raum und starrte ihn an.

Jennifer, ich bin's, Tronje. Was ist passiert?

Langsam ging er auf sie zu. Ihr Gesicht war weiß, die Augen aufgerissen ohne Tränen. Sie schnappte nach Luft, als hätte sie Angst, zu ersticken und stieß immer wieder diese unheimlich klingenden Laute aus. In der Hand hielt sie eine blaue Vase.

Tronje näherte sich behutsam. Leise sagte er: Gib mir die Vase, Jennifer. Er nahm sie ihr aus der Hand, wiederholte leise immer wieder ihren Namen und legte ihr den Arm um die Schulter.

Leg dich hin, Jennifer.

Sie gehorchte wie ein Kind. Tronje schob ihr ein Kissen unter die Füße, streichelte ihr den Kopf und die Hände, flüsterte weiter ihren Namen, nannte sie

›meine kleine Schwester‹ und sah an den Augen, dass sie langsam zu sich kam. Das Jaulen ging in Schluchzen über. Die Zähne schlugen aufeinander wie beim Schüttelfrost. Tronje deckte sie zu und rief den Notarzt. Dann verständigte er Paula.

Der Notarzt fühlte Jennys Puls. Er leuchtete ihr in die Augen und schien mit dem Ergebnis zufrieden. Ich gebe ihr eine Beruhigungsspritze, sagte er, sie wird ein paar Stunden tief schlafen.

Können Sie bei ihr bleiben, fragte der Arzt. Wenn nicht, muss ich sie zur Beobachtung ins Krankenhaus überweisen. Patienten mit Nervenzusammenbruch sind häufig suizidgefährdet. Tronje sagte: Sie bleibt hier. Wir passen auf.

Sie bewegten sich durch Jennys Wohnung wie durch ein Krankenzimmer. Um sie im Blick zu behalten, trugen sie Tisch und zwei Stühle aus der Küche ins Schlafzimmer. Jenny atmete ruhig. Das Zittern hatte aufgehört – aber ihr Gesicht war weiß. Paula fand, ihre Freundin sähe friedlich aus. Tronje sagte: Ich habe noch nie so viel Traurigkeit in einem Gesicht gesehen. Was ist passiert?

Sie weiß, dass Eduardo nie im Untergrund war, sagte Paula. Sie weiß, dass er gelogen hat. Er war einundzwanzig Jahre bei der Polizei, über zehn Jahre Comisario, kein niedriger Rang. Dass er mit einem Massaker in Verbindung gebracht wird, habe ich ihr erzählt. Sie weiß alles, was sie wissen wollte.

Was wird sie tun, wenn sie aufwacht?

Meine Freundin Jenny hat ein paar Fähigkeiten, die sie davor bewahren, verrückt zu werden oder aus dem Fenster zu springen.

Paula holte aus der Küche eine Flasche Wein und zwei Gläser. Tronje sah aus, als habe er von Überlebensstrategien noch nie etwas gehört. Verraten Sie mir den Trick, Paula?

Paula ging zum Bett, legte sanft die Hand auf

Jennys Stirn und hörte ihrem Atem zu. Er war jetzt ruhig und regelmäßig. Es ist kein Trick, sagte sie, Tricks kann man lernen. Was Jenny, wenn es sie umhaut, wieder aufstehen lässt, ist ihre Fähigkeit, sich Problemen, die weh tun, ohne Rücksicht zu stellen.

Paula und Tronje saßen nebeneinander, als wären sie zur Nachtwache eingeteilt. Sie beobachteten jede Regung in Jennys Gesicht. Tronje öffnete die Flasche und schenkte die Gläser voll. Sie konnte das schon als Kind, sagte Paula. Als ihre Mutter das Taxi rief, einstieg und nicht zurückkam, rannte Jenny in den Salon meiner Mutter und schrie auf eine Weise, wie Sie es eben gehört haben. Weil ihr Vater weder wusste, was er erklären noch wie er seine Tochter trösten sollte, blieb Jenny zwei Wochen bei uns. Damals haben wir ein Spiel erfunden, über das wir mit niemandem sprachen. Wir hängten Wolldecken über einen Tisch, das war die Höhle, in der geheimste Gedanken ausgesprochen werden durften. Im Dunkeln musste sich keiner schämen.

Wie alt wart ihr damals?

Sieben. Vielleicht acht. Als die Phase, in der sie dauernd weinte, vorbei war, saßen wir wieder einmal im Dunkeln unter dem Tisch. Jenny presste beide Hände auf die Brust und fragte, wie das, was da drinnen so weh tat, in sie gefahren sei. Wie kommt das da rein, fragte sie. Kann man es rausoperieren? Ich will es nicht in mir haben. Sie nahm meine Hand und presste sie gegen ihre Brust. Fühlst du das? Es sind glühende Kohlen, kannst du dir vorstellen, wie weh das tut? Sie war verzweifelt, weil sie nicht wusste, wie sie den verdammten Schmerz loswerden konnte.

Unter diesem Tisch hätte ich auch gerne gesessen, sagte Tronje.

Sie entsorgte die Mutter, die Koffer und das Taxi wie einen Film, den sie nie wieder sehen wollte. Stattdessen beschäftigte sie sich nur noch mit dem

Schmerz, der in ihr saß. Sie gab ihm einen Namen: Schmerz. Sie sprach mit ihm, als wäre er ihr Untermieter. Ich glaube nicht, dass man die Methode übernehmen kann.

Tronje zog einen Stift aus der Tasche und skizzierte mit wenigen Strichen Jennys Gesicht auf einer Serviette, die Paula so selbstverständlich einsteckte, als habe er die Zeichnung für sie gemacht.

Was wird sie tun, wenn sie wach wird, fragte Tronje.

Weiter nach der Wahrheit suchen. Sie kann nicht anders.

Zwei Tage ertrug Jenny Paulas und Tronjes Fürsorge, dann stand sie auf. Zu der Asylanwältin sagte sie barsch am Telefon: Ich muss dich sprechen, es eilt.

Als Eduardo anrief, wurde ihre Stimme dünn. Die Sätze, die sie für diese Situation aufgeschrieben hatte, musste sie zweimal sagen, damit er sie verstand. Mir geht es nicht gut. Bleib, wo du bist. Ich muss nachdenken. Es geht um unser Leben.

Als es still wurde am anderen Ende der Leitung, legte sie den Hörer auf und stellte Telefon und Handy ab.

Kaffee?

Ich bin nicht zum Kaffeekränzchen gekommen.

Die Anwältin stand im Zimmer wie ein Felsen. Größer als Jenny, mächtiger, die schwarze Mähne offen, Spott in den Augen. Niemand verdirbt mir meinen Feierabendcappuccino, sagte sie und ging in die Küche. Jenny hörte das Fauchen der Kaffeemaschine, den Milchschäumer, die Buss ließ sich Zeit. Sie lief zwischen Küche und Büro hin und her, stellte Zucker, Milch, Kaffee und zwei Tassen auf den Tisch. Jetzt schieß los, Jenny, sonst platzt du noch.

Schmeiß ihn raus! schrie Jenny, der hat hier nichts zu suchen! Die ganze Geschichte: Gelogen! Und du – das ›Du‹ war ein Fehler, dachte sie, es klang so nah, wie sie dieser Frau nie wieder sein wollte – du hast es gewusst. Du deckst ... ich weiß nicht, wen ... jedenfalls keinen, dem Asyl zusteht.

Ich decke jemanden? Die Buss lächelte. Das ist mir neu. Und wer entscheidet, wem Asyl zusteht? fragte sie und steckte sich eine Zigarette an. Entscheidest du das?

Du könntest das entscheiden, schrie Jenny.

Und wie?

Leg das Mandat nieder und lass ihn abschieben.

Moment mal, worüber reden wir? Über enttäuschte Liebe oder ein Asylverfahren? Erstens, meine liebe Jenny: Wenn in Zukunft Liebesgeschichten Einfluss auf meine Arbeit haben, gebe ich meinen

Beruf auf. Und zweitens: Was soll das heißen – ich hätte alles gewusst?

Die Geheimnistuerei um den Kopierer – damit fing es an. Warum, verdammt, sollte er an der Geschichte noch mal ... wie hast du das genannt? ... arbeiten? Feilen? Du hast ihm nicht geglaubt, stimmt das?

Richtig. Als er die Polizei verlassen wollte, war er zweiundzwanzig. In dem Alter hat er kein Büro, in dem ein Kopierapparat steht. Auch werden solche Apparate in diesen Ländern nicht in Flure gestellt. Die meisten Mandanten stolpern nicht über die große Lüge, sondern über den kleinen Denkfehler.

Das nennst du Kleinigkeit? Jenny war empört. Das war der Anfang der großen Lügengeschichte ... du hättest nachfragen müssen.

Sag mir nicht, wie ich meinen Beruf ausüben soll, Jennifer Stroemveld. Ich sage dir ja auch nicht, dass du für eine Journalistin reichlich naiv bist.

Du deckst einen ... ich weiß nicht, wie ich ihn nennen soll. Betrüger. Lügner. Er hat die Polizei nie verlassen. Willst du den Beweis? Sie zog das Handy aus der Tasche.

Jetzt höre mir mal gut zu, sagte die Buss mit der Stimme einer genervten Lehrerin. Ich decke niemanden. Ich recherchiere niemandem hinterher, ich bin nicht von der Polizei, wie oft soll ich das noch sagen. Ich werde für eine Dienstleistung bezahlt, die aus meinem Wissen auf dem Gebiet des Asylrechts besteht. Das verkaufe ich an Leute, die das brauchen. Ist das verständlich?

Und wenn sich herausstellt, dass er Dinge getan hat, die er angeblich verabscheute?

Liebe Jenny – die Buss ging im Büro auf und ab wie beim Plädoyer im Gerichtssaal – dein Freund Eduardo hat mit Sicherheit ein paar Dinge getan, die nicht erfreulich sind. Auf welcher Seite auch immer, das

Thema hatten wir schon. Du warst dabei, als er seine Lebensgeschichte erzählte. Der kleine Gossenjunge mit den angelernten Manieren hatte genau drei Möglichkeiten in seinem Land. Das Militär, die Polizei und die Kirche. Willst du einem aufgeweckten Jungen den Aufstieg verübeln?

Aufstieg? Jenny schlug mit der Faust auf den Tisch. Du hast Verständnis für diesen Aufstieg? Und der Preis ist egal? Er war Comisario, meine Liebe. Er hatte Untergebene. Er gab Befehle. Er hatte Verantwortung.

Die Buss ging ans Fenster. Draußen war es dunkel. Jenny konnte ihr Gesicht in der Scheibe sehen. Die Buss sah nicht auf die Skyline der Stadt, sie sah in der Spiegelung ihr Büro und den Tisch, an dem Jenny saß. Als sich ihre Augen begegneten, wusste Jenny, dass sie kein Porträt der Asylanwältin Dr. Rebecca Buss schreiben wird. Zu nah, die Gefühle zu heftig. Gute Texte werden nicht mit heißem Herzen geschrieben. Das sagte sie auf jedem Seminar. Die Buss drehte sich um, nahm vom Tisch eine neue Zigarette und stellte sich wieder ans Fenster. Jenny sah ihren Rücken und in der Scheibe ihr Gesicht.

Von hier aus lässt sich leicht richten, sagte die Buss. Kennst du Hunger? Sage nicht ja. Du weißt es nicht. Du hast ein Dach über dem Kopf und wenn ich mich nicht täusche, ein ziemlich großes. Du bist zur Schule gegangen. Du durftest studieren. Du hast einen schönen Beruf und wirst gut bezahlt. Du hast einen Sohn, der nicht so arm ist, dass er Menschen auf der Straße überfallen muss.

Ach! rief Jenny und sprang auf. Eduardo ist ein Opfer, willst du das sagen?

Er ist ein Opfer.

Rebecca Buss – Jennys Stimme überschlug sich – jetzt hör mal gut zu. Lüge Nummer ein: Es gibt keinen Polizeichef, der ihn erschießen lassen will. Lüge

Nummer zwei: Der Mann, der nach dem Massaker mit seinen Genossen das Dorf betrat, heißt Manuel Torres und nicht Eduardo Noak de Sastre. Eduardo hat ihm seine Geschichte geklaut. Torres war der Mann, der sich von der Polizei abgesetzt hat. Torres konnte die Schinderei in der Ausbildung nicht ertragen. Also: Wozu Asyl für Eduardo?

Die Buss drehte sich um, blieb aber am Fenster stehen. Zwischen den Frauen lag das ganze Zimmer. Weil es Leute in seinem Land gibt, sagte die Buss, die ihn suchen und erst Ruhe geben werden, wenn sie ihn gefunden haben.

Jenny nahm den Stoß Akten, der auf dem Schreibtisch lag, hob ihn hoch und warf ihn mit Wucht auf den Boden. Sie hörte einen trockenen Knall. Ihre Stimme war schrill. Und Täter kommen in diesem Büro wohl nicht vor?

Die Anwältin zuckte nicht einmal zusammen. Ich habe Feierabend, sagte sie ruhig. Das Asylverfahren de Sastre findet in einer Woche statt. Ist das von Interesse? In ihrer Stimme war der leichte Spott, der Jenny rasend machte. Elf Uhr. Vierter Stock. Raum 5A.

Mit aller Kraft, die sie hatte, warf Jenny die Tür hinter sich zu.

Nacht und Tag, Tag und Nacht. Seit vierundzwanzig Stunden fällt Regen in den Hof. Ein grauer Schleier steht zwischen den Zellen der Männer und den Zellen der Frauen, dahinter verschwimmen die Buchstaben von Bert. REGEN schreibt er. Und Jenny: SCHÖN. Sie lehnt die Stirn gegen die Gitterstäbe. Der Wagen, der das Mittagessen bringt, nähert sich den Zellen. Der einzige Beweis, dass seit der morgendlichen Lebendkontrolle Zeit vergangen ist. Wenn es heute Huhn gibt, wird sie den Teller an die Wand werfen.

Jenny sucht Wörter, die nicht verdorben sind. Regen ist so ein Wort. ›Regen‹ kann sie sagen, ohne dass Eduardo vor ihr steht. Verdorben sind alle Wörter, an denen Vergangenheit klebt. Mandant ist ein Wort, das ihr den Magen umdreht. Auch Asyl. Ausgrabung. Massaker. Anhörung. Guatemala. Wörter, die weh tun wie ein Stich mit dem Messer. Guerilla. Zum Teufel mit allen Guerillas der Welt. Nie wieder will sie einem Funakoshi begegnen. Selbst auf Schmetterlingen und Katzen hat er Spuren hinterlassen und das ganze Venedig ist verpestet.

In Albertines Zelle ist es still. Vielleicht steht auch sie am Fenster und hört dem Regen zu. Jenny schlägt mit der Faust gegen die Wand. Mach Musik, Albertine, spiel Walzer zum Regen. Wie, um Himmels willen, soll sie Olli erklären, dass es keinen Eduardo mehr gibt in seinem Leben. Armer Junge, auch er hat diesen Mann geliebt.

Bis zur Verhandlung versuchte Jenny, sich für Eduardo unerreichbar zu machen. Sie schlief auf Tronjes Sofa oder in Paulas Gästebett. Tagsüber lief sie durch die Stadt, ohne am Abend sagen zu können, wo sie gewesen war. Sie sah im Kino drei Filme hintereinander und vergaß die Bilder und die Handlung. Es gab Tage, an denen sie das Bett in Paulas Wohnung nicht verließ, irgendwo zwischen Dämmern und Schlaf versteckt, bis die Freundin Feierabend machte. Sie sah Paula beim Abendessen zu, trank ein paar Gläser Wein und ging wieder ins Bett.

Bist du krank? fragte Paula.

Der Schmerz, sagte Jenny, er frisst mich auf.

Dann rief sie Kroll an. Er stellte keine Frage, er war sofort mit einem Treffen einverstanden. Um halb vier betrat Jenny die Montreal Trade Bank und fuhr mit dem Fahrstuhl in das 31. Stockwerk. Kroll war schon da. Sie gab ihm nicht die Hand, setzte sich nicht neben ihn an den Bistrotisch und lehnte es ab, mit ihm Kaffee zu trinken. Sie stellte sich neben den Funakoshi, ihren Mönch, der ihr das Gefühl gab, mit Kroll nicht alleine zu sein. Ohne Einleitung sagte sie: Was hat er getan? Ich muss das wissen. Kroll ließ sich nicht aus der Fassung bringen. Ruhig fragte er: Warum ist das wichtig?

Weil Liebe mit Berührung zu tun hat.

Hätten Sie mich auch gefragt, wenn er der Mann aus dem Untergrund wäre?

Da gibt es einen Unterschied, Kroll. Die einen

morden, um ein korruptes und fettes Leben zu führen ...

...und die anderen, sagte Kroll, um an die Macht zu kommen, und dann ein fettes, korruptes Leben führen zu können.

Das ist eine Unterstellung! Jede Widerstandsbewegung muss die Chance haben, zu beweisen, dass sie es besser machen kann. Sie hat das Recht, Terrorregierungen zum Teufel zu jagen. Es geht um Ursache und Wirkung, Kroll. In einem Land, das mit Gewalt regiert wird, ist auch der Widerstand gewalttätig. Man nennt das Notwehr.

Kroll stand auf, ging vor Jenny auf und ab, ohne sich ihr zu nähern. Dann blieb er stehen und sagte mit einem Ernst, den sie an ihm nicht kannte: Bitte verlassen Sie ihn nicht, Jenny. Eduardo liebt Sie. Er braucht Sie. Sie sind seine Seele. Und Sie lieben ihn – warum wollen Sie sich das antun?

Kroll war der Letzte, mit dem sie über Liebe sprechen wollte. Er hatte Eduardo zur Polizei gebracht, obwohl er wusste, was dort geschah. Er hatte zugelassen, dass man Rekruten, die fast noch Kinder waren, kaputtmachte. Er hat ihre Köpfe mit Argumenten fürs Durchhalten verwirrt und wenn sie am Ende waren, hat er sie zu dieser Hure Gallina geschickt. Er hat Eduardos Seele zerstört.

Unsere Liebe hat Ihr schlechtes Gewissen beruhigt – ist das so?

Kroll nahm seine Wanderung wieder auf. Sie haben sich in einen Rebellen verliebt, sagte er, in einen Helden. Was spielt es für eine Rolle, auf welcher Seite dieser Mann ein Held geworden ist? Und er ist ein Held, das weiß niemand besser als ich. Liebe hat mit Berührung zu tun, da haben Sie Recht. Aber das Blut an den Händen des Widerstandskämpfers – das hätte Sie nicht gestört?

Der Funakoshi-Mönch sah mit Marmoraugen an

Kroll vorbei durch die Fenster der Bank bis ans Ende der Welt. Jenny atmete den zarten Kampfergeruch seines Körpers ein. Er trug das Gesicht auf dem Rücken. Wie Kroll. Auch der konnte den Kopf so weit drehen, dass er nicht sehen musste, was vor ihm geschah. Jenny sagte: Sie sind ein Teufel, Kroll.

Über dem Marktplatz von Langendorf hing eine Wolke aus Glühwein- und Bratwurstdunst. Kinder fuhren Karussell, der Drehorgelmann spielte ausgeleierte Schlager und der Affe, der dazu tanzte, war aus Kunststoff. Es war sechs Uhr abends und so dunkel, dass niemand sie hinter der Scheibe ihres Wagens erkennen konnte. Jenny war außer Atem – als wäre sie nicht vierzig Minuten über die Autobahn gefahren, sondern gerannt. Ihr Plan stand fest: Sich beruhigen, zu Eduardo fahren, ihm den Hausschlüssel zurückgeben und ihn mit einem Satz, über den sie seit Tagen nachdachte, vernichten.

Vor ihren Augen wippten Pferde und Schwäne, Esel und Elefanten. Sie entdeckte den weißhaarigen Papa Petermann, den Herrn mit dem unsichtbaren Krokodil. Er ging aufrecht wie ein Soldat über den Rummelplatz, von Eduardo gelotst, als sei er sein Schatten. Vor dem Glühweinstand blieben sie stehen. Was magst du an ihm, hatte sie Eduardo gefragt. Er hatte Papa Petermann einen Einsiedler genannt und gesagt: Vielleicht hat er das Sprechen eingestellt, weil er Fragen hasst. Vielleicht gab es ein Drama in seinem Leben, das ihn stumm gemacht hat. Hatte Eduardo nur über Papa Petermann gesprochen oder auch über sich?

Sie glaubte nicht, was sie sah. Es war absurd. Ein Spuk. Eduardo trank Glühwein, als sei die Welt in Ordnung. In meinem Land kannst du dich nicht verstecken, hatte er gesagt. Mein Land besteht aus

Augen, die Menschen verfolgen und Ohren, die lauschen und Mündern, die keine andere Sprache gelernt haben außer Verrat. Oh ja, schöne Sätze konnte er sprechen. Sollen sie ihn abschieben, dachte Jenny. Sollen sie ihn jagen, quer durch sein Land. Über niemanden weiß sie so wenig wie über diesen Mann und keinen Mann kennt sie besser als ihn. Er hat Angst vor Ratten. Er ekelt sich vor Spinnen. Den Schmerz fürchtet er nicht – Ungewissheit bringt ihn um: Wann werden sie kommen und was werden sie tun? Ihm graust vor der Angst. Zu dem Trupp, der ihn verfolgen wird, würde sie sich freiwillig melden. Sie werden ihn fangen und fragen: Jenny, wie sollen wir ihn töten? Sie wird die Stille genießen und sagen: Gar nicht. Zeigt ihm die Ratten.

Was für eine makabre Situation! Da steht dieser Mann auf dem Rummelplatz in Langendorf zwischen Bratwurst- und Glühweinständen und dem fröhlichen Gedudel des Leierkastenmannes. Und niemand sieht, dass ein gequälter Junge zum Kommissar der guatemaltekischen Polizei verbogen worden ist. Er küsste alten Damen die Hand und begrüßte den Pfarrer wie einen Freund. Als hätte er nie woanders gelebt. Wen hat sie eigentlich geliebt, wen liebt sie noch? Den sensiblen Jungen, der nicht aushalten konnte, dass man vor seinen Augen eine Katze zerreißt? Den Mann, der nach Macht riecht und ein Rebell hätte werden können? Oder den Mann, der mit Würde in dieser Gemeinde arbeitet?

Ihr Herz begann wild zu schlagen, als Eduardo plötzlich den Kopf hob und den Menschen, die ihn umringten, nicht mehr zuhörte. Er sah in die Richtung, in der ihr Auto stand – als spüre er ihre Nähe. Jenny duckte sich. Dann fuhr sie davon.

Das Asylverfahren de Sastre war auf elf Uhr angesetzt. Jenny hatte nicht geschlafen in der Nacht, war nur immer wieder für wenige Momente traumlos abgestürzt. Durch ihren Kopf zuckten Sätze wie Blitze. Krollsätze: Er braucht Sie, Jenny. Er liebt Sie. Sie sind seine Seele. Eduardosätze: Ich liebe dich. Niemandem traue ich mehr als dir. Ich bin alles, was du willst. Paula- und Tronjesätze. Gallinasätze. Der Satz der Asylanwältin: Für eine Journalistin bist du reichlich naiv. Sätze des Anthropologen Fernando: Mein schlimmster Einsatz. Ich wollte eigentlich nach alten Schätzen graben. Und der Satz von Gisela aus Bielefeld: Ich hoffe, dass der Verdacht, den ich habe, nicht stimmt. Paula und Tronje wollten ihr verbieten, sich dem Gerichtsverfahren auszusetzen. Wofür willst du dich bestrafen? fragte Paula und Tronje mahnte: Tu dir das nicht an, Jennifer. Paula nannte sie besessen, aber Jenny blieb stur. Ich will hören, wie der Richter sagt: Der Asylantrag de Sastre ist abgelehnt.

Anzughose, weiße Bluse, Jackett. Die Haare straff aus dem Gesicht gekämmt und hochgesteckt. Unnahbar wollte sie sein und unerreichbar. Ein paar Minuten nach elf öffnete sie die Saaltür 5A im vierten Stock des Verwaltungsgerichts. Vier Menschen sahen sie an: Der Richter, die Buss, Eduardo. Auf der Zuschauerbank saß der katholische Pfarrer aus Langendorf. Eduardo wollte aufspringen, die Anwältin hielt ihn zurück. Jenny setzte sich schräg hinter ihn in die letzte Reihe. Von hier aus sah sie seinen halben Hinterkopf, das linke Ohr, die linke Hand mit der kleinen, gut genähten Narbe zwischen Daumen und Zeigefinger. Der Richter war ein kräftiger Mann mit grauem Dreitagebart. Sechzig Jahre alt, vielleicht auch älter. Er kannte Eduardos Geschichte aus den Unterlagen und den Stand der Dinge. Der Asylantrag war abgelehnt worden, die Buss hatte dagegen geklagt, jetzt musste er entscheiden.

Auf dem Stuhl, auf dem Sie sitzen, sagte der Richter und sah Eduardo an, haben in den letzten Jahrzehnten Menschen gesessen, die ihr Land in Todesangst verlassen haben. Darunter Verfolgte, die, wenn sie selbst an der Macht waren, Angst und Schrecken verbreiteten. Wie wird das Opfer zum Täter? Wie kann einer quälen, der selbst gequält worden ist? Ich werde das nie verstehen, aber ich habe mir angewöhnt, präzise zu fragen und bitte Sie, präzise zu antworten.

Er sagte das ohne Schärfe. Eher traurig, als habe er jede Hoffnung auf eine bessere Welt aufgegeben. Er zog die Akten an sich, blätterte darin herum, als überlegte er noch, mit welcher Frage er das Verfahren eröffnen wollte. Langsam hob er den Kopf. Er sah Eduardo an.

Aus der Befragung des Bundesamtes geht hervor, dass Sie in Guatemala keinen Kontakt zu deutschen Landsleuten hatten – ist das richtig?

Ja.

Der Richter zog eine Zeitung aus dem Aktenberg. Nicht triumphierend, eher wie ein Lehrer, dem es leid tut, dem Schüler ein schlechtes Zeugnis überreichen zu müssen. Das ist die ›Heimatstimme‹, sagte er, Mitteilungsblatt der deutschstämmigen Bevölkerung – kennen Sie das Organ? Eduardo schüttelte den Kopf. Das Gesicht der Buss wurde starr. Der Richter hielt die Zeitung hoch, so dass sie das Titelbild sehen konnten. Es zeigte eine Gruppe von Menschen, die in die Kamera lachten. Er legte die Zeitung auf den Tisch zurück und strich mit der Hand so heftig über die Seite, als ließe sich das, was er sah, wegwischen. Er sagte: Ich lese die Schlagzeile und die Bildunterschrift vor. Ich zitiere: Hundert Jahre »Heimatstimme«. Ausgelassene Festtage mit Tanz, Geschichte und Geschichten. Ich zitiere: Unter unseren Ehrengästen – von links nach rechts – Konsul Meier-Schmuttke, Gattin Maria Olivia, Tochter Maria Felicitas und Comisario Eduardo Otto Noak de Sastre. Möchten Sie sich dazu äußern, Herr de Sastre?

Eduardo wirkte wieder einmal nicht verblüfft. Das Fest ... sagte er gedehnt, als müsse er sich an das Belangloseste in seinem Leben erinnern ... das Fest hatte ich völlig vergessen. Der Kontakt zur deutschen Kolonie ist mir nie wichtig gewesen.

Um Vergesslichkeit und Wichtigkeit geht es hier nicht, Herr de Sastre, es geht um dieses Foto und Ihren Rang bei der Polizei. Die Ausgabe der »Heimatstimme« stammt aus dem Jahr 1992.

Der Richter blätterte minutenlang in der Zeitung, bevor er wieder den Kopf hob.

Wenn ich Ihre Aussagen richtig verstanden habe, waren Sie zu dem Zeitpunkt des Jubiläums seit zwölf Jahren im Untergrund und, wenn ich die Zeitung richtig lese, gleichzeitig seit siebzehn Jahren bei der Polizei und dort zum Comisario befördert worden. Soweit ich informiert bin, macht man Partisanen nicht zu Kommissaren – oder ist das in Ihrem Land anders?

Eduardo sah die Anwältin an. Die wirkte nicht wie eine Verliererin. Scharf sagte sie: Es geht hier nicht um die Lebensgeschichte meines Mandanten ...

Sondern worum? fragte der Richter.

Paula hatte Recht – sie hätte nicht kommen dürfen. Sie muss hier weg und zwar sofort. Aufstehen ist nicht möglich, sie würde sich nicht auf den Beinen halten können. Jenny schließt die Augen, katapultiert sich weit zurück, irgendwohin, wo sie sicher ist. Sie stellt sich ein anderes Gruppenbild vor, eines, das zu ihr gehört. Sie erinnert sich an die Aufnahme, die am letzten Schultag gemacht worden war. Siebzehn unbeschwerte Abiturienten voller Pläne. Das frechste Kleid trägt Paula. Einen knalligen Fetzen, der nur knapp Bauch und Busen bedeckt. Jenny im engen Samtanzug. Beide haben den Arm um Franz gelegt, der ihnen im letzten Schuljahr zusammen gehörte. Jenny öffnete die Augen. Ohren lassen sich nicht auf die Reise schicken. Die hören die schneidende Stimme der Anwältin.

Die einzig relevante Frage, die hier zu klären ist, lautet: Ist Herr de Sastre in seinem Land gefährdet oder nicht?

Der Richter nickte und schwieg. Für Jenny war die Langsamkeit, mit der er die Verhandlung führte, kaum auszuhalten. Jede Frage traf sie wie ein Schlag. Der Pfarrer hatte die Beine ausgestreckt, als säße er im Ohrensessel vor dem Fernsehapparat. Nichts schien ihn zu überraschen – oder wusste er alles? Hatte er Eduardo die Beichte abgenommen? Und dann? Zehn Ave Maria, fünf Vaterunser, ich segne dich mein Sohn, der Herr wird dir verzeihen, Amen. So einfach? Der Richter nannte das erste Polizeirevier in Guatemala eine Schule der Gemeinheit, Verrohung und Folter. Der Albraum aller, die dorthin verschleppt wurden. In seine Stimme hatte sich Ekel geschlichen. In den Pausen, die er zwischen seinen Fragen machte, hätte die Buss bequem rauchen können. Der Richter hob den Kopf.

Was war 1992 Ihre Aufgabe auf dem ersten Polizeirevier, Herr de Sastre?

Ich war Ausbilder, einer unter vielen. Und für Befragungen zuständig.

Waren Sie an Folterungen beteiligt?

Nein.

Waren diese Befragungen nicht eher Verhöre, bei denen Gewalt angewendet wurde?

Ich habe nie Gewalt angewendet, sagte Eduardo. Ich bin bei Befragungen ...

Lassen Sie uns bei dem Wort Verhör bleiben, sagte der Richter, das erscheint mir treffender.

Ich bin bei Verhören nie dabei gewesen. Meine Männer wussten, wie man Menschen befragt, ich habe ihnen vertraut. Ich saß am Schreibtisch und hatte mit der Verwaltung, den Akten und dem organisatorischen Ablauf zu tun.

Aber Sie leugnen nicht, dass auf dem ersten Polizeirevier gefoltert wurde?

Nein, das kam vor. Aber ich selbst ...

Normalerweise gehen Anordnungen dieser Art von oben nach unten, sagte der Richter – oder entscheiden bei Ihnen Handlanger über Verhörmethoden?

Nein.

Demnach haben Sie die Methoden befohlen, mit welchen Menschen zum Sprechen gebracht wurden.

Damit hatte ich nichts zu tun.

Jenny atmete gegen das Karussell in ihrem Magen an. Alle machten nur ihre Arbeit. Eduardo füllte Formulare aus. Sah nichts, hörte nichts, ordnete nichts an, lochte Verhörprotokolle und heftete sie ab. Wie kann man so dreist argumentieren! Und die Buss? War ein Dienstleistungsunternehmen für Asylfragen. Und der Pfarrer? Übertrug dem neuen Mitglied der Gemeinde ein Ehrenamt. Ein Reigen, wie sie ihn im ersten Schuljahr geübt hatten. Einer reicht dem andern die Hand, sonst funktioniert der ganze Tanz nicht. Warum ließ ihr Körper sie nicht in Ohnmacht fallen? Warum war er nicht gnädig? Warum hielt er das aus?

Der Richter schlug eine Verhandlungspause von

zwanzig Minuten vor. Die Anwältin erhob sich, Eduardo stand auf, der Pfarrer wollte ihn am Ärmel aus dem Saal ziehen, aber Eduardo schüttelte die Hand ab. Er ging auf Jenny zu, blieb vor ihr stehen und sah sie mit einem Blick an, der ihr das Herz zerriss. Warum? fragten seine Augen. Warum ist es so gekommen? Warum darf es nicht bleiben wie es war?

Jenny schloss sich in der Toilette ein. Nach zwanzig Minuten öffnete sie die Tür und erschrak. Die Gerichtspause war verlängert worden. Der Pfarrer stand bei Eduardo, die Buss allein neben dem Aschenbecher. Als sie Jenny sah, stellte sie sich neben Eduardo, als müsse sie ihn schützen. Jenny stürzte blicklos an allen vorbei. Im Vorübergehen hörte sie einen Ratschlag, der nicht für ihre Ohren bestimmt war. Sie müssen schon ein wenig mehr erzählen, sagte die Buss zu Eduardo. Wer soll Ihnen die Gefährdung in Ihrem Land glauben, wenn Sie dort ein Unschuldsengel waren? Der Buss war nicht wohl in ihrer Haut, das hörte Jenny am Ton – aber er war ihr Mandant. Sie beriet ihn, wenn auch kühl.

Jenny setzte sich auf den Stuhl in die letzte Reihe. Sie sah Eduardos Rücken, auf den sie mit dem Zeigefinger VENEDIG geschrieben hatte. Sie sah sein Profil. Das Ohr, in das sie ihre Liebe geflüstert hatte, die Hand, die jeden Millimeter ihres Körpers kannte. Sie wischte die Tränen ab, die ihr über das Gesicht liefen, aber die wuchsen immer wieder nach. Im Saal war es still, als wäre er leer. Sie warteten auf den Richter, bewegungslos wie Figuren aus Wachs. Die Anwältin starrte in die Akten, der Pfarrer betrachtete seine Schuhe, Eduardo sah aus dem Fenster und Jenny wagte erst wieder zu atmen, als der Richter seinen Platz einnahm und sagte: Machen wir weiter.

Es geht um das Massaker vom 13. März 1982. Sie waren damals fünfundzwanzig Jahre alt, Herr de Sastre und seit sieben Jahren bei der Polizei – richtig?

Eduardo nickte.

Wenn Sie nicht bei den Partisanen waren, die das Massaker entdeckten – wo waren Sie dann am 13. März 1982?

Auf dem Revier, sagte Eduardo. Ich hatte die Aufgabe übertragen bekommen, Rekruten auszubilden.

Er befolgt ihren Rat, dachte Jenny, das darf nicht wahr sein. Er legt nach. Wie man Kohle nachschiebt, damit der Ofen nicht ausgeht.

Woher wissen Sie so genau, was Sie vor über zwanzig Jahren auf dem Polizeirevier taten?

Nach dem, was an diesem Tag passiert war, wusste jeder, wo er damals war und was er tat.

Weil der Vorfall untersucht wurde?

Nein. Weil er passiert war. Ausländische Zeitungen schrieben darüber. Bilder wurden veröffentlicht. Untersucht wurde nichts.

Und womit waren Sie an diesem Tag beschäftigt?

Mit der Ausbildung der Rekruten.

Erzählen Sie davon.

Eduardo tauschte einen kurzen Blick mit der Anwältin. Dann zählte er die Methoden der Ausbildung auf. Es waren dieselben, mit denen er zerstört worden war. Krolls Argumente waren auf fruchtbaren Boden gefallen. Alles war gut, was dazu diente, Körper und Seelen der Rekruten für den Kampf tauglich zu machen: Menschen töten, ohne mit der Wimper zu zucken. Eduardo erwähnte den Film, der ihn fast um den Verstand gebracht hatte und den er jetzt dem Nachwuchs zeigen ließ. Er erzählte von Demütigungen, Schlägen, grausamen Mutproben. Der Richter wollte Beispiele hören und Eduardo sagte mit einer Stimme, die so fremd klang, als hätte er sie für die Verhandlung ausgeliehen: Die Rekruten mussten bei harten Verhören zusehen.

Wie stelle ich mir harte Verhöre vor, fragte der Richter.

Sie mussten zusehen, wenn Leute geschlagen wurden. Sie waren bei Scheinhinrichtungen dabei, manchmal auch bei Vergewaltigungen. Die härteste Probe war, wenn sie dem Verhör der eigenen Schwester oder Mutter zusehen mussten.

Mein Gott, flüsterte der Richter. Wie viel man kleinen Jungs antun muss, um sie hart zu machen. Nach diesem Satz sah er Eduardo nicht mehr an. Er stellte die Fragen den Akten, die vor ihm lagen.

An sogenannten harten Verhören waren Sie wohl auch nicht beteiligt?

Nein.

Noch mal von vorne, Herr de Sastre: Was taten Sie am 13. März? Ich möchte das genauer wissen.

Ich habe vormittags an einer Besprechung teilgenommen und am Nachmittag meine Mutter besucht.

Es waren die Männer vom ersten Polizeirevier, die am 13. März 1982 in Rio Blanco wüteten. Waren das Ihre Untergebenen?

Ja.

Waren Sie dabei?

Nein.

Sie waren der Vorgesetzte dieser Männer. Haben Sie den Einsatz befohlen?

Ich habe die Männer nach Rio Blanco geschickt, sagte Eduardo, weil wir Informationen hatten, dass Partisanen die Dorfbewohner zwangen, mit ihnen zusammenzuarbeiten. Wenn sie sich weigerten, stahlen sie Vorräte, beschlagnahmten Hütten und schüchterten die Menschen ein.

Ach, sagte der Richter ohne aufzublicken, Ihre Männer wollten den Dorfbewohnern helfen?

Ja.

Und wie konnte passieren, was dann passiert ist?

Meine Instruktionen lauteten: Hinfahren, die Situation überprüfen, nach versteckten Waffen suchen und Indizien finden für die erzwungene Zusammenarbeit. Die Männer sollten mit den Menschen im Dorf reden.

Das war nicht meine Frage, sagte der Richter. Ich will wissen, wie so etwas passieren kann. Alkohol? Drogen? Befehle? Sie müssen doch wissen, warum ein so harmloser Auftrag dermaßen aus dem Ruder laufen kann.

Eduardo schwieg. Er drehte sich zu Jenny um. Sie starrte auf die blank geputzten Schuhe des Pfarrers. Bloß nicht seine Augen sehen. Jenny setzte sich auf ihre Hände. Die zitterten, als wollten sie davonfliegen.

Wut, sagte Eduardo. Hass und Angst. Diese Mischung. Wir hatten in den Wochen zuvor viele Kameraden verloren. Einige fanden wir verstümmelt an Bäumen hängen. Bei keinem Einsatz weiß man, ob man lebendig zurückkommt. Die Dorfbevölkerung wird stumm, wenn unsere Männer erscheinen. Sie starren uns an. In ihren Blicken ist Verachtung. Sie haben Angst vor uns und wir haben Angst vor ihnen. Man weiß nie, ob das Dorf ein Hinterhalt ist. Wir versuchen also erst einmal, für gute Stimmung zu sorgen.

Durch Tanzfeste?

Keine Frau im Dorf will sich anfassen lassen. Sie ekeln sich vor uns. Sie wollen mit uns nichts zu tun haben, aber die Partisanen unterstützen sie. Sie geben ihnen Lebensmittel und lassen sie in ihren Hütten übernachten.

Ist das ein Grund, Leute abzuschlachten?

Nicht der Grund, sagte Eduardo. Es ist die Erklärung.

Seine Stimme war ruhig, seine Hände lagen gefaltet auf dem Tisch. Er wartete auf die Fragen des

Richters, als sei er als Gutachter für Massaker eingeladen worden.

Was mich interessiert, begann der Richter ... da schlug die Buss mit der flachen Hand auf den Tisch. Der Richter sah erschreckt auf.

Wir befinden uns hier in einem Asylverfahren, Herr Kollege und nicht in der Analyse historischer Greueltaten.

Ist bekannt, Frau Buss, ist bekannt. Er ließ sich nicht aus der Ruhe bringen. Vor ihm lag noch immer die »Heimatstimme«. Wieder machte er eine seiner endlos langen Pausen, bevor er sagte: Der Asylantrag Ihres Mandanten wurde vom Bundesamt abgelehnt.

Mit einer Begründung, die schlicht Unsinn ist, fuhr sie ihn an. Und das wissen Sie genau.

Jenny wartete auf den Satz, für den sie hergekommen war. Gleich würde er sagen: Ich lehne den Asylantrag ab. Ich verfüge die vorläufige Unterbringung des Herrn de Sastre in Abschiebehaft. Aber bevor der Richter etwas sagen konnte, begann die Buss ihr Plädoyer.

Mein Mandant, sollte er abgeschoben werden, schwebt in Lebensgefahr. Selbst wenn seine Geschichte nicht der Wahrheit entspricht, das Ergebnis – und das dürfte Ihnen nicht entgangen sein, Herr Kollege – ist das gleiche. Hochrangige Leute aus Politik, Militär und Polizei werden verhindern, dass mein Mandant vor der Wahrheitskommission aussagt oder sonst irgendwo den Mund aufmacht. Massaker werden angeordnet. Sie geschehen nicht, weil irgendeine Einheit plötzlich ausrastet. Mein Mandant hat seine Männer nach Rio Blanco geschickt, das ist richtig – der Auftrag, ein ganzes Dorf zu massakrieren, wird ein paar Etagen über ihm befohlen worden sein. Er weiß, wer diese Leute sind. Die haben nicht das geringste Interesse daran, dass ein Mann mit diesem Wissen am

Leben bleibt. Selbst wenn mein Mandant schweigt – er bleibt eine Bombe, die jederzeit hochgehen kann.

Sie verließ ihren Platz und baute sich vor dem Richter auf. Durch die Nähe zwang sie ihn, sie anzusehen. Der füllige Körper, die üppigen schwarzen Haare, die schwarze Robe – sie kannte ihre Wirkung. Gleich steckt sie sich eine Zigarette an und bläst ihm den Rauch ins Gesicht, dachte Jenny, zuzutrauen wäre ihr das.

Wenn mein Mandant Glück hat, sagte sie kühl – und das bitte ich Sie als Mensch zu bedenken – holen sie ihn vom Flughafen ab und erschießen ihn an der nächsten Ecke. Sollte es ihm gelingen, unterzutauchen, werden sie ihn finden, irgendwann und überall, das ist eine Frage der Zeit. Wenn er Pech hat, lassen sie ihn in einem stinkenden Kerker verschwinden und werfen den Schlüssel weg. Sie sollten das bei Ihrem Urteil bedenken, Herr Kollege. Es geht um ein Menschenleben.

Jenny hielt die Luft an. Wo war sie? In einem absurden Theaterstück? Eduardo ist fast zwanzig Jahre bei der Polizei gewesen. Er war bei den Todesschwadronen. Er hat seine Männer nach Rio Blanco geschickt. Wer sagt, dass er nicht doch dabei gewesen ist? Fünf Jahre nach dem Massaker ist er befördert worden. Erst als es ihm an den Kragen ging, ist er davongerannt und hat mit Jennys Hilfe das Dienstleistungsunternehmen Rebecca Buss gefunden, das für ihn kämpft. Die Asylanwältin sagte: Ich fordere Bleiberecht für meinen Mandanten.

Das Wort explodiert in Jennys Kopf. Sie schnellt hoch, greift mit beiden Händen nach dem Stuhl, der vor ihr steht und schlägt ihn auf den Hinterkopf des Mannes, der noch immer auf den Richter blickt.

Bleiberecht! Der Mann sackt in sich zusammen. Er fällt auf den Boden. Jenny sieht Blut, verschwommen wie durch Milchglas. Eine Frau in schwarzer

Robe beugt sich über den Mann am Boden, mehr als zwei Arme zerren Jenny aus dem Saal. Sie reißt den Mund auf und der Schrei, den sie hört, hoch und spitz, kommt aus einer anderen Welt.

Viereinhalb Meter lang, zweieinhalb Meter breit, drei Meter hoch – vier Wochen Leben in dreißig Kubikmetern Luft. Der Haftbefehl sei aufgehoben, hatte der Anwalt bei seinem kurzen Besuch am Morgen gesagt. Es bestehe keine Fluchtgefahr. Termin der Verhandlung in circa vier Wochen. Sie können Ihre Sachen packen.

Wann? Morgen?

Sofort.

Womit muss ich rechnen?

Er hatte ihr väterlich den Arm um die Schultern gelegt. Keine Bange. Sie sind eine unbescholtene Person. Schwere Körperverletzung im Affekt – mit der U-Haft wird das Konto ausgeglichen sein, das kriegen wir hin.

Jenny streichelt über das kalte Glas der Platte, die ihr Schreib- und Denktisch gewesen ist. Sie packt den Anspitzer ein, den Block, die Stifte, die Paula geschickt hatte. Den Abzug von Lizas Foto, aufgenommen aus dem Innenhof: Jenny am Fenster, die Hände an den Gitterstäben. Sie packt das Foto ein, das sie im Sommer am Meer aufgenommen hatte. Opa und Enkel auf dem Heimweg von der abendlichen Kontrolle ihrer Strandkörbe. Jennys Vater geht nach vorn gebeugt, als müsse er sich noch immer gegen den Sturm auf hoher See stemmen. Daneben Olli, leicht gekrümmt, den Gang des Großvaters nachahmend. Beide haben beim Gehen die Hände auf dem Rücken. Ein rührendes Bild: Der alte Meister und sein Schüler.

Sie wird aus dem Foto ein Plakat machen und es in die Küche hängen. Der Rest ist schnell verstaut. Wäsche, Jeans und Pullover, der Kulturbeutel, die Schminktasche.

Auch von einer Gefängniszelle kann man Abschied nehmen, auch von hässlichen Dingen. Von dem grauen Feudel, der auf dem Putzeimer trocknet. Von den steifen, feuerfesten Vorhängen, der struppigen Klobürste und dem blinden Spiegel, der ihr gnädig ein Gesicht mit weichen Konturen zeigt. Der Abschied vom Schreibtisch fällt ihr schwer. Sie könnte sich zwei Böcke und eine Platte aus Glas in ihre Wohnung stellen, dann ginge das schöne Verwirrspiel weiter. Tief unter ihr ein Himmel ohne Wolken. Wie am ersten Tag der Haft. Vielleicht hat Eduardo in einem der kleinen, silbernen Flieger gesessen, dem sie von Westen nach Osten mit den Augen gefolgt war.

Sie tritt ans Fenster und schreibt CIAO BERT in die Luft.

WOHIN GEHST DU?

Jenny malt ein Fragezeichen.

Sie weiß nicht, wohin sie gehen wird. Erst einmal nach Hause, in die Wohnung. Tronje begrüßen, Paula umarmen. Über Schritte in ein neues Leben muss sie nachdenken. Sie könnte ein paar Wochen zu Olli ans Meer fahren und versuchen, ihm zu erklären, was mit dem Mann passiert ist, dem sie sich beide ohne Arg in die Arme geworfen haben. Dann in eine Stadt ziehen, in der es keinen Pflasterstein gibt, den seine Füße berührt haben. In eine Stadt, in der es keine kanadische Bank, keinen Kroll und keinen Funakoshi gibt. Keine Rebecca Buss und keinen Fluss, an dessen Ufer Küsse so lange dauern wie ein vorbeigleitender Lastkahn.

Ihre Erinnerung an die Tat ist unvollständig, die wenigen Bilder sind verschwommen. Jennys Anwalt hat die Details aus der Presse. Danach sei sie im Gerichtssaal aufgesprungen, habe einen Stuhl gepackt und ihn schreiend und völlig außer sich Eduardo auf den Kopf geschlagen. Sie musste von dem Richter und dem anwesenden Pfarrer festgehalten werden. Das Opfer wurde mit einem Schädelbruch ins Krankenhaus gebracht. Wenn der Mann in Deutschland bleibt, hatte der Anwalt gesagt, werden sie ihm den Prozess machen. Die Anklage lautet auf Beteiligung an einem Verbrechen gegen die Menschlichkeit, das wird in jedem Land verfolgt. Auch die letzte Neuigkeit enthielt er ihr nicht vor. Der Mann war auf dem Weg vom Krankenzimmer zur Nachuntersuchung, irgendwo zwischen dem vierten und siebten Stockwerk des Krankenhauses, spurlos verschwunden.

Jenny setzt sich noch einmal auf das schmale Bett. Warum kann sie die Geschichte nicht einfach in der Zelle lassen? Unter die muffige Matratze schieben und vergessen.

Leise dreht sich der Schlüssel im Schloss. Kommen Sie, sagt Frau Modrow, die Zeit ist um. Jenny nimmt ihre Tasche und tritt auf den Flur. Auschecken wie im Hotel. In der Teeküche steht Albertine mit einem Becher Kaffee in der Hand. Wie trinkst du ihn, hatte Jenny sie beim Kennenlernen gefragt. Schwarz ohne Zucker, hatte Albertine gesagt, bitter wie das Leben. Sie schüttelt Jenny kräftig die Hand.

Tschüss, meine Süße. Wenn du Zeit hast, komm zu Besuch.

Machst du Musik für mich?

Volle Pulle, meine Süße.

Albertines Abschiedsgeschenk ist ein Walzer. Auf dem Weg über die Flure verbindet er sich mit Jennys Schritten, dem klappernden Schlüsselbund der Modrow, begleitet sie in die Kleiderkammer, verbindet sich mit den Stimmen, den Schreien, dem Kichern aus den Zellen und macht aus Albertines Walzer echte Knastmusik. Dunkelrote Rosen bring ich, schöne

Frau. Und was das bedeutet, wissen Sie genau. Was hören wir da, Jenny? Gasperone, Oma, von Carl Millöcker. Das Lied des Fremden.

Sie gehen über den Hof, die Modrow immer einen Schritt vor Jenny. Hinter den Gittern pfeifen die Frauen und schlagen mit Löffeln gegen die Stäbe. Ein kalter Trommelwirbel für alle, die zum Ausgang gehen dürfen. Vor der letzten Tür bleibt die Modrow stehen. Viel Glück, Frau Stroemveld, sagt sie, auf Wiedersehen sagt man bei uns nicht. Sie schiebt sie am Pförtner vorbei in die Welt, aus der sie gekommen ist und Jenny weiß noch immer nicht, ob Frau Modrow einen Geliebten hat oder mit dem Feuerwehrmann verheiratet ist.

Frühling

Sie steht mit dem Rücken zur Pforte. Nicht umdrehen, hatte die Modrow gesagt, der Blick zurück bringt Unglück. Jenny stellt die Reisetasche auf den Boden. Sie atmet ein paar Mal tief durch, als ließe sich die U-Haft ausatmen. Sie nimmt die Mütze vom Kopf, hält das Gesicht in die Sonne. Nicht umdrehen. Wer sich umdreht, kommt wieder.

Über die Allee fahren auf drei Spuren Autos, Busse und Straßenbahnen. Fahrgäste drehen auf dieser Strecke ruckartig die Köpfe zum Gefängnis. Sie starren auf die hohe Mauer, den Stacheldraht, die Wachtürme, diese fremde Welt, von der sie nichts verstehen und durch Blicke nichts erhaschen. Heute sehen sie vor dem Eingang eine junge Frau in roten Stiefeln stehen, schwarzen Jeans und roter Lederjacke. Ist die entlassen worden? Warum sieht die so verloren aus? Wird die von niemandem abgeholt oder tritt die ihre Strafe gerade an? Geht das? Ohne Polizei zu Fuß in den Knast?

In dem kurzen Augenblick, in dem Jenny zwischen zwei Bussen die andere Seite der Straße sehen kann, entdeckt sie den Mann vor dem Blumenladen. Er hat einen Hut auf dem Kopf und in der Hand einen dicken Strauß gelber Blumen. Dann versperrt eine Straßenbahn die Sicht. Ihr Herz zieht sich zusammen und rast wie eine Maus, die um ihr Leben rennt. Weil Jenny nicht gleichzeitig rückwärts fliehen und vorwärts laufen kann, bleibt sie stehen, als hätte sie Stiefel aus Blei an den Füßen.

Der Mann wartet, bis die Ampel auf Grün springt. Er winkt mit den Blumen. Starr wie ein Denkmal steht Jenny vor der Gefängnispforte. Immer wieder schieben sich Busse und Bahnen zwischen sie und den Mann, der gekommen ist, um mit ihr die ersten Schritte in ein neues Leben zu machen. Dann läuft er ihr durch die Schneise, die die Autos ihm lassen, entgegen. Eine schmale Gestalt. Eine weiße, weite Hose, ein weißes Hemd. Die Haare lang und offen. Ein cremefarbener Schlapphut. Er breitet die Arme aus. Als sie ihn ›Jennifer‹ rufen hört, weiß sie, dass von diesem Mann keine Gefahr ausgeht.

Danksagung:

Ich danke den Gefängnisdirektoren, die so freundlich waren, mich vorübergehend bei sich wohnen zu lassen. Frau Rain für die Einführung in die Wahrheitsfindung. Dem Einzelentscheider Dr. Thomas Weyrauch für die professionelle Anhörung eines fiktiven Asylbewerbers. Kapitän Wolfgang Gewiese für die Einblicke in die Welt der Fische. Der Galeristin Anita Beckers für die Orientierung in der Kunstszene. Prof. Wolfram Lausch für den Blick aufs Meer. Dem Psychologen Dr. Peter Boppel für Erfahrungen mit der Psyche der Täter. Der Bank für das Rendezvous mit Funakoshi. Und: Der Lektorin Doris Engelke für die klügsten und zartesten Fragezeichen, die mir je in einem Manuskript begegnet sind.

»Ehrlich, kunstvoll, anrührend und bedeutend: Dies ist Andrea Levys großes Werk.« ***Guardian***

Andrea Levy
Eine englische Art von Glück
Roman
560 Seiten • geb. SU
€ 22,90 (D) • sFr 39,90 • € 23,60 (A)
ISBN 978-3-8218-5772-5

Voller Optimismus kehrt der Jamaikaner Gilbert Joseph 1948 nach London zurück, der Stadt, in der er während des Krieges als Held galt. Dort muss er feststellen, dass er ohne die Uniform der Royal Air Force als Farbiger ein Mensch zweiter Klasse ist. Unterschlupf findet er bei Queenie, deren Mann Bernhard nicht aus dem Krieg gekommen ist und die Zimmer an Emigranten vermietet – allem Hass der Nachbarn zum Trotz. Aber Gilbert hat noch ein anderes Problem: seine Frau Hortense, die voller hochfliegender Träume und mit einem Koffer eleganter Kleider nach England gereist ist und jetzt vor seiner Tür steht – fassungslos über die Schäbigkeit des Zimmers, voller Verachtung für ihren Mann und entschlossen, dem Mutterland zu zeigen, was für eine hervorragende Lehrerin sie ist ...

»Andrea Levy ist in einem Atemzug mit Schriftstellern wie Hanif Kureishi, Meera Syal, Zadie Smith und Monica Ali zu nennen, die – jeder auf seine Art und Weise – die englische Mentalität neu definiert haben.« *Sunday Telegraph*

Eichborn
Kaiserstraße 66
60329 Frankfurt/Main
Tel. 069/25 50 03-0
Fax 069/25 60 03-30
www.eichborn.de

Wir schicken Ihnen gern ein Verlagsverzeichnis.

»Elif Shafak ist die beste Autorin, die die Türkei im letzten Jahrzehnt hervorgebracht hat.« ***Orhan Pamuk***

Elif Shafak

Der Bastard von Istanbul

Roman

400 Seiten · geb. SU

€ 22,90 (D) · sFr 39,90 · € 23,60 (A)

ISBN 978-3-8218-5799-2

Armanoush ist 19 Jahre alt, intelligent, schön – und unglücklich. Ist sie eine amerikanische Armenierin oder eine armenische Amerikanerin? Seit der Scheidung ihrer Eltern lebt sie in zwei Welten, die einfach nicht zusammenkommen wollen. Armanoush entschließt sich zu einer Reise in die Vergangenheit und besucht die Familie ihres Stiefvaters in Istanbul. Und weiß bald nicht mehr, worüber sie sich mehr wundern soll: die herzliche Gastfreundschaft im Haus der Kazancis, die skurrilen Charaktere seiner ausschließlich weiblichen Bewohner oder die völlige Ignoranz gegenüber der türkisch-armenischen Geschichte. Nur das jüngste Mitglied der Familie, die vaterlos aufgewachsene Asya, kann verstehen, warum Armanoush so viele Fragen stellt ...

Der türkisch-armenische Konflikt, das Selbstbestimmungsrecht der Frau, Vaterlosigkeit und Inzest: Elif Shafak tarnt ihre Generalabrechnung mit den Lebenslügen der türkischen Gesellschaft als Screwball-Komödie, bei der einem das Lachen im Halse steckenbleibt.